# 진품명품
# 골동이야기

진품명품, 골동이야기

지은이 이상문
발행인 김윤태
발행처 도서출판 선
북디자인 디자인이즈

초판 1쇄 발행 2004년 7월 31일
개정판 1쇄 발행 2012년 4월 21일

주소 서울시 종로구 낙원동 58-1 종로오피스텔 1409호
전화 02-762-3335
전송 02-762-3371
e-mail sunytk@hanmail.net

등록번호 제15-201호
등록일자 1995년 3월 27일

값 23,000원

ISBN 978-89-6312-057-7 03810

# 진품명품
# 골동 이야기

이상문 지음

선

# 고미술품을 감정함에 있어

모든 학문은 미완성에서 시작하여 그 완성으로 가는 과정이라고 할 수 있다.
때문에 끊임없이 연구하고 정진하는 것이 학문의 본질이다.
감정이란 학문 역시 기준이 명확하고 분명하게 정립되어 있는 분야는 아니다.
마찬가지로 감정에서 많은 부분을 차지하는 고미술학의 경우도
오랜 시간과 세월이 담겨 있는 여러 가지를 파악하고 연구해야 하는 과제가 많기 때문에
완성이란 말을 써서는 안 되는 것이다.
그럼에도 불구하고 일부 학자들 중에는 다른 사람이 애써 이루어 놓은 성과는 무시한 채
자신의 권위와 아집을 내세우는 일에 더 열심인 사람들이 있어 안타까움을 더한다.

고미술을 유통시키는 상인들 중에도 정치인들의 당파싸움 못지않은 권위다툼이나
세력다툼을 하는 경우가 종종 있는데 그 중간에서 피해를 입는 것은
열심히 노력하는 개인 수집가들이다.
이렇듯 정직하고 노력하는 개인 수집가들이 문화재를 수집하고 보존하는데
위험요소가 많으면 문화재의 손실과 유실로 이어진다.
이는 국가적인 피해를 가져오는 일이다.

수집가들의 올바른 수집활동이 보장되어야 문화재가 제대로 존재할 수 있고
국위도 선양할 수 있으며, 문화재가 풍부한 문화국민으로서의 자긍심을 높일 수 있다.
따라서 고미술품을 감정함에 있어

가품을 진품으로 오판했을 경우 그 손실은 적다고 할 수 있으나
진품을 가품으로 오판했을 때의 손실은 국가와 역사 앞에 큰 죄를 짓는 행위가 된다.
따라서 감정은 제일로 겸허해야 하며
가장 평온한 마음으로 문화재를 바라보는 연습이 필요한 작업이다.
아무리 오랜 경험을 가진 감정인이라 할지라도
의뢰받은 물건의 진실이 잘 가려지지 않는 경우가 생길 수 있는데
이런 때는 솔직히 '잘 모르겠다' 고 하는 것이 감정의 기본 자세다.

그러나 어떤 상인이나 학자들은 자기의 확실한 판단이 서지 않는다는 이유로
의뢰품을 무조건 가짜로 판명하는 성급함을 보이는데 이는 참으로 위험한 발상이다.
그 말 한마디로 귀중한 문화재가 한 점 손실되는 것은 물론이요,
개인과 국가가 입는 피해는 말할 것도 없는 일이다.
이런 경우 다시 돌이킬 수 없는 범죄가 되는 것일 뿐만 아니라
오랫동안 이어져온 문화재를 사라지게 하는 것이다.
때문에 문화재를 다루는 사람은
'전쟁에서 승리하려면 백 명의 적군을 놓치더라도 한 명의 양민을 구하라' 는
진리를 간직해야 한다.
다시말해 잘못된 판단으로 문화재를 사라지게 하는 우를 범해서는 안 된다는 것이다.

이제는 고미술도 한 국가는 물론이요, 인류에게 있어서 중요한 학문이므로
학교에서 학과를 설립하여 후학들을 양성해야 하는 시기가 되었다.

그래서 앞으로의 감정은 과학적이고 누가 봐도 이해할 수 있는 논리가 성립되어야 한다. 오늘날은 탄소 측정기, X선 촬영기, 적외선 및 특수 DVD 촬영기 등의 기술발달과 연구덕분에 서화나 도자기분야 감정에서는 거의 정확한 감정이 가능하다고 하나 여기에 전문학과를 신설하여 학문으로 연구하고 발전시키면 더 정확성에 가까운 감정이 이루어질 수 있을 것으로 보인다. 그러나 아무리 기술이 발달하고 연구가 진행된다 하더라도 반대급부 현상으로 가짜를 만들려고 연구하는 사람들이 있고 연대를 추정하는 기계가 나오면 기계를 속이는 방법을 연구하기 때문에 감정전문가와 가짜를 만드는 사람들이 벌이는 두뇌싸움은 인간이 존재하는 한 계속될 수밖에 없다. 감정이란 학문은 정확함을 어렵게 하는 시간이란 담요로 싸여 있어 끝없이 정진하고 탐구하고 경험하는 길이 가장 좋은 감정자세가 될 것이다. 때문에 고미술(골동품)을 감정할 때에는 겸손한 자세로 임하고 단번에 판단하지 말고 자세히 보고 또 보고 혹은 수십 번, 수백 번을 보고 분석하여 결정을 내려야 한다.

그러나 요즈음은 감정을 하는 단체나 기관에서 단 몇 사람이 단 몇 시간에 감정을 끝내버리고 당일 감정서 또는 소견서를 내는 경우를 종종 보게 된다. 이는 한마디로 문화재를 우롱하는 조소거리다. 며칠을 두고 분석하고 살펴보고 그래도 가품이라고 판단되면

다시 한번 심사숙고하여 구석구석 집요하게 파헤치고 자료를 찾아서
누구라도 의혹을 제기할 수 없도록 근거를 제시할 수 있어야 한다.
만약 어느 한 부분이라도 진품같은 느낌이 들거나 어딘가 석연치 않은 부분이 있으면
모른다고 판정을 내려 과학이 발달한 후대에서 풀도록 숙제로 남겨두는 것이
문화재를 다루는 사람으로서의 양심이며 진정한 문화재 보호인 것이다.

이 사람은 그동안 고미술품을 수집하고 감정하면서 행복한 세월을 보냈다.
더 일찍 더 많은 사람들에게 이런 골동품의 세계를 알리고 싶었지만
무형의 세계에 가까운 일을 유형적으로 체계화하는 데 어려움을 겪었고
다른 자료도 없어 안타까웠는데 이렇게 소박하나마
문화재와 골동품을 사랑하는 마음들을 풀어 놓고나니
조금은 마음의 짐을 덜었다는 생각이다.
한편으로는 진정으로 옛 물건들을 아끼고 사랑하는 사람들이
이 책을 어떻게 생각할지도 걱정스럽지 않은 것은 아니다.
하지만 무엇이든 첫술에 배부를 수야 있으랴.
더 연구하고 정리하는 일의 시작이라고 위안을 삼으려 한다.
끝으로 이 책의 출판을 맡아 여러가지로 애써주신 도서출판 선善 김윤태 대표와
원고정리에 정성을 기울여준 이순주 기자, 그리고 표지와 내지의 분위기와 모양새를 만들어준 추정희 북디자이너에게 지면을 빌어 감사의 인사를 전한다.

이 상 문

# 차 례

## 1
## 수집이란



## 2
## 왜 가품이 만들어지나

# 3
# 문화재의 수리와 보수



# 4
# 나는 이렇게 고미술업을 시작했다

# 5
# 문화적 가치와 가격의 관계



# 6
# 경매 낙찰가

事也且世之滔〻惟權利之是
心費力如此而不以歸之
海外蕉萃枯槁之人如世
太史公云以權利合者權
君亦世之滔〻中一人其
於滔〻權利之外不以權
之言非耶孔子曰歲
之後凋松柏是毋四時
以前一松柏也歲寒以
特稱之於歲寒之後
加焉由後而無
無可稱由後之君亦可
也耶聖人之特稱非徒
勁節而已亦有所感發
者也烏乎西京淳厚之世
賓客與之盛衰如下邳榜
悲夫阮堂老人書

# 1

# 수집이란

# 수집이란 무엇인가

세상일이 다 그렇겠지만, 수집 역시 양면성을 가지고 있다. 수집하는 동안에는 다른 어떤 일보다 짜릿한 쾌감과 즐거움을 맛볼 수 있으며, 만인에게 찬사를 받기도 하고 때로는 경제적인 횡재를 할 수도 있다. 또한 궁극적으로 보면 국가에 공헌할 수도 있는 길이니 보람까지 큰일이다. 물론 잘 했을 경우의 이야기다.

그러나 잘못 수집을 하게 되면 이와 반대로 수집한 물건은 아무 쓸모없는 귀찮은 고물덩이가 될 수도 있고, 최악의 경우 재산 탕진은 물론 빚더미에 앉는 것도 시간문제다. 나는 35년이 넘는 세월 동안 고미술 수집을 업으로 하면서 수많은 수집가들을 만나왔다. 그들과 거래를 하는 동안 많은 고미술품을 모으기도 했지만 그보다 더 중요한 것은 소중한 지식과 진리를 얻었다는 점이다.

이제 내가 청춘을 바쳐 얻은 진리를 널리 알려 수집에 뜻이 있는 사람들에게 바른길을 알려주고 싶다. 시간과 돈을 낭비하지 않는 지름길을 알려주고 수집에 대한 상식과 수집하는 동안 일어날 수 있는 이런저런 이야기를 들려주고 싶은 것이다.

흔히 수집에서 고가의 사치품에는 누구나 현혹되기 쉬운데 그렇다고 고가 물건에 대한 자만은 금물이다. 특히 초보자 시절에는 누구나 물건 보는 혜안慧眼은 부족하지만 의욕이 앞서기 때문에 고가의 사치품에 현혹되는 일이 없도록 하는 것이 무엇보다 경계해야 할 마음가짐이다. 제대로 된 수집가가 되기 위해서는 물건에 대한 설득력을 지녀야 한다. 왜 이 물건을 수집해야 하고, 이 물건에 대해 어떤 확신을 가지고 있으며, 얼마나 알고 있는지 스스로 설득할 수 있어야 한다는 말이다.

수집하고자 하는 물건의 종류에 있어서도 통일성이 있어야 한다. 종류를 정해놓지 않고 눈에 보이는 대로 손에 닿는 대로 수집하다 보면 정작 물건의 내용은 빈약해질 수밖에 없다. 수집의 범위를 넓히는 것은 좋지만, 단 그 사이에 나름대로의 질서가 유지되어야 한다. 수집을 하다보면 양적으로 늘어나기 마련이지만 같은 종류를 수집하다 보면 그 중에 쓸모없는 물건이 끼어드는 것 역시 피할 수 없는 현실이다.

결국 수량에 대한 집착은 수집을 심화시키기보다는 수집의 방향을 잃게 만들기 쉽다. 따라서 수량에 대한 집착보다는 수집의 목표가 중요하다는 것을 강조하고 싶다. 같은 영역도 목적에 따라 가치가 소멸될 수도 있고 상승될 수도 있다. 주변의 분위기에 휩쓸리다 보면 무엇 때문에 수집을 하는지 참뜻을 상실하기 쉬운데 그런 때일수록 스스로의 목표를 다시금 일깨워야 한다. 21세기는 '전문가의 시대, 마니아의 시대' 라 한다. 그래서 앞으로는 지식인의 시대가 아니라 수집가의 시대가 올 것이라고도 한다.

수집하는 것을 통틀어 컬렉션이라고도 하는데 이제부터는 수집을 하고 어느 분야의 마니아가 되는 사람만이 의미 없이 흘러가는 삶에 활

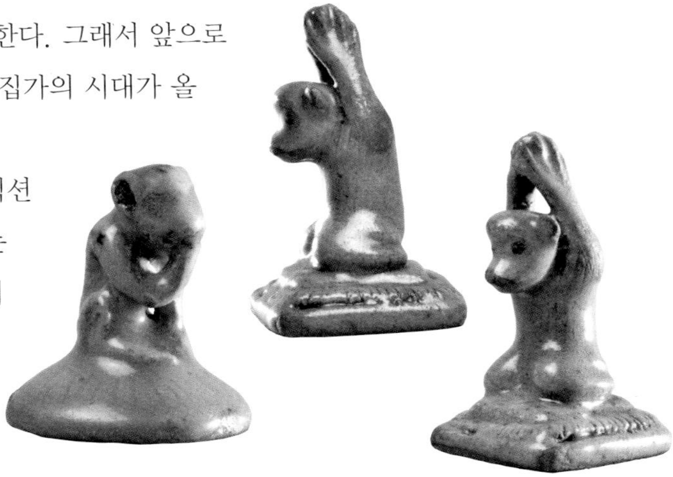

력을 불어 넣고 건조한 삶을 극복할 수 있는 힘을 가질 것이다. 그래서 수집은 삶을 더 깊게 살아가는 방법이라고 말한다. 그런 의미에서 점점 더 지식인의 시대를 뛰어넘는 수집가, 마니아들의 세계가 다가오고 있는 것이다. 수집은 처음부터 무엇인가를 모아야겠다는 마음을 먹고 수집의 세계에 들어설 수도 있지만 어떤 것에 강하게 이끌려 수집의 길로 가게 되는 경우가 많다. 자신의 세계를 일군 수집가들은 때때로 자신이 수집의 길로 들어선 것이 계시처럼 이루어졌다고 이야기하기도 한다.

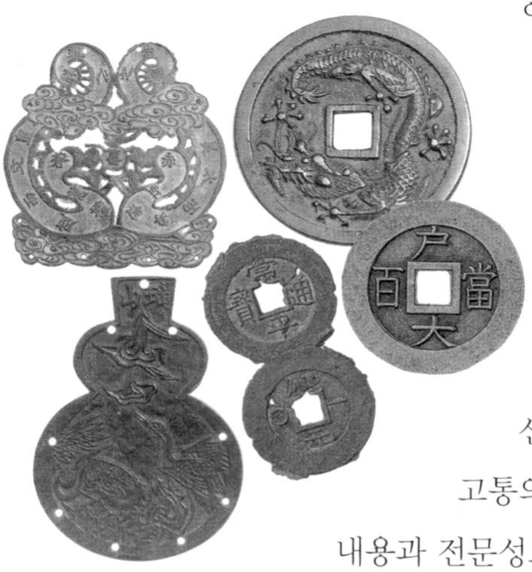

이렇듯 무엇인가에 미쳐 들어서는 것이 바로 수집가의 길이요 그들만이 가진 알 수 없는 무엇에 매료되어 '수집의 길' 로 들어서게 된다. 그러나 수집은 취미이며 즐거움이기도 하지만 길고 긴 고난의 여정이기도 한 것을. 수집벽은 미치는 것이고 그것은 또한 세상 사람들로부터 '미친 사람' 이란 소리를 듣게 만든다. 따라서 수집의 길은 자신이 좋아서 선택한 빛나는 영광의 길이기도 하지만 고통의 세계이기도 하다. 그런가하면 요즈음은 풍부한 내용과 전문성으로 자신의 세상을 일구는 수집가들도 많다.

우표, 성냥갑 같은 고전적인 수집은 물론 담배포에서부터 컵라면 껍데기에 이르기까지, 최근에는 탱크나 미사일 자가용 등 크기와 값어치에서도 상상을 초월하는 수집품들이 등장해 품목에도 제한이 없이 다양할 뿐만 아니라 세상의 어떤 것이건 모은다. 수집의 무대도 범세계적으로 뻗어가고 있다. 흔한 말로 수집의 길은

'돈 · 시간 · 열정 · 배짱 · 판단' 등을 갖추어야 한다고 한다. 이 가운데 어느 한 가지라도 부족하다면 최고의 수집가가 될 수 없다. 여기에 자기 분야에 대한 전문지식까지 겸비하고 자신의 전부를 걸겠다는 비장한 각오가 있다면 완벽한 조건을 갖추는 셈이다.

사람이 미쳐버리면 그곳에 닿는다고 했다. 한 세계에 닿기 위해서는 미쳐버리지 않으면 안 된다. 참으로 좋은 수집가는 바로 거짓 없이 진실하게 부지런히 수집하는 사람이요, 진정한 수집은 소장과 집착을 넘어 사라져가는 것을 복원하고 같이 공감대를 형성하는 일이다. 또한 수집가는 모든 사라져가는 물건에 생명을 불어넣을 줄 아는 사람이요, 수집은 새로운 아름다움을 발견하는 것이다. 이런 것이 바로 진정한 수집인 것이다.

수집은 단순히 모아놓는 것이 아니다. 수집의 도가 쌓이면 마니아가 되고 마니아로서 세월을 쌓으면 그것이 바로 수집의 완성이다. 특히 골동품 수집의 경우 세상과 가족들로부터 따돌림을 받는 경우가 많다. 하지만 수집가는 따돌림을 따돌리며 사명감 하나로 엄청난 고난의 길을 간다. 그러니 그들에게는 어떤 고난이 와도 결코 수집의 포기나 의지의 굽힘이란 없다. 진정 수집에 미친 사람만이 가능한 일이다.

수집가는 대부분 금전적으로 풍요해서 이 일을 하는 것은 아니다. 오히려 덜 쓰고 덜 먹고 오직 수집에만 집중하는 사람들이 많다. 그러니 자연 가족이나 주위로부터 좋은 소리를 듣지 못하는 경우는 부지기수다. 그들이 모은 수집품의 깊이와 무게는 그들의 그칠 줄 모르는 의욕으로 고통을 겪지만 세인의 관심 밖에 있어 주목받지 못하던 것을 세상에 알리고 과거 속에 깊이 잠들어 있던 것을 깨우고, 여기에 생명을 불어넣는 것이 수집가들이다.

수집되기 전 하나 둘 그냥 있을 땐 단순한 물건에 불과하지만 체계적으로 모으고 표준을 가지고 수집하면 자료가 되고, 이것이 모이고 쌓이면 역사가 된다. 그러니 수집가의 노력이 어찌 작다고 하겠는가. 설령 세상이 알아주지 않아도, 그 시대에 명성을 얻지 못할지라도 결코 후회하지 않아야 진정한 수집가다. 수집가들은 이 사회에서 결코 적지 않다. 그들이 모아온 수많은 수집품들은 수집과정에서 겪은 고통의 심도와 비례하고 외세의 숱한 침략과 수탈, 위정자의 핍박과 착취로 사라진 역사를 되살려 놓기도 한다.

**대가야토기**
긴목항아리(長頸壺)
지산동 고분 출토

한국 고미술 수집의 대표적인 인물 중의 하나로 오쿠라 다케노스케(~1982)라는 사람이 있다. 그는 일제강점기 때 대구의 전기회사 사장을 지낸 인물로 1964년 그동안 모은 한국의 고미술을 가지고『오쿠라컬렉션목록』을 발간하기도 했다. 그는 이 평전에서 조선의 골동품은 모은 이유를 이렇게 이야기 했다.

'나는 역사학이나 고고학에 대해 문외한이지만 내 취미나 기호가 이끌리는 대로 모은 것이 이 물건들이다. 더욱이 일본고대사 가운데 조선의 발굴품이나 고미술품을 근거로 하지 않으면 밝혀지지 않는 부분이 의외로 많은 점에 놀라고 난 뒤부터 체계적인 수집계획을 세웠는데 구태여 고미술품이라고 할 수 없는 조선의 고기고물古器古物을 될 수 있는 대로 계통적으로 모으는 일이 극동 퉁구스족문화의 연구에 공헌하는 일이라고 생각했다. 수십 년에 걸쳐 수집에 미력이나마 최선을 다한 것도 이 때문이다' 라고.

하지만 이 조선의 골동품 컬렉터에게는 골동품을 전문적으로 수집하는 사람들도 평생 한번 볼까 말까하여 골동품수집의 맨 마지막이라고 하는 한국금관을 무려 10여 점이나 모은 수집가 중의 수집가라는 수식어와 함께 그를 수집가가 아니라 "조선문화재의 약탈자"라거나 혹은 "도굴꾼"이라고 하는 평가까지 극과 극으로 양분되어 있다. 그런가 하면 초등학교를 나와 은행수위를 하면서도 금석학과 서지학 수집에 일가를 이룬 박영돈 선생 같은 이도 있다.

수집가 가운데는 수집의 욕심과는 달리 사회에 되돌려 주고 떠나기도 한다. 전 재산을 털어 필생의 노력으로 모은 수집품을 모두를 위해 아낌없이 내놓을 때 수집은 완성을 넘어 더욱 빛이 나는 것이다. 이것이 바로 수집이 사유화되지 않은 진정한 수집인 경우다.

평생 신라토기와 유물을 모아 국립경주박물관에 기증을 하고 떠난 대구의 의사 이양선 선생, 박봉의 공직자로 매일같이 범죄와의 전쟁 등으로 고달프고 바쁜 검사 생활속에서도 사라질뻔한 와당(기왓장)을 수집하여 우리나라 고대 건축학의 우수성을 세계에 알리고 수집한 와당을 국립중앙박물관에 기증한 유창종 변호사 등을 그 예로 들 수 있다.

이처럼 위대한 수집가의 끝은 끝없이 우리에게 기억되고 내내 추앙받을 일이다.

**귀면와(鬼面瓦)**
통일신라

## 돋보기 | 간송 전형필(澗松 全鎣弼 1906 -1962) |

**골동품을 감상하는 간송**

간송의 고결하고 온유한 인격, 우리 문화재에 대한 열정과 높은 감식안에 얽힌 일화는 무궁무진하다. 그는 문화재를 구입할 때 달라는 금액을 깎아본 일이 없었으며 파는 사람이 물건의 가치를 모르고 싸게 부르면 그 금액의 몇 배로, 자신이 판단한 금액을 주었다고 한다.

고유섭高裕燮, 송석하宋錫夏가 유형有形 · 무형無形의 문화유산을 학술적으로 조사하고 연구하여 우리의 뿌리를 잇는 큰 업적을 남겼다면 간송 전형필澗松 全鎣弼은 개인적인 상속재산의 부富를 이용하여 문화재 수집보호에 심혈을 기울인 사람이다.

그는 일본 와세다대학 법학부를 졸업한 당시 조선사람을 대표할 수 있는 인텔리였다. 3 · 1운동 때 민족 대표의 한 분이셨던 위창 오세창葦滄 吳世昌 선생을 만나 추사秋史이래로 내려오는 고증학을 익히고 서화골동書畵骨董의 감식안鑑識眼을 키우게 되었으며, 상속받은 10만석의 재산을 고서화古書畵, 도자기陶磁器 등 우리 문화재를 지키는 데 쏟아 부었다.

괴산군 칠성면에 있는 절터에서 일본인이 마을 사람을 위협하여 반출한 부도탑槐山八角堂形浮屠(보물 제579호)을 인천항에서 일본으로 반출한다는 소식을 듣고 달려가, 반출 직전에 거금을 주고 되사온 열정적인 사람이었다. 그뿐인가. 오사카 경매장에서 언제, 어떻게 반출된 지도 모르는 고려시대의 삼층석탑石造三層石塔 (市 지

**청자기린형향로(靑磁麒麟形香爐)** 국보 제65호. 간송미술관 소장. 향을 피우는 그릇으로 다른 기물의 골동품 가격에 비하여 향로의 가격은 높게 거래 된다. 그 이유는 형체가 아름답고 좋은 곳에 사용되었기 때문이다. 우리나라 향로는 여러 사람이 보이는 곳에 두고 나쁜 냄새를 없애기 위해 사용하는 기물로서 특히 불가에서 번뇌와 망상을 잊고 법열의 삼매경에 들게 하는 수도자에게는 꼭 필요한 없어서는 안 될 필수품이었다. 불교가 성행했던 고려시대에는 다양한 형태의 종류가 많았으나 불교가 쇠퇴한 조선시대 15~16세기에는 향로가 거의 보이지 않는다.

정문화재 제28호)이 경매장에 나와 경매된다는 소식을 듣고 일본 사람들과 끈질기게 가격 경쟁에서 낙찰을 받아 되찾아온 이도 간송 전형필 澗松 全鎣弼이었다.

1937년 2월. 간송 전형필澗松 全鎣弼은 일본으로 건너갔다. 당시 동경에 거주하고 있던 영국인 수장가 죤 개스비John Gadsby에게 좋은 물건이 있다는 정보를 듣고 서다. 그는 영국 귀족출신으로 1914년에 일본에 와서 국제변호사로 활약하던 사람인데 도자기 수집광이었다.

개스비가 동경에 정착하고 얼마 되지 않은 어느 날, 25세의 젊은 죤 개스비는 동경거리를 산책하고 있었다.

그때 그는 한 골동상에 진열된 아름다운 꽃병을 하나 발견하였다. 그가 도자기陶磁器와 인연을 맺는 순간이었다. 마치 마법에 이끌린 사람처럼 그는 가게 안으로 빨려 들어갔다. 인기척 소리에 안에서 게다 짝 끄는 소리가 따각따각 나더니 키가 짤막하고 뚱뚱한 초로의 남자가 나타났다.

"어서 오세요."

"이 꽃병 얼마요?"

"500원입니다."

골동상 주인은 속으로는 웃음을 참지 못하면서 겉으로 진지한 표정으로 값을 불렀다. 그로서는 머리에 떠오르는 가장 비싼 값을 부른 것이었다.

"와! 굉장히 비싸군."

500원이라는 돈은 당시 시세로 호되게 비싼 가격이었다.

의사소통이 제대로 되지 않아 손짓발짓으로 밀고 당겼으나 결국 죤

**위창 오세창** (1864~1953)
언론인. 독립운동가. 3·1운동 때 민족대표 33인의 한 사람으로서 근대를 대표하는 서예가. 전각가이자 탁월한 감식안을 지닌 서화사 연구자이기도 하다.

**백자박산향로(白磁博山香爐)** 12세기 보물 제 238호. 간송미술관 소장.

개스비는 한 푼도 깎지 못하고 값을 치렀다.

하지만 죤 개스비의 눈은 정확했다. 그가 산 일본 도자기, 나베시아 색회화훼문병色繪花卉文瓶은 뒷날 일본의 중요미술품으로 지정되었다. 제대로 본 명품이었던 것이다. 그러나 미술애호가 죤 개스비의 눈에는 호화스런 일본 도자기가 금새 싫증이 났다.

죤 개스비는 우연히 청자靑磁의 경이로운 아름다움을 접하고 숨이 멎는 듯했다. 이 완벽한 아름다움을 담아낸 인간의 능력은 청자靑磁 외엔 없었다. 죤 개스비는 그 순수미純粹美에 완전히 빠져 들었다.

"고려자기의 아름다운 빛과 형태는 세계 어느 나라의 도자기보다 훌륭합니다."

그는 만나는 일본인들과 서양인들 앞에서 고려청자高麗靑磁를 찬양했다. 또한 스스로 열렬한 수집가가 되었다. 물건만 있다면 일본은 물론 조선에까지도 건너왔다. 그는 여러 골동상을 돌아다니며 명품과 일품 위주로 수집하였다.

1930년대 초, 죤 개스비는 점찍어 둔 고려청자 두 점을 입수하기 위해 동경에서 경성으로 날아왔다. 일본인 고관이 수장하고 있던 청자상감연지원앙문정병靑磁象嵌蓮池鴛鴦文淨瓶(국보 제66호)과 백자박산향로白磁博山香爐(보물 제238호)를 기필코 손에 넣기 위해서였다.

이런 상황을 심보기조新保喜三에게서 전해들은 간송은,

"심보상. 그 두 점은 실로 명품입니다. 무슨 일이 있어도 그것을 입수하고 싶군요. 일본인이나 또 다른 외국인에게 넘어가지 않도록 심보상이 가능한 한 모든 정보를 찾아보세요."

심보기조新保喜三. 그는 소화통昭和通(지금의 퇴계로)에서 온고당溫古堂이라는 골동상을 경영하는 일본인이었다. 간송澗松과 심보新保는 처음 손님과 골동상의 관계로 만났다. 그러다가 얼마 후, 남 앞에 나서기 싫어했던 간송澗松은 심보를 통해 고미술품을 수집하기로 마음먹었다. 심보는 철저한 신용으로 간송澗松의 고미술품 수집에 독점적으로 관여했다.

"그런데, 죤 개스비가 다시 팔까요? 그토록 어렵게 구해간 것인데."

"제 생각으론 죤 개스비는 언젠가 가지고 있던 물건을 모조리 처분할 것입니다. 현재 일본의 정세로 보아 그는 큰 불안감을 가지고 있을 테니까요."

"무슨 말씀이신지?"

"차차 알게 될 것입니다. 제가 일본에 있을 때 느낀 바니까요. 혹시 그가 물건을 처분한다는 정보가 있으면 지체없이 연락해 주십시오."

"알겠습니다."

간송澗松의 예감은 적중했다. 1936년 2월. 일본 육군의 일부 청년장교들이 구테타를 일으켰다. 이른바 2 · 26사건이다. 이 사건은 곧 일본 조정 내 온건보수파가 밀려나고 호전적인 신흥군국주의자들이 정권을 차지하는 계기를 만들었다. 군국체제로 돌변한 일본은 만주사변, 중일전쟁, 노일전쟁으로 번지고 급기야 영국, 미국과도 싸움이 불가피할 것으로 보였다.

생각이 여기에 미치자 죤 개스비는 소장하고 있던 중요 물건을 모두 처분하고 본국으로 돌아갈 준비를 하게 된 것이다.

1937년 2월, 존 개스비와 가까이 지내고 있던 동경의 한 골동상이 심보新保 앞으로 한 통의 편지를 보내왔다.

"존 개스비가 물건을 처분하려 합니다. 연락바랍니다."

얼마나 학수고대했던 일인가.

"심보상, 이 편지는 미진한 것이 있어요. 처분한다면 전부인지, 아니면 일부인지 알아야겠습니다."

"예?"

거기까지는 미처 확인할 틈이 없었다. 심보新保는 그만큼 흥분하고 있었다.

"빨리 전보를 쳐서 확실하게 알려달라고 하세요. 그래야만 자금을 준비할 수 있으니까요."

"알겠습니다."

며칠 후 정확한 회신이 다시 날아왔다.

"전부 처분이 확실하다. 중간 알선은 나 혼자서 일임 받았다. 일간 전보를 칠 터이니, 그때는 지체없이 동경으로 오라."

간송澗松은 급히 공주에 있던 땅을 팔아 자금을 마련하였다. 그리고 얼마 후 다시 전보가 오자 간송澗松은 동경으로 떠났다. 존 개스비의 집은 일본 궁성이 눈앞에 보이는 호화저택이었다.

"어제 경성에서 온 전 선생입니다."

중간상이 간송澗松을 소개하자, 존 개스비는 흠칫 놀라는 표정을 지었다.

"그럼 조선 사람?"

"예, 그렇습니다. 전형필이라 합니다. 반갑습니다."

"아하, 그러세요. 경성에서 여기까지 오셨군요."

그는 자못 뜻밖이라는 듯이 미소를 띠며 반가워했다. 일본의 골동상은 죤 개스비에게 그때까지 매수인을 밝히지 않았었다. 다만 모 수집가가 내일 올 터이니 준비하라고만 일렀던 것이다.

죤 개스비도 중간상을 전적으로 신임하고 있던 터라, 그 이상은 묻지 않았다. 그러나 내심으로는 동경이나 오사카의 어느 일본인 대 수집가일 것이라 생각했다. 조선 사람이라고는 전혀 생각하지 못했던 것이다. 의외로 조선 사람이 나타나 기쁜 마음으로 죤 개스비는 간송澗松의 손을 따뜻하게 잡았다.

"말씀으로는 많이 들었습니다. 정말 반갑습니다. 저는 조선의 훌륭한 고미술품이 통째로 일본에 넘어와 일본인들의 손에 의해 좌지우지되는 현실이 매우 안타까웠습니다. 그들이 아무리 조선의 골동품을 좋아한다 하더라도, 그 미술품의 주인은 일본인이 아니니까요."

"그렇게 말씀해 주시니 고맙습니다."

짧은 머리에 기름을 발라 더욱 점잖아 보이는 간송澗松이 그의 호의에 감사를 표시했다.

"제가 여러 번 반도 땅에 갔을 때, 점차 조선인 수집가가 생기는 것을 보고 얼마나 기뻤는지 모릅니다. 이제야 진정한 주인이 제자리를 찾아가는 것 같아서요."

"고맙습니다."

죤 개스비의 환대에 간송澗松 또한 기분이 좋았다. 죤 개스비는 특히 그동안 혼신을 다해 수집한 도자기를 조선 사람, 그것도 진정한 애정을 가진 젊은 실업가에게 넘길 수 있다는 사실에 흥분했다. 죤 개스비의 컬렉션은 실로 그 규모나 가치로 볼 때 대단한 것이었다. 당시 그의 애장품 중에는 현대에 와서 국보와 보물로 지정된 것만도 대여섯 점이나 될 정도였던 것이다.

그의 애장품 중에는 청자기린형향로青磁麒麟形香爐(국보 제65호)도 있었다. 삼족의 향로에 뚜껑을 얹었는데, 웅크리고 앉아 뒤쪽 하늘을 쳐다보는 기린을 뚜껑 손잡이에 올려놓은 것이었다. 첫눈에 보아도 희귀하고 귀한 청자青磁였다. 사자 뚜껑은 흔히 있었지만 영물인 기린을 올려놓은 향로는 보기 드문 것이었다. 원앙 뚜껑으로 된 향로도 있었다. 그 밖에도 그의 컬렉션은 청자압형연적青磁鴨形硯滴(국보 제74호), 청자상감포도동자문매병青磁象嵌葡萄童子文梅瓶(보물 제286호), 청자상감국모란당초문모자합青磁象嵌菊牧丹唐草文母子盒(보물 제349호) 등 최고의 명품들로 가득 차 있었다. 이 밖에도 각종 접시와 대접, 사발, 향합, 술잔, 다기茶器 등 모든 기형이 망라되어 있었다.

"그런데 개스비 씨는 왜 중국이나 일본 도자기는 수집하지 않으셨습니까?"

서재나 응접실 어디를 보아도 고려청자 이 외에는 꽃이 꽂힌 송나라 때의 청자화병 하나밖에 보이지 않았다.

"고려자기보다 더 좋은 것이 어디 있나요? 다른 자기들은 다 연대가 떨어지지 않아요?"

죤 개스비는 진심으로 말했다.

"애써 모으신 수집품을 인수하였으니, 저도 귀하에게 지지 않도록 정성껏 보존하겠습니다."

"전 선생은 아직 젊으니 아무쪼록 훌륭한 귀국의 고미술품을 많이 수집해서 세상에 알리세요. 비록 제가 심혈을 기울여 수집한 물건들이지만 조선의 수집가가 도로 가져가게 되어 정말 기쁩니다."

간송澗松은 고려청자 10여 점에 거금 10만 원을 지불하였다. 어렵게 얘기를 꺼낸 죤 개스비의 요구에 두 말 않고 거금을 지불한 것이다. 기와집 50채 값이었다.

이 일을 통해 고미술품 수장가로서 간송澗松 전형필의 명성은 국제적으로 알려졌다. 정당한 입장에서 서로 팔고 산 것이지만, 서로에게 깊은 우정을 간직한 채 거래가 이루어졌기 때문이다.

죤 개스비는 그 후 약 1년가량 동경에 더 머물다가 영국으로 돌아갔다.

간송은 이렇게 수집한 문화재들을 전시하고 보관하기 위해서 1938년 성북동에다 보화각을 세웠다. 그것이 지금의 간송미술관澗松美術館이다. (자료제공: 金溢坤)

## 문화재 올바로 보기 - 64억짜리 항아리의 교훈

문화재 또는 고미술품은 오래 되어야만 가격이 높거나 명품이 되는 것은 아니다. 150년 된 것이라도 보물급이 있고 천 년이 되었어도 전혀 값이 나가지 않는 물건이 있다. 같은 예로 명품은 만 원짜리에도 있을 수 있고, 몇 천만 원짜리라도 명품이 될 수 없는 것이 많다.

오랜 역사만 역사가 아니다. 오늘의 해가 지면 오늘 있었던 일들이 모두 역사 속에 남게 되듯이 오늘 쓰다 남은 것이나 유행에 밀려난 물건들이 쓰레기나 고물 취급을 받을 수도 있고, 경우에 따라서 그 시대상을 잘 엿볼 수 있는 명품은 50년만 지나도 문화재로 인정받기도 한다. 각자의 생각하는 잣대가 달라 쓰레기로 보는 사람은 한 푼의 소득도 없을 것이고, 고물로 보는 사람은 약간의 소득을 볼 수 있으며, 문화재로 보고 갈무리하는 사람은 큰돈을 만들 수도 있다.

문화재는 문화재를 만든 사람이나 그 민족의 것이 아니고 문화재를 습득하여 잘 정리하고 논술하여 부가가치를 창출하는 사람이 주인이 되어 왔다. 그리스인들이 자국 조각품의 가치를 모르고 있을 때 영국사람들은 그 미술품을 수집해 가치평가를 높이고, 그 조각의 우수한 예술성을 세계에 알려 관광객을 불러모아 엄청난 수입을 올리고 있는 현실을 보라. 그 수입 액수는 상상하지 못할 정도로 엄청나다. 우리의 경우도 마찬가지다. 할아버지 할머니가 쓰시던 유품을 냄새난다고 또는 사용하기 불편하다고 불에 태워버리거나 깨뜨려 버릴 때 일본인, 유럽인, 미국인들은 그 물건들을 헐값에 사가지고 가서 엄청난 부가가치를 올리고 있다.

**1996년 10월 31일 뉴욕 크리스티 경매에서 세계 도자기 사상 최고가인 64억에 팔린 철화백자 용문항아리**
형체나 피부의 색깔, 용의 발톱이 3조인 것으로 보아 왕실에서 사용하기 위하여 특별히 제작한 관요사기이며 항아리의 입술에 넝쿨 도안이나 세련된 용의 생김, 굽 부분에 물결(파도)문양의 배치와 구도는 회화적으로 높이 평가할 만한 작품이며 당시의 경매가격이 64억이었으나 이 작품의 제작시기, 보존상태, 예술성으로 가격을 평가한다면 640억이라도 과하지 않다고 생각된다. 국제경매에서 20호 정도의 고호 그림 한 장이 이천억에 경매가 되고 있다. 물론 그림과 도자기 가격을 서로 비교한다는 것은 모순된다고 하나 우리의 국력과 경제력이 문제이지 조건만 갖추어진다면 세계적인 보물로도 손색이 없다.

그러나 한편 생각하면 불행 중 다행이다. 유출과정은 안 좋았으나 해외로 피난을 간 유물 중에 '조선 백자 용항아리' 한 점이 크리스티 뉴욕 경매장에서 64억이라는 엄청난 가격에 팔려 세계를 깜짝 놀라게 했으니 말이다. 이처럼 세계인들의 시선이 집중된 경매장에서 비싸게 경매된 우리의 물건들은 국위를 선양하는 것 뿐만 아니라 우리의 옛 문화를 높이 평가받는 계기를 만들고 있는 것이다.

만약 그것이 우리 나라에 있었다면 그 정도로 평가될 수 있었을까. 절대 제값을 받지도, 그런 아름다운 작품이 한국에서 만들어진 것이라는 사실이 세계인들에게 알려지지도 못했을 것이다. 이제는 우리 문화재들 중에 국보, 보물, 중요 문화재로 지정된 것 이외에 미술품, 문화재는 밖으로 나가 국위선양을 할 수 있도록 자유롭게 내보내줘야 한다. 우리는 우리의 뛰어난 문화를 세계가 너무 몰라준다고 아쉬워하지만, 지금처럼 무조건 해외 반출을 막아 놓은 문화재보호법 아래에서는 앞으로도 달라질 것이 없다.

우리 문화재는 우리 소유물이기도 하지만 동시에 지구의 문화재이기도 하다. 모든 세계인이 그 아름다움을 공유할 수 있도록 배려해야 하며 우리 문화재 뿐만 아니라 외국의 문화재도 문화재인 것이므로 우리도 다른 나라의 문화재를 구입해 들여와 비교 연구하여 우리 문화재에 대한 우수성을 재인식하는 계기로 삼아야 한다.

## 다리품을 팔아야 한다

일반적으로 널리 알려진 물건이나 이미 평가를 받은 물건은 당연히 가격이 비싸다. 그런만큼 많은 비용을 지불해야 한다. 그러나 가치를 평가받지 않은 물건이라면 값이 비쌀 이유가 없다. 대신 많은 위험이 도사리고 있다.

전자가 평범한 수집인데 반해 후자는 매우 가치있고 해볼 만한 모험이기도 하다. 일반적으로 안목이 없는 일반인들은 평가받지 않은 물건은 불안해서 손을 댈 수 없는 것이 정상이다. 그러나 수집가라면 그런 것을 살 수 있는 배짱과 모험심, 그리고 견식이 있어야 한다.

그러한 견식을 넓히려면 일단 내 것으로 만들어 놓고 공부를 해야 하는데, 처음부터 좋은 물건, 즉 비싼 물건을 사기 시작하면 경제적인 손실이 크다. 때문에 적은 돈으로 살 수 있는 싼 물건부터 수집하면서 배워야 한다. 이 과정에 많은 돈이 들기 때문에 수집가들 이야기로 '월사금을 많이 낸 사람이 물건을 잘 감식한다' 라는 우스갯소리도 있다.

싼 물건을 수집한다고 해서 부끄러워할 이유도 없다. 수집하는 사람이라면 누구나 거쳐야 할 과정이니까. 그러나 그 과정에서 싼 물건을 사다가 혹 횡재를 하면 싼 물건에만 재미를 붙여 쓰레기더미를 만드는 사람도 있다. 따라서 그 과정이 너무 길어져도 경제적인 손실이 커지므로 빨리 그 과정을 졸업해야 한다.

공부하는 과정에서는 박물관도 많이 다니고 책도 많이 읽어야 한다. 때로는 전문가에게 묻고 배워야 한다. 일본 사람들 이야기에, '내 눈이 의심스러우면 남의 눈을 빌려서 수집하라'는 이야기가 있다. 이는 무조건 많이 보고, 많이 들으라는 이야기와 통한다. 사놓고 후회하지 말고 사기 전에 믿을 만한 전문가에게 감정을 받아 수집하라는 이야기다.

남몰래 뒷거래를 하거나 뜨내기 상인이 집이나 사무실로 가지고 오는 물건을 산 사람치고 옳은 물건을 수집한 사람이 없다는 것이 오래된 수집가들의 이야기다.

수집 초기의 어려운 과정을 거치고 나면 스스로 짚고 넘어가야 할 유의점이 보이게 마련이다. 그러나 바로 그럴 때가 또 조심해야 할 시기이기도 하다. 공교롭게도 자신이 생겼을 때 꼭 크게 손해를 볼 수 있기 때문이다. 자신이 없으면 큰돈을 벌 수 없지만, 자신감에 차 있을 때 함정에 빠질 위험 또한 큰 것이다.

웬만큼 수집을 하고 나면 선별을 하게 된다. 누가 소유하느냐에 따라 물건은 그 가치가 달라지는데 부가가치를 높일 줄 아는 박식한 새로운 주인을 만나면 새로운 물건으로 되살아나게 되는 것이다.

참으로 아름답고 가치 있는 것은 본인이 감식하고 느껴야 한다. 수집에서의 느낌은 매우 중요한 요소 중의 하나다. 사기 전에 가격이 싸다고 생각되면 정확한 감식이 흐려져 눈이 어두워진다. 그렇다고 자기의 지식을 너무 믿는 것도 금물이다. 약은 고양이가 밤눈 어두운 줄 모른다는 말처럼 지식이 방해가 될 때도 있기 때문이다.

자기 자신이 개척하지 않은 물건은 별로 보고 싶거나 흥미가 없어진다. 이미 여러 사람이 평가한 물건은 새로운 맛이 없고 싱싱한 맛도 없기 마련. 때문에 너무 알려진 물건은 졸부들의 과시용이나 박물관의 전시용으로 필요한 것이지 수집가에게는 흥미로울 게 없다.

그래서 골동품에도 처녀성이 있다고 한다. 여러 사람의 손을 거친 물건은 처녀성을 잃었다 하여 인기가 없다.

오래 장사를 한 상인들은 이 말에 바로 공감할 것이다. 첫금(처음 가격)이 나왔을 때 만족하지 않아 팔지 않고 있었는데 점점 가격이 낮아지는 경우가 있다. 이럴 때는 미련 두지 말고 원가에 관계없이 팔아야 한다. 물품이 처녀성을 잃으면 10년 20년이 지난다 해도 안 팔릴 수 있기 때문이다. 그래서 가격이 자꾸 떨어지는 경우에는 빨리 처분할 줄 아는 사람이 크게 성공한다. 물건도 새주인을 만나 오래도록 사랑받다 보면 훗날 다시 세상에 나왔을 때 자기를 가지고 싶어하는 사람들이 많이 생기게 마련이다.

이는 성공한 상인들 대부분이 가지고 있는 철학이기도 하다.

## 손해를 봐야 득을 얻는 이치

물건을 경제적인 가치 목적의 수단으로 수집한다면 실패할 우려성이 많으며 반대로 그저 욕심없이 취미로 수집한 사람은 오히려 재물이 되고 이윤을 보게 되는 경우가 허다하다.

일반 사람들이 생각하기에 지식이 없으면 사물을 바로 보지 못할 것이라고 하지만 오히려 수집에는 그 반대가 되는 경우가 더러 있다. 지식의 잣대로 재다보면 지식의 한계 밖의 것은 보이지 않기 때문에 모조품을 만드는 사람이 그 잣대 이상으로 만들면 지식은 곧바로 미적인 감각을 잃게 된다. 물론 지식이 있어야 하지만 지식의 노예가 되어서는 안된다는 것이다.

마음을 비워라. 욕심이 앞서면 꼭 손해를 본다. 천만 원짜리를 백만 원에 사려는 사람은 백만 원을 다 날리게 되는 것이 고미술 수집의 진리다. 수집할 때는 잡념을 버리고 오직 물건 속으로 빠져 들어야 한다. 귀는 막고 눈은 더 크게 떠야 한다. 그리고 말이 많은 상인은 조심해야 한다. 말 많은 상인에게 설명을 듣다 보면 물건에 집중하는 것이 아니고 말에 혹하여 별것도 아닌 물건을 사게 되는 때가 있기 때문이다. 그러나 진실된 상인의 옳은 설명은 참고로 하고 믿어야 한다.

또한 수집하는 데는 기준이 있다. 좋은 물건을 찾아내 수집하는 것은 개발이며 창작에 도움을 주지만 금전을 앞세워 타산을 하게 되면 두뇌를 무기력하게 만든다.

경제적인 능력에 무리해서라도 수집하지 아니하면 목적을 이룰 수 없으며 수집하는 데 경제적인 어려움을 느끼지 않으면 이 계통에서

1990년대 시가로 등잔을 빼고
100만 원 정도로, 모조품이 많다.

일가견을 이룰 수 없으며 도가 트는 경지에 이를 수 없다. 풍요롭게 수집한 사람은 개척정신이 부족하며 남이 발견하여 이론을 부합시켜 명품으로 만들어 놓은 물건만을 사게 된다. 이러한 수집은 한 마디로 묘미가 없다.

얼마짜리를 산다고 예산을 정해 놓는 것은 절대 금물이다. 때로는 빚을 얻어서라도 사놓고 본다는 배짱을 가져야 승부가 나며 수집의 경지에 달하게 된다. 그렇게 해서 수집한 물건이 가짜라면 그 충격은 가슴속 깊이 새겨질 것이고 그런 계통에서는 다시는 속지도 않고 더욱 심사숙고하면서 관찰하여 재차 실수를 범하지 않는다.

상인 중에도 이러한 충격을 많이 받고 과감하게 도전하는 상인이 크게 성공했음을 볼 수 있다. 반대로 어렵게 수집한 물건이 보물급으로 평가될 때 그 짜릿한 맛과 기쁨은 평생을 간다. 수집가들의 행동은 일반인들의 눈으로 볼 때 거의가 어리석거나 허황되게 보여질 수도 있는데, 보통 사람들은 그 묘미를 느껴보지 못하였기 때문에 그런 생각을 하게 된다.

어찌보면 남들이 어리석게 보는 것도 크게 잘못된 것은 아니다. 인간은 누구나 자기 테두리밖에 보이지 않기 때문에 작은 연못에 사는 개구리는 하늘이 작아 보이고 큰 연못에 사는 개구리는 하늘이 크게 보이는 것이 당연하다.

어느 교회에 재산을 다 바친 사람을 우리는 어리석다고 보는 경우가 많다. 그러나 그 사람은 그 나름대로 즐거움을 느끼고 보람된 일을 했다고 만족하고 있다. 누가 어리석은 바보인지는 함부로 판단하기 어렵다.

수집을 하려면 타산적이어서는 안된다. 타산적인 사람은 수집을 할 수 없다는 이야기이다. 타산적으로 수집하는 사람은 결국 오래가지 못하고 성공할 수도 없다. 좋은 물건을 내게 제공해 준 사람에게 고마움을 느끼고 수집하는 물건의 가격을 후하게 쳐주면 다음에 다시 내게 큰 것이 또 오게 되어 있다는 것이 수집의 철학이다.

빈틈이 없이 타산적인 수집가에겐 절대로 큰 물건이 들어갈 수가 없다. 물론 소 발에 눈 먼 쥐가 밟힐 수도 있긴 하지만….

불란서에서 있었던 일이다. 어느 미술품 수집가가 명화 수집을 하다 재산을 다 탕진하고 비참하게 죽었다. 그러자 많은 사람들은 그가 쓸데없이 수집에 돈만 쓰다가 최후를 맞았다고 수근거렸다. 하지만 나는 그 수집가가 결코 비참하게 죽지 않았으며 오히려 행복한 죽음이었다는 평가를 하고 싶다. 전자에도 말했듯이 나 아닌 다른 사람의 마음을 누가 알겠는가. 나는 수집가의 마음을 이해하고 짐작하기에 감히 자신있게 행복한 죽음이었다고 단언한다. 수집이란 남이 발견하지 못한 것을 나만이 가지고 있다거나 남이 별것 아닌 줄 알고 등한시하며 관심이 없는 것을 내가 수집한 후에 관심을 가지게 되고 감탄했을 때 수집한 보람을 느낄 수 있다. 아마 불란서의 수집가도 순수한 마음으로 수집한, 아름다운 그림을 감상하며 가난 따위는 잊어버리고 세상을 살다 간 행복한 사람이었을 것이다.

수집은 상식의 영역으로는 해결되지 않기 때문에 일반인들이 생각하는 정도를 넘어서는 경우가 대부분이다. 장사꾼도 장사를 오래하다보면 장사인지 수집인지 구분하지 못하고 본연의 취지를 망각할 때가 있다. 얼마에 팔 것이라는 생각은 아예 하지 않고 자신이 장사꾼이라는 생각도 잊어버리고 사다보니 너무 비싸게 사 팔리지 않아 잔뜩 쌓아두고 있는 상인들도 있다(저자도 그 중에 한사람이지만). 그래서 우리들끼리 만나면 하는 이야기가 있다.

"나도 병이야. 미쳤지, 내가 수집가도 아닌데."

'나도 병이야' 라는 말은 사는 병이 들었다는 말이다. 결국은 정도를 이탈하고 상식의 영역을 벗어났다는 말이다. 그러나 그 정도는 성공한 사람들의 즐거운 비명일 수 있다. 설령 가격은 비싸게 샀을지언정 물건만은 좋은 것을 샀으니 말이다. 스스로 내 눈이 밝다고 생각하니까 마음놓고 사는 것이고 여유가 있기 때문에 그만큼 살 수 있는 것이다.

누구나 오랜 세월 수집이나 장사를 하게 되면 미치광이가 된다. 미치지 않는 사람은 미친 사람을 불쌍하게 보고 안됐다고 하지만 미쳐보지 않은 사람이 어찌 미친 자의 즐거움을 알까. 아무

**不狂不及** (미치지 않으면 미치지 못한다.) 정병례 作.

나 미칠 수 없으며 미치기가 얼마나 어려운 것인지 말이다.

일단 미치기만 하면 그렇게 즐거울 수가 없다. 남을 전혀 의식하지 않고 자기 멋대로 살 수 있다. 그렇기에 미친 사람은 항상 싱글싱글 웃지 않는가. 이해하지 못하는 사람은 궤변이라 하겠지만 수집에 미친 사람들은 내 말이 맞다고 동조할 것이다. 골동품에 미치면 약도 없다고 한다.

단순하게 무언가를 가지고 싶은 욕망은 탁하고 천한 마음을 갖게 만든다. 책을 갖고 싶어 도둑질까지 서슴지 않은 성직자도 있다. 인간이기에 참지 못하는 욕망으로 남에게 폐를 끼치는 변태적인 행위도 있을 수 있다. 수집 역시 욕망과 욕심 때문에 하게 되는 것이다. 욕심이 없으면 수집의 의의도 없다 할 것이다.

그러나 이런 생각은 어떨까. 단순히 갖고 싶은 마음에 그치지 않고 한 발자국 더 나간 생각 말이다. 예를 들어 오래도록 수집을 해 온 사람은 개인의 사사로운 욕심으로 그 업을 끝내지 않는다. 수집한 사유물을 대중으로부터 인정받고 대중들과 함께 즐긴다면 그때부터는 사유물이라기보다는 다같이 사랑하고 아끼는 문화재가 되는 것이다. 내가 지니고 있지만 결코 나만의 것이 아니라는 것을 이 계통에 미치면 미칠수록 깨닫게 된다.

물론 수집하는 사람 중에는 그저 좋다는 물건이면 무조건 사들여 창고에 집어넣고 보는 사람도 있다. 이는 수집을 하는 것이 아니라 '사장'을 하는 것이다. 자기가 사들인 물건이 어떤 물건인지, 몇 점을 샀는지조차 모른 채 말이다. 이런 식의 수집은 바람직하지 못한 구매에 기쁨을 느끼는 '구매욕구 만족병' 일 뿐이다. 일종의 정신병인 것이다. 이런 사람이 산 물건 중에는 가짜가 섞여 있을지도 모른다. 진위가 중요한 것이 아니라 그 스스로 진짜라고 믿는 마음이 더 중요한 사람이니 죽을 때까지 가짜를 진짜로 알고 사는 것이 정신 건강에 더 좋을 것도 같다.

일단 사 두고 다시는 보지 않는 습관을 들여서는 안 된다. 건전한 수집이란 수집한 물건을 감상하는 기쁨도 누릴 줄 알아야 하고, 수집한 물건에서 무엇인가 새로운 것을 찾아내어 지식을 만드는 흥미도 있어야 하며, 특징을 찾아내어 창작하는 묘미도 느낄 수 있어야 한다. 여기에 역사까지 결부시켜 연구한다면 금상첨화다.

수집이란 '이산에서 해후' 에 이르는 과정이다. 즉 사랑해 주던 주인이 죽은 후 관심 밖의 고물 취급을 받아오다 새 주인을 만나 다시 제 빛을 발휘하고 흘러간 세월 덕분에 가치가 더해져 세상에 보물로 다시 태어나게 되는 것이다. 그렇게 만드는 것이 수집가의 힘이며 보람이다.

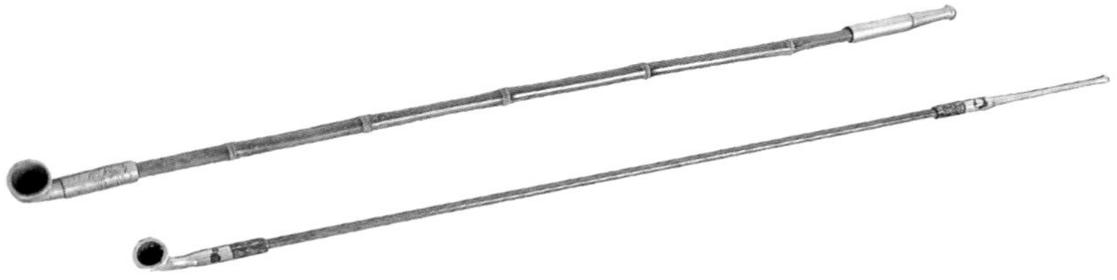

## 돋보기 | 〈세한도〉의 소장자 이동 과정 |

1844년은 완당의 나이 59세가 되던 해였다. 제주도로 유배온 지도 벌써 5년이 되었던 시기. 이때 완당은 생애 최고의 명작으로 손꼽히는 〈세한도歲寒圖〉를 제작했다. 〈세한도〉는 화제에 씌여 있듯이 완당이 그의 제자인 우선 이상적에게 그려준 것이다. 이상적은 스승인 완당이 귀양살이하는 동안 정성을 다해 연경에서 구해온 책을 보내 드렸다. 이에 완당이 우선 이상적이 변함없이 사제의 의리를 지켜준 것에 대한 고마움을 세한송에 비유하여 마음의 표시로 그려주었던 것이 〈세한도〉였다. 이상적은 완당이 그려준 〈세한도〉를 가지고 동지사 이정응 일행과 연경에 갔을 때 환영연으로 참석한 16명의 학자들淸儒十六家에게서 감상문을 받아 그 감상한 제찬을 두루마리형식으로 붙였다. 〈세한도〉에 역사를 부여하여 가치를 높였던 것이다.

이 장권의 〈세한도〉 두루마리는 이상적 사후 그의 제자였던 매은梅隱 김병선金秉善에게 넘어갔고 그의 아들 소매小梅 김준학金準學은 이 시를 읽으며 공부했던 감상기를 두루마리 끝에 적어 놓았다. 이렇게 〈세한도〉에는 완당의 그림에 16명의 학자들이 쓴 감상문이 붙여지고 다시 학문의 과정이 붙는 부가가치가 담기게 되었던 것이다.

그 뒤 〈세한도〉는 훗날 평안감사를 지내고 휘문고등학교 설립자로 유명한 민영휘閔泳徽의 소유가 되었다가 그의 아들 민규식閔奎植이 물려 받았으나 안타깝게도 완당 연구가인 일본인 후지츠카에게 팔아넘겨 오랫동안 그의 소유로 있었다.

그리고 1943년 여름, 태평양전쟁이 한창이던 때 서예가이자 당대의

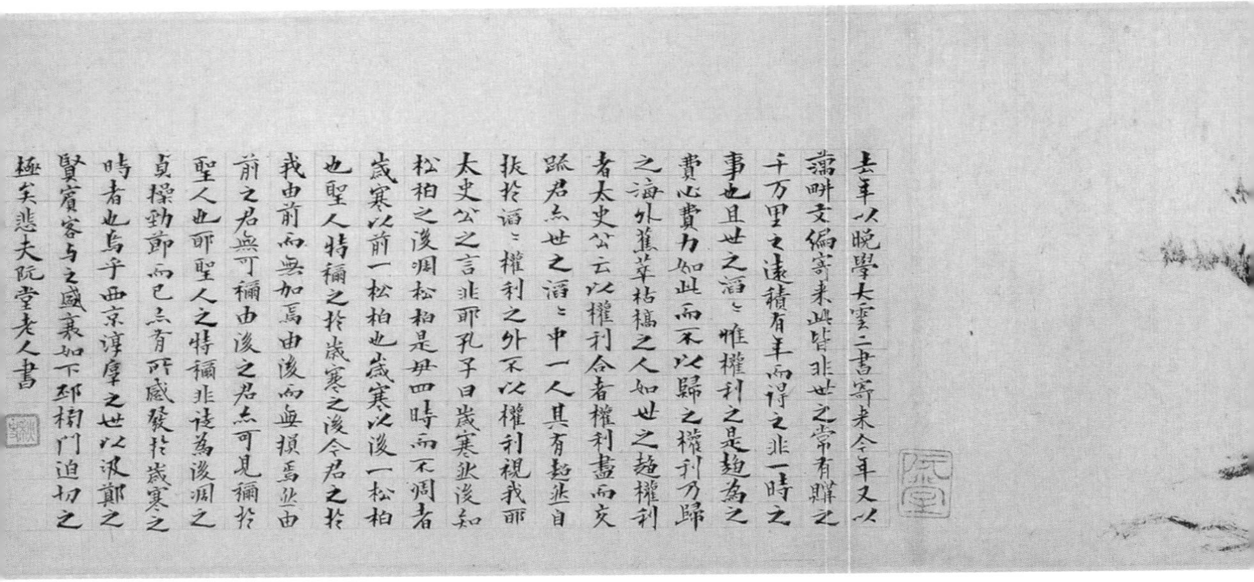

**세한도(歲寒圖)** 국보 제 180호. 김정희(1786 ~1856) 作

서화 수집가로 완당 작품의 최고 컬렉터였던 소전素筌 손재형孫在馨이 〈세한도〉를 추적하고 있었다. 혹시라도 후지츠카가 전쟁 중에 일본으로 돌아가면서 이 〈세한도〉를 가지고 가면 어떡하나 마음속으로 노심초사하고 있었다. 소전은 어떻게 해서든지 일본인 손에 들어간 〈세한도〉를 찾아야 한다는 생각으로 가득했다. 그래서 평소 알고 있던 후지츠카의 경성(서울) 거처를 방문하여 예를 갖추고 인사하면서 서화를 함께 감상하고 논한 다음 "원하는 대로 다 해드리겠으니 〈세한도〉를 양도해 주십사"고 부탁했다. 그러나 후지츠카는 자신도 완당을 존경하여 고이 간직하고 있노라고 거절했다. 이렇게 하여 소전의 〈세한도〉 구입 노력은 실패했다.

그리고 1944년 여름, 후지츠카는 태평양전쟁 말기 다른 일본인들과 마찬가지로 패전 뒤를 생각해서 일본으로 귀국했다. 물론 〈세한도〉도 함께. 그는 자신의 살림살이와 책은 물론이고 〈세한

도〉를 비롯하여 완당 관계 서화 · 전적을 모두 갖고 도쿄로 돌아갔던 것이다. 이 사실을 뒤늦게 안 소전은 나라의 보물이 일본으로 건너가 버리고 말았다고 크게 걱정하며 잠을 이루지 못하고 고심했다. 그리고 결심 끝에 비장한 각오로 후지츠카를 쫓아갔다. 그는 부산에서 관부연락선을 타고 일본으로 건너가 도쿄에 있는 후지츠카의 집을 찾아갔다.

당시 미군의 도쿄 공습이 한창인 때였는데 후지츠카는 노환으로 누워 있었다. 소전은 후지츠카를 만나 막무가내로 〈세한도〉를 비롯하여 완당 관계 서화 · 전적을 넘겨 달라고 졸랐다. 그러나 후지츠카는 이번에도 단호히 거절했다. 소전은 뜻을 버리지 않고 또 후지츠카를 찾아가 졸랐다. 그렇게 하기를 무려 두 달간 매일 문안인사를 드리며 부탁했다고 한다.

그러다 12월 어느 날, 후지츠카는 마침내 소전의 열정에 굴복하여

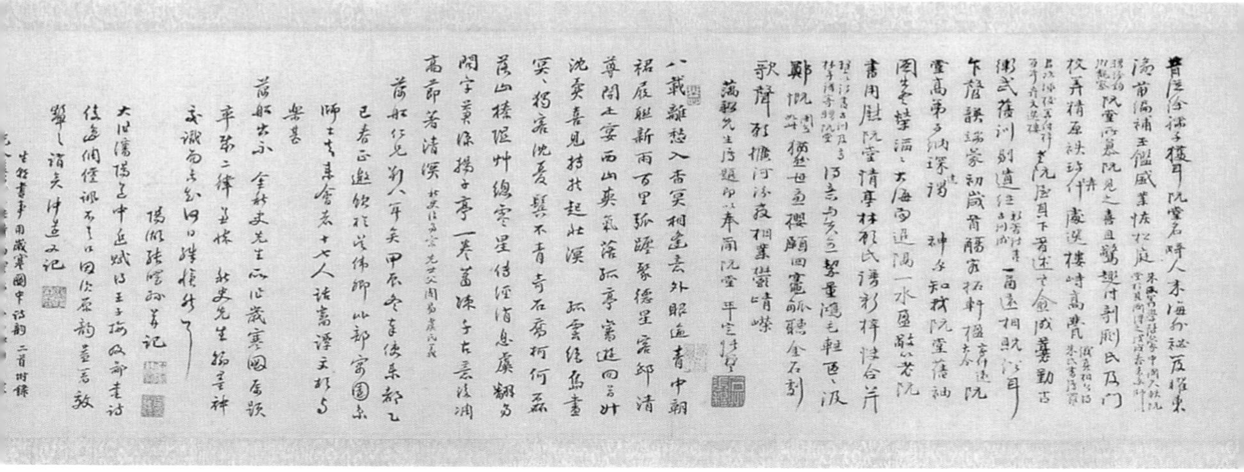

**세한도(歲寒圖)** 완당 김정희는 제주도에 유배중인 스승을 위해 중국에서 들여온 새로운 자료를 모아 보내준 역관 이상적(李尙迪1803~1865)에 대한 고마운 마음을 〈세한도〉에 담아 표현하였다. 완당은 이상적의 인품을 소나무와 잣나무의 지조에 비유하여 그려주었다.

이를 받은 이상적은 감격하여 세한도를 북경으로 가지고 가서 청대의 명사 장악진章岳鎭 오찬吳贊 김준학金準學 반증위潘曾瑋 풍계분馮桂芬 등 16명으로부터 찬시를 받았다. 이후 다시 우리나라로 건너와 김석준金奭準 오세창吳世昌 이시영李始榮 정인보鄭寅普의 배관기를 차례대로 덧붙였다.

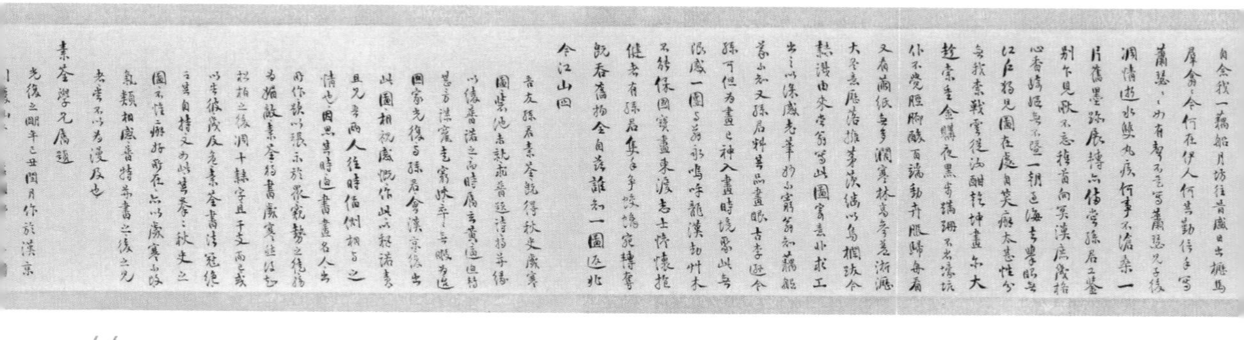

맏아들에게 유언으로 당신이 죽으면 소전에게 넘겨줄 것을 약속했으니 안심하고 어서 본국으로 돌아가라고 전했다. 그러나 소전은 여기에 만족하지 않고 후지츠카가 양도해 준다는 말만 기다리며 묵묵히 바라보기만 했다고 한다.

그러자 마침내 후지츠카는 〈세한도〉를 간직할 자격이 있는 이는 바로 소전이라며 아들을 불러 〈세한도〉를 건네줄 것을 명하였다. 그리고 후지츠카는 선비가 아끼는 것을 값으로 따질 수도 없으니 어떤 보상도 받지 않는 대신 잘 보존만 해달라고 간절히 부탁했다. 그리하여 소전은 마침내 〈세한도〉를 가지고 서울로 돌아올 수 있었다.

소전이 〈세한도〉를 가지고 귀국하고 나서 석 달쯤 지난 1945년 3월 10일, 후지츠카 가족이 공습을 피해 다른 곳에 숨어 있던 사이에 그의 서재는 폭격을 맞아 그가 갖고 있던 모든 책과 서화 자료들이 불타 버렸다. 완당과 그밖의 북학파 자료들이 모조리 불타 버리고 말았던 것이다. 그러니까 후지츠카의 그 방대한 서화자료 중 〈세한도〉만이 기적적으로 살아남은 것이다. 〈세한도〉는 이렇게 운명적으로 이 세상에 살아남게 된 셈이다.

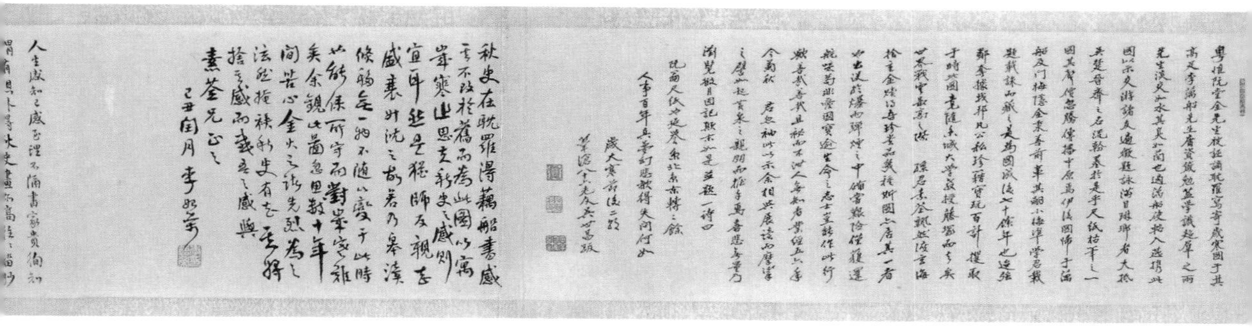

소전은 〈세한도〉를 가지고 일본에서 돌아온 뒤 소중히 보관하고 있다가 5년이 지나 8·15 해방 공간의 어수선한 정국이 가라앉자 조용히 이 사실을 관계자들에게 알렸고 세 분의 명사들에게 발문을 받았다. 완당 예술 연구의 제 일인자라 할 위창 오세창, 완당 학술 연구의 제 일인자라 할 위당 정인보, 그리고 당시 부통령으로 서예에도 조예가 깊었던 성재省齋 이시영李始榮(1869~1953) 세 분이다. 세 분 모두 〈세한도〉의 감격적인 귀환을 칭송하였다.

그러나 훗날 소전 손재형은 국회의원에 출마하여 선거자금에 쪼들리는 상황을 맞았다. 그때에도 그는 그의 수장품 중 겸재의 〈인왕제색도〉와 〈금강전도〉를 당시 삼성물산 이병철 사장에게 양도했지만, 〈세한도〉는 후지츠카의 뜻을 생각해서 차마 팔 수가 없었다. 그러나 돈이 필요했던 탓에 사채업자 이근태李根泰에게 〈세한도〉를 저당잡히고 돈을 끌어다 썼다. 그러나 소전은 국회의원에 떨어졌고 〈세한도〉를 찾아올 돈이 없었다. 그러자 〈세한도〉를 저당으로 잡고 돈을 빌려준 이근태는 이를 미술품 수장가 손세기孫世基에게 팔아 넘겼고 〈세한도〉는 지금 그 아들인 손창근이 소장하고 있다.

그리하여 후지츠카가 금전을 초월하여 〈세한도〉를 건네주며 소전에게 소중히 보관해달라고 부탁했던 약속은 그렇게 허무하게 무너졌다. 그러나 전란 속에서 하마터면 인멸할 뻔한 〈세한도〉를 구해온 것은 전적으로 소전의 공이었다. 위창은 소전의 열정적 행동을 이렇게 칭찬했다.

> 세계에 전쟁 기운이 가장 높을 때 손군 소전이 훌쩍 현해탄을 건너가 많은 돈을 들여 우리 나라의 진귀한 물건 몇 가지를 사들였는데 이 그림 또한 그

**인왕제색도(仁王霽色圖)**
국보 제 216호. 138.2×79.2cm. 조선 후기 화가인 겸제 정선(1676~1759)이 비 온 뒤의 인왕산 모습을 그린 그림. 호암미술관 소장.

가운데 하나이다. 폭탄이 비와 안개처럼 자욱하게 떨어지는 가운데 어려움과 위험을 두루 겪으면서 겨우 뱃머리를 돌려 돌아왔다. 감탄하노라! 만일 생명보다 국보를 더 아끼는 선비가 아니었다면 어떻게 이런 일을 할 수 있었겠는가. 잘하고 잘하였도다.

〈세한도〉 소장자의 이동과정에서 보듯이 명화의 소장처 변동과정은 그 자체가 또 하나의 미술사적 내용을 이루며, 인생을 어떻게 살아야 하고 어떻게 살면 안되는가를 '실사구시' 적으로 말해주고 있음을 절감케 된다. 참으로 어려운 일이로구나, 세한도 같은 삶이여!

(자료제공: 유홍준)

**지금까지 우리나라에서 발견된 최초의 에로틱사진** 2003년 초 미국 경매에서 저자가 200만 원에 구입한 사진으로 약150년 전 사진으로 추정되며, 당시 외국인이 조선에 와서 연출한 지금까지 우리나라에서 발견된 최초의 에로사진.

## 미술품을 구입하는 원칙

미술품은 정말로 좋아하는 마음이 생겼을 때 구입해야 한다. 이것은 미술품을 구입하는 첫 번째 원칙이며 어떤 경우에도 지켜야 한다. 어떤 물건이든 그 물건이 좋아서 갖고 싶은 마음이 있어야만 결단을 내릴 수 있다. 일단 갖고 싶은 마음이 있으면 낭떠러지에서 뛰어내리는 기분으로 과감히 행동해야 한다.

두 번째 원칙은 함부로 값을 깎지 말라는 것. 값 몇 푼 깎으려다가 땅을 치며 후회할 일이 생긴다. 내 눈에 좋은 물건은 누가 보더라도 값이 비싸게 되는 것이 당연하다. 가격 때문에 놓친 고기는 반드시 커 보이기 마련이니 함부로 값을 깎는 것부터 배우면 낭패보기 십상이다.

세 번째는 욕심을 버리라는 것. 처음부터 욕심어린 눈으로 물건을 바라보면 눈이 어두워지고 가짜나 가치 없는 물건을 붙잡는 일이 생긴다. 잘못의 근원이 되기 쉬우므로 물건 욕심은 내되 장사 욕심은 경계해야 한다.

구입한 작품은 될 수 있는 한 반품하지 말라는 것이 네 번째 원칙이다. 가짜만 아니라면 언젠가는 황금알을 낳는 거위가 되거나 행운을 가져다 주는 부적이 될 수도 있다. 때를 기다려라. 빨리 팔아야 할 줄도 알지만 조용히 시기를 기다릴 줄도 알아야 한다.

마지막으로 좋고 싫은 것, 필요한 것과 필요없는 것 등으로 물건에 핑계를 대지 말아야 한다. 작품은 작품으로 존재해야지 내 취향에 좋고 싫음과 필요성에 따라 가치가 흔들려서는 안 된다.

**미국 크리스티 경매 조선백자 사상 최고가(12억 원)에 팔려**
풍성한 보름달을 연상시키는 18세기 조선백자가 2007년 3월 20일 미국 뉴욕 크리스티 경매에서 127만 2000달러(약 12억 원)에 팔렸다. 이번 낙찰가격 127만 2000달러는 조선시대 백자 경매 사상 최고가라고 크리스티 측은 밝혔다. 이날 팔린 대형 백자 '달 항아리'는 일본인이 소장하고 있다가 크리스티 경매에 내놓은 것으로 알려졌으나 구입자는 밝혀지지 않았다. 담백하고 후덕한 느낌을 주는 백자 '달 항아리'는 세계 유명 미술관들이 소장하기를 원하는 고미술품이다.

## 타당성 있는 수집과 취미에 그치는 수집

수집가들이 수집하는 종류는 너무나 많다. 물론 일관되게 한 종류만 수집하는 사람들도 더러는 있다. 우표를 수집하는 사람, 돈을 수집하는 사람, 사진을 수집하는 사람, 음향기기를 수집하는 사람, 성냥갑, 담배갑, 영화벽보, 파이프, 신문, 잡지, 복권, 전화카드… 수집에는 끝이 없다. 외국에는 괴상한 취미의 수집가도 있다. 마릴린 먼로의 팬티나 브래지어를 국제 경매장에서 거금을 주고 사들이는, 평범한 사람들이 보기에는 괴상한 사람도 있다. 이는 쓰던 사람에게 얽힌 사연을 연상하는 희극적인 연상 가치는 있을지 모르나 역사적 가치를 부연하기에는 미미할 것이다. 후일 개인이나 국가, 인류에 결코 어떤 도움도 될 수 없을 것이며 괴상한 취미나 이야깃거리에 그치게 될 것이다. 따라서 어리석은 수집은 삼가하는 것이 좋다. 그러나 마릴린 먼로같이 유명한 영화배우의 유품은 별개일 수도 있다. 나름대로 그 배우를 좋아했던 사람에게는 향수도 될 수 있고 영화박물관 등에서는 꼭 필요한 자료도 될 수 있기 때문이다.

수집은 남들이 이해 할 수 있고 설득력이 있는 물건이어야 하며 최소한 반세기 전의 물건이어야 한다. 아무데서나 언제나 구할 수 있는 물건은 가치가 없으며 그 사람 개인의 취미로 끝이 난다. 즉 남이 이해하지 못하는 행동은 조소거리밖에 되지 않는 것이다. 혼자만이 만족하는 수집은 진정한 수집이 아니라는 결론을 내릴 수밖에 없다.

상인들도 꼭 사고 싶은 물건이 있게 마련이다. 팔아서 이윤을 남기겠다는 것이 아니고 자기가 좋아서 물건에 매료되어 거금을 주고 샀

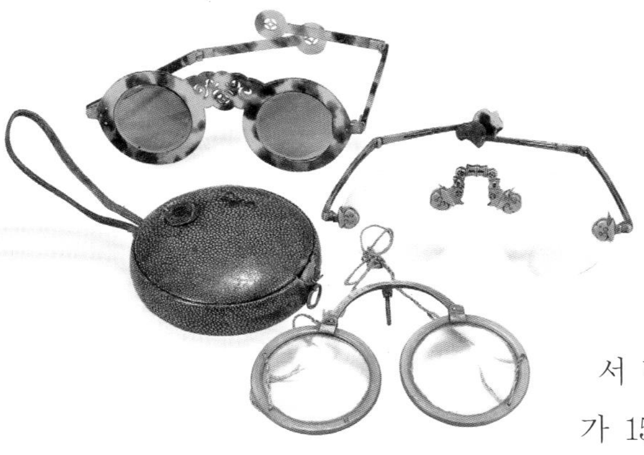

다가 손해보는 때도 많다. 상인들도 물건에 미치지 않으면 성공할 수 없다. 내가 아는 일본 수집가 야마다라는 사람은 우리나라 보성에서 만든 3홉 정도 들어가는 높이가 15㎝정도의 작은 술병 한 점을 사기 위해 자기가 사는 집을 팔아 좁은 집으로 이사가면서까지 그 술병을 샀다. 그 당시 시세로는 너무 비싸게 사 친구들에게 비웃음을 받았지만 몇 년이 지나 그것을 탐내는 사람들이 많아져서 고가로 팔아 전에 살던 집보다 좋은 집으로 이사를 했다.

그 당시는 약간 손해를 보는 듯했지만 본인이 진정으로 매료될 만큼의 물건이면 다른 사람의 마음에도 감동을 줄 수 있는 작품이고, 그런 물건은 끝내 제대로 된 평가를 받기 마련이다.

승리 담배는 조선군정청에서 1944년에 생산한 우리나라 최초 궐련 담배로 2001년 구입 당시 70만 원.

## 돋보기 | 벼루 수집하는 시인 이근배 |

몇 해 전 신문 기사에서, 이근배 시인이 벼루 수집이 취미이자 일상의 크나큰 기쁨이라고 한 것을 본 적이 있다. 벼루를 구하기 위해 안 가본 곳이 없을 정도였고, 괜찮은 벼루가 있다하면 밤차를 타고라도 내려가 구했을 정도였으며, 벼루의 본고장인 중국도 여러 번 다녀왔다고 한다.

예로부터 지, 필, 묵, 연은 문방사우라 일컬어졌으며 그 중에서도 벼루는 으뜸으로 쳤다. 얼굴을 안 씻는 한이 있어도 벼루만큼은 매일 닦는 것이 선비의 도리라 여겼으며 재물탐은 부끄럽게 알면서도 문방사우를 탐내는 것은 자랑으로 알았던 선비들의 마음을 좇아 벼루를 모으게 되었다 한다. 몇 차례 전시회도 가진 그는 조만간 벼루 도록을 만드는 일을 할 작정이라고 전한다. 그 역시 여느 수집가들과 마찬가지로 그만의 수집 요령이 있는데, 첫째는 대부분 골동품상이나 벼룩시장에서 구한 것들이고, 둘째는 중국이나 우리나라 벼루 위주로 모은다는 것. 일본 것은 품격이 떨어지기 때문이다. 셋째는 벼루의 모양이나 테두리의 조각, 재질 등 여러 측면을 고려한다. 마지막으로 비싸다고 현혹되면 안되고 중국의 경우 모조품이 많으므로 주의해야 한다는 것. 한번쯤 새겨둘 만한 수집 요령들이다.

## 가격에 대한 최종 평가는 수집가의 몫

수집가가 믿음이 가지 않으면 물건도 믿음이 가지 않는 법이다. 유명한 추사 선생의 값나가는 글씨를 걸어놓고 이것이 추사 김정희 선생의 글씨라고 장황한 말을 덧붙여 봤자 글씨의 뜻을 풀어 가슴에 새기지 못한다면 무식한 졸부 소리밖에 더 듣겠는가? 그래서 수집이 건전치 못하면 수집하는 물건의 가치까지 소멸되는 것이다.

수집하는 데 있어서 이익을 염두에 두게 되면 물건을 이해하는 판단력이 흐려져 물건의 가치를 찾아낼 수 없고 진정한 자기 것을 만들 수가 없다. 물건이 잠시 거쳐가는 얄팍한 하류상인에 지나지 않는다.

작품에 대한 진지한 관찰력을 길러야 한다. 관찰력에 판단력을 더하면 답이 나온다. 수집을 장기간 하다보면 자연스럽게 미학이 발달된다. 상품에는 질이 좋아서 값이 비싼 것도 있지만 질이 나쁘면서 비싸게 부르는 물건도 많다.

판매하는 상인도 물건을 구별하는 기준 또는 감정능력이 예리한 상급이 있는가 하면 중급, 하급도 있다. 팔고 사는 상술 또한 틀리다. 따라서 판매 가격 역시 천차만별이다. 수집하는 쪽에서 잘 판단하는 수밖에는 별 도리가 없다.

한편 수요자는 어디에서 좋은 물건이 나올지 모르는, 즉 보물찾기 또는 사냥이나 낚시를 하는 기분이다. 천차만별인 물건 값 앞에서 수집가는 혼란스럽다. 물건에 대한 가치 기준이 상인의 급수에 따라 틀리기 때문에 구입하는 가격 또한 각기 다르다. 결국 최종적인 평가는 수집가 개인의 역량에 달려있는 것이다. 그렇기 때문에 모든 고미술품은 수집가의 손에 들어갔을 때 다시 창조되는 것이다.

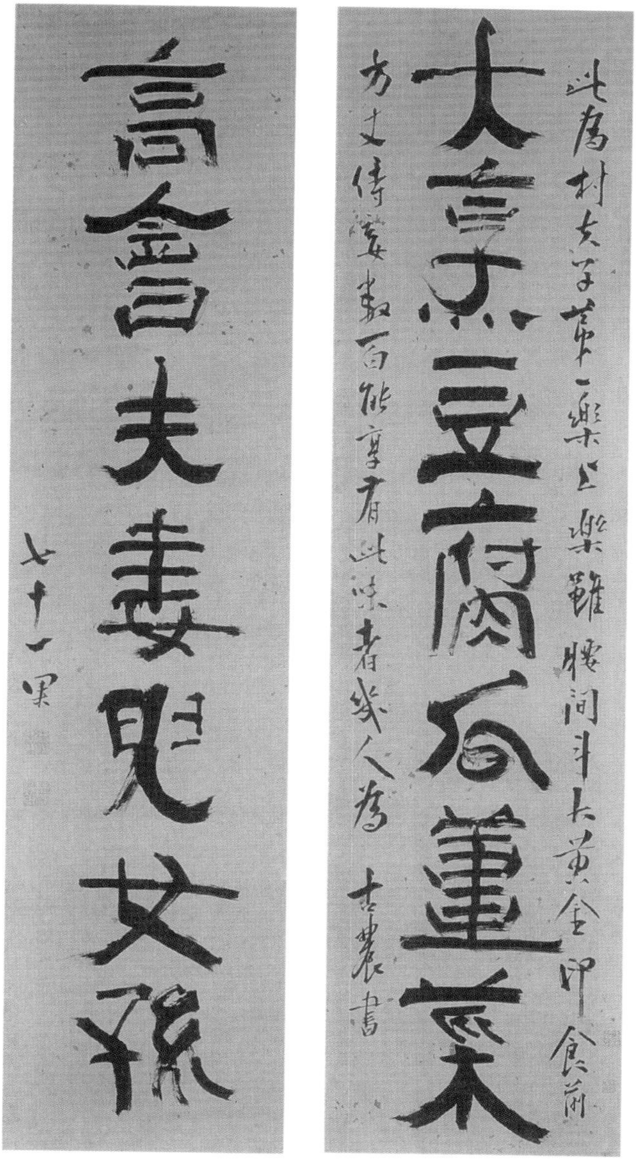


**大烹豆腐瓜薑菜 高會夫妻兒女孫**

(좋은 반찬은 두부 오이 생강나물, 훌륭한 모임은 부부와 아들 딸 손자) 추사 김정희(1786~1856) 글씨. 지본(紙本) 각 31.9×129.5cm. 간송미술관 소장.

## 가격을 결정하는 가장 큰 요인

그렇다면 어떤 물건을 사야 할 것인가. 지금부터 오랜 경험에 의한 방향제시를 할까 한다. 고미술 가격은 어떻게 정해질까. 누구나 궁금할 것이다. 고미술에 가격이 없다고 하는 사람은 이 분야에 대한 문외한이다. 결론부터 말하자면 골동품에는 정확한 가격이 있다.

예를 들어 20년 이상 골동품 장사를 한 상급 상인 10명이 물건 하나를 놓고 비밀투표 방식으로 가격을 써서 개표를 하면 가격의 오차는 상한가 10%정도밖에 나지 않는다. 사람의 눈은 각기 다르지만 물건에 대한 평가만은 지극히 정확한 것이다.

그렇다면 어떻게 가격이 정해질까. 어떤 유명한 상인이 최고의 가격을 받았거나, 평론가가 그럴듯하게 평론을 하거나, 경매에서 최고의 낙찰가격이 정해지거나 하면 그것이 기준이 되어 그보다 더 좋으면 더 높게 평가되고 그보다 못하면 가격도 낮아진다. 그리고 때로는 물건을 살 때보다 급격하게 경기가 나빠졌거나 IMF 같은 국가경제가 위급상황이라면 어쩔 수 없이 가격이 저하되며, 북한이나 중국에서 고려청자 등 문화재가 갑자기 너무 많이 들어와 가격이 하락하는 경우도 있다.

고미술품의 가격은 오래되었다고 가격이 높게 책정되는 것은 아니다. 사실 연대와 가격은 큰 관계가 없다. 또한 무조건 비싸다고 좋은 것도 아니다. 가격을 결정하는 방법은 우선 같은 종류에서 1급~5급 정도로 구분한다. 예를 들어 같은 유형의 고려청자 주전자가 1급이 10억, 2급이 5억, 3급이 1억, 4급이 5천, 5급이 1천만 원 이하로 구분되어 있다고 치자. 그러면 고려청자 유병이 1급이 1억이라면 2급은 5

천, 3급은 1천, 4급은 5백, 5급은 1백만 원 이하가 되겠다. 이럴 경우에 10억짜리 청자 주전자는 지금까지 나온 유형 중에서 최고이기 때문에 무조건 사야한다. 그 다음은 3급짜리 주전자와 같은 가격인 유병 1급을 1억에 사야한다. 이렇게 모든 종류의 물건에는 나름대로의 급수가 정해지는 것이다.

결론은, 자기의 경제적 능력에 맞추어 수집하면 된다. 고미술품에는 어떤 종류의 물건은 1급이 10만 원, 또 어떤 종류의 물건은 1급이 100만 원이기 때문에 수만 가지의 물건 중에 1급, 2급만 사게 되면 잘 수집한 것이다. 그러나 어떠한 장소에 장식용으로 구입한다면 그 장소에 어울리는 물건을 수집해야 하므로 급수나 가격에 관계가 없다. 이렇듯 골동품은 어느 것이든 가격이 문제이지 각자의 취향에 따라 다 팔리게 마련이다. 만약 박물관을 할 사람이라면 이야기는 약간 달라진다. 그런 목적이라면 역사적인 자료를 수집해야 하기 때문에 5급 이하의 물건이라도 기물에 어떠한 제작장소라든가 연호가 새겨졌다면 망설이지 말고 구입해야 한다. 또 작가 이름이 있거나 역사적인 자료 명문이 새겨진 물건 역시 가격이 다소 높더라도 구입해야 할 이유가 충분하다. 박물관을 한다면 물론 각 분야에 1급을 구매하는 것이 당연하나 물건에 역사성이 있다면 파편이라도 구매해야 하며 독특한 형체나 특이한 색깔이라면 무조건 구매해야 할 것이다. 그림이나 글씨로 예를 든다면 고려시대부터 그 이상의 연대가 있는 그림이나 글씨라면 손톱만한 조각이라도 수집을 해야 하는 것이 올바른 수집이 되는 것이다.

**청자향유병**
上 : 500만 원, 下 : 700만 원
(1990년도 시가)

**청자병 고려 12세기** 1996년 10월 31일 뉴욕 크리스티 경매 낙찰가 68,500달러.

# 깨어진 명품의 가격은?

명품이라면 깨어졌어도 수집을 해야 한다. 그 깨어진 물건이 완전한 형체가 없다고 가정했을 때, 단 한 개밖에 없는 국보급이라면, 그것은 우리 문화를 높이, 그리고 널리 알릴 수 있는 중요한 문화재이기 때문에 수집은 당연한 것이다. 실제로 파손이 많이 되었어도 국보나 보물로 지정된 유물들이 있다.

옛날 궁에서 쓰던 내사그릇은 관청에서 관리하는 관요에서 만들었고 평민들이 사용하는 그릇은 민요에서 만들었다.

관요는 유명한 대장이 만들고 그릇의 그림 역시 내로라하는 화가가 그렸기 때문에 관요에서 만드는 도자기 중에는 명품이 많이 나왔다. 그러나 만들어 내는 과정에서 다시 만들기 어려운 좋은 물건이 나오게 되면, 미리 가마에 들어가 재현하기 어려운 형체나 색깔의 아름다운 명품은 골라 깨뜨려 버렸다는 이야기도 있다. 관요를 감독하는 관청에서 앞으로 만드는 도자기는 모두 그렇게 만들라고 할까 두려워 도감관료들이 들어오기 전에 미리 수준급의 물건은 깨뜨려 없애버린 것이다. 그만한 수준의 도자기를 항상 만들어 내기란 불가능한 일이니 목숨을 부지하려면 그 수밖에 없었던 것이다. 그러므로 명품은 태어나도 기구한 운명으로 깨어지게 되어 있다는 이야기가 있다. 사실인지 믿기 어려운 이야기이기도 하나 그만큼 옛날에는 불의 조화로 명품 도자기를 만들기가 어려웠고 지금처럼 고루 열을 전달할 수 있는 가스가마나 전기가마가 없었기 때문에 항상 똑 같은 그릇을 만들기 힘들었을 테니 과장된 이야기일 수도 있다.

어쨌든 사람도 미인박명이라고 했듯이 도자기도 명품으로 태어나면 탐내는 사람이 많아지고 탐내는 사람이 많아지면 환난을 겪는 등 운명이 기구해 고충을 겪게 된다. 따라서 명품은 깨어졌어도 그것이 잘난 명품의 운명 탓이니 흠이 안될 수도 있다.

오히려 명품은 깨어질 수밖에 없다. 옛날에도 좋은 그릇은 비쌌기 때문에 높은 벼슬아치나 재력가가 사용했는데 장례를 치를 때 망인이 저승에 가서 쓰라고 부장품에 최고로 좋은 그릇들을 넣어 주었다. 부자들은 좋은 값진 물건을 넣어 주었고 가난한 사람은 싸구려 막그릇을 넣어 주었다. 부자나 높은 벼슬을 했던 사람의 장례식에는 이런저런 사람들이 모여들기 마련이어서 그 시대에도 '미구' 라고 하는 부장품을 꺼내가는 도굴꾼이 있었다. 좋은 그릇을 그대로 묻게 되면 이 미구들이 꺼내가기 때문에 여러 사람이 보는 앞에서 깨뜨려 묻어 주었다. 이러니 좋은 물건은 이래저래 깨질 수밖에 없는 운명인 것이다. 그러기에 깨어져도 명품은 명품이다.

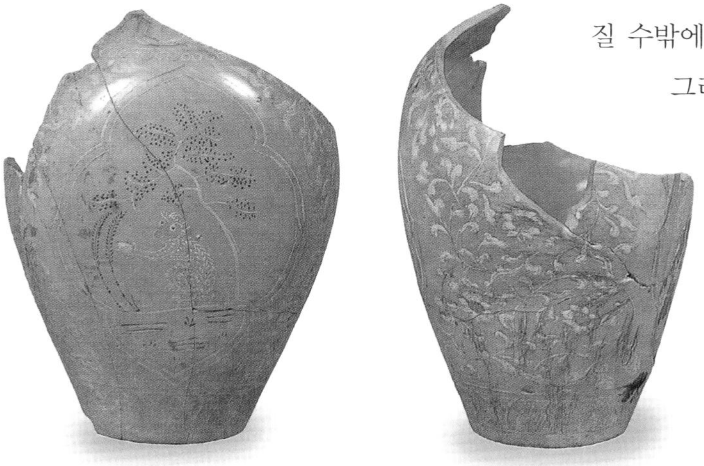

**청자상감금채수하원문편호** 높이: 25.5cm. 13세기(개성시 만월대 출토). 국립박물관 소장.
고려청자는 상감청자가 주류를 이루고 있으나, 금채로 그림을 그린 도자기는 완형으로 발견된 것이 극히 보기 드물어 깨진 파편이라도 문화재로서 중요한 가치를 지닌다.

## 대통령의 글씨는 얼마?

1995년 3월 어느 날 일간지 토픽란에, '박 대통령 친필 휘호 7백만 원에 팔려' 라는 제목의 기사가 실린 적이 있다. 내용인즉, 고 박정희 전 대통령의 친필 휘호 2점이 뉴욕 소더비 경매장에서 약 7백만 원에 팔렸다는 것. 문제의 휘호는 75년과 78년 정초에 쓴 〈勤儉節約 國論統一〉과 〈天下安亡戰必克〉 등 2점으로 6백 달러의 낮은 예상가격으로 출품되었다가 12배나 높은 가격에 팔려 화제가 되었다. 소장자는 알려지지 않았지만 낮은 가격에 내 놓은 것으로 보아 외국인이었던 것 같고, 반면에 고가를 지불하고 물건을 사들인 매입자는 한국인으로 추정되었다.

한편 IMF의 터널을 힘겹게 통과하던 98년에는 국민회의가 실업자금 마련을 위해 개최한 바자에서 김대중 대통령의 소장품이 '예상 밖의' 고가로 팔려 눈길을 끌었다. 〈實事求是〉 휘호가 1천5백만 원에 팔린 것을 비롯해 지팡이 3개가 3천6백50만 원에 팔렸으며 대선 때 매던 넥타이와 구두는 나란히 51만 원과 50만 원에 팔렸다.

1천5백만 원이 넘는 대통령의 붓글씨 액자를 두고, 대통령이라는 직함 하나로 그렇게 비싼 값을 매길 수 있느냐는 반문이 있기도 했는데, 당시 나는 중앙일보와의 인터뷰에서 글값은 명필이냐 달필이냐에 의해서만 결정되는 것이 아니라 그 사람의 정신이나 업적에 비례한다고 말한 적이 있다. 한가지 명심할 것은 현직 대통령이나 살아있는 전직 대통령의 글에 대한 옳은 평가는 작고한 후에 생전의 업적에 따라 재평가되는 가격이 정확한 가격이라고 보는 것이 좋을 것이다.

글은 그 글을 쓴 사람의 지조나 행동, 사상 등에 따라 내용이나 필치 등이 달라지기 마련인데 가령 안중근 열사의 글 값이 1억에서 2억 원까지 이르는 것은 좋은 예라 하겠다. 김 대통령의 글 값이 당시 1천만 원을 넘었다는 것 역시 단순히 재임 중이라는 후광 때문만이 아니라 민주투사로서의 개인사나 그 분을 존경하는 사람들이 많으므로 당연한 결과라고 생각된다.

앞서 언급한 박 대통령의 글 값의 경우, 당시 소더비 경매에서는 7백만 원에 팔려 화제가 되었지만 이후 IMF를 거치는 동안 박 대통령에 대한 향수와 다시 보기 등 사회적 분위기에 힘입어 현재는 2천만 원을 호가하는 고가를 구가하고 있다. 이 속에는 나라를 절대빈곤에서 건진 대통령으로서의 업적과 그의 꼿꼿한 성품과 기개 등이 고스란히 담겨 있는 셈이다. 또한 박정희 전 대통령의 사상이나 정신을 흠모하는 사람들이 많기 때문에 앞으로도 가격은 상승할 수밖에 없을 것으로 예상된다.

말이 난 김에 작고한 대통령들의 글 값을 살펴보자. 이승만 대통령의 글 값은 5백만 원대, 윤보선 대통령의 경우 1백만 원대이다. 인물에 대한 역사의 평가에 따라 유품이나 작품들도 가격을 달리하고 있음을 알 수 있다.

**백범 김구의 澄心靜慮**
109×35.5cm. 1925년.

이런 현상은 우리나라 일만은 아니다. 몇 해 전 뉴욕 경매시장에 나타났던 6백여 종의 케네디 유품 또한 그의 업적과 맞물려 고가에 거래되고 있다.

케네디 대통령이 살해되자 대통령 집무실의 문서는 한동안 밀봉된 채 외부의 접근이 금지되었다고 하는데, 2년 뒤 대통령의 미망인과 상속자들은 유산에 대한 권리를 주장, 유품 중에서 케네디가 국가에 맡기기를 원했을 것으로 생각되는 것은 국립문서 보관소와 케네디 도서관에 기증하고 나머지는 가져갔다고 한다. 이후 케네디에 대한 국민의 관심이 커지자 사람들은 케네디의 유품을 수집하는 데 열광했고, 재클린 여사가 사망한 뒤 자손들은 그녀의 소지품까지 경매에 부쳐 수백만 달러를 챙기기도 했다는 외신이 심심찮게 나돌았다.

개인적인 유품 뿐 아니라, 쿠바 사태가 발발했을 때 "미사일, 미사일! 소련의 반응은?"이라고 적은 메모 등 많은 역사적 가치가 있는 기록들도 거래의 대상이 되고 있다는 소식도 전해졌다. 미 국립문서 보관소는 과거 대통령의 귀중한 문서들이 개인의 손에 들어가거나 외국으로 유출되는 것을 막기 위해 온갖 수단을 다 동원하고 있으나 이미 오를 대로 오른 경매가격을 감당할 돈이 없어 다시 사들이지 못하고 있다니 참으로 안타까운 일이다.

**▶ 유명인사의 서예작품 낙찰가 현황**

| | 서울옥션 | | | 한국미술품경매 | | |
|---|---|---|---|---|---|---|
| | 작가 | 낙찰가 | 작품종류 | 작가 | 낙찰가 | 작품종류 |
| 1 | 안중근 | 2억 | 행서종액 | 김정희 | 1억1천만 | 종액(쌍) |
| 2 | 김정희 | 9천만 | 예서 대련 | 김정희 | 9천만 | 종액(쌍) |
| 3 | 김정희 | 7천만 | 천지석벽도 | 김정희 | 2천2백만 | 5언 시 |
| 4 | 김정희 | 4천만 | 서예 대련 | 이광사 | 2천만 | 서첩 2권 |
| 5 | 박정희 | 4천만 | 자조정신 | 초의선사 | 1천5백만 | 예서 2자 |
| 6 | 이하응 | 2천6백만 | 시고(8폭) | 김정희 | 1천5백만 | 5언시 |
| 7 | 김정희 | 2천만 | 7언 율시 | 김구 | 1천3백만 | 弘益人間 |
| 8 | 허목 | 1천5백만 | 초서 4자 | 김구 | 1천3백만 | 4자 |
| 9 | 김구 | 1천5백만 | 한시 | 강세황 외 | 1천1백만 | 서첩 |
| 10 | 김정희 | 1천2백만 | 현판 | 김정희 | 1천1백만 | 서첩일부 |
| 11 | 이광사 | 1천2백만 | 초서 5언율시 | 김정희 | 8백만 | 서첩일부 |

※ 자료 : 서진수, 「한국의 미술품경매시장 연구–서예시장을 중심으로」, 강남대학교 출판부, 2003년, 8쪽.

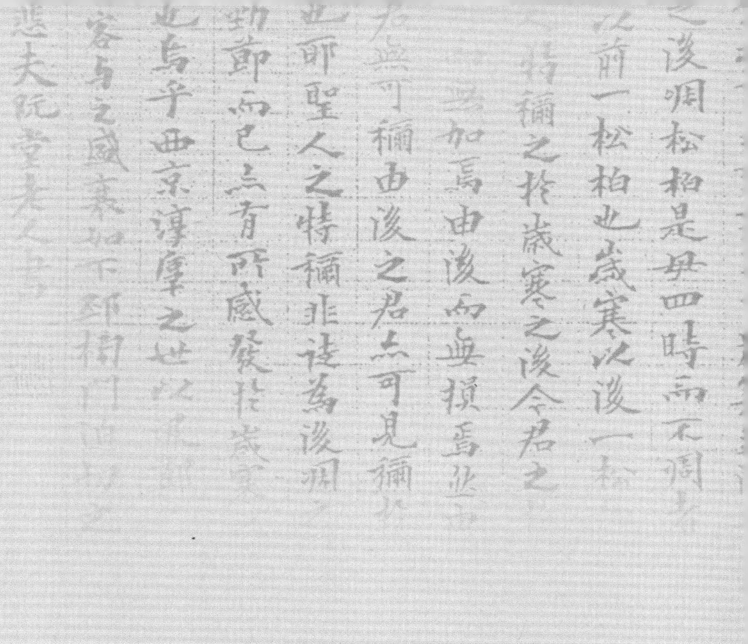
之後凋松柏是毋四時而不凋者
以前一松柏也歲寒以後一松
特稱之於歲寒之後今君之
無加焉由後而無損焉然
君無可稱由後之君亦可見稱於
也耶聖人之特稱非徒爲後凋之
勁節而已亦有所感發於歲寒
也烏乎西京淳厚之世以汲鄭
賓客與之盛衰如下邳榜門迫切之
悲夫阮堂老人書

# 2

# 왜 가품이 만들어지나

**일본 책표지에 실린 조선백자** 일본인들은 가마에서 요변으로 생긴 것도 인간이 만들 수 없는 신의 조화로 된 하나의 예술로 평가하여 높은 가격으로 거래된다. 그러나 우리는 이런 자기라면 불량품으로 간주하여 한국 내 거래시가로 50만 원에서 100만 원 정도로 거래된다.

## 가품을 없앨 수는 없다

진품이란 단어는 가품이 나올 수 있다는 전제하에 존재하는 것이다. 진품과 명품이 있는 한 모조품이 존재할 수밖에 없다. 그러므로 인류가 존재하는 한 가품은 사라지지 않으며 진품 하나가 탄생하면 가품 열 개 스무 개가 만들어질 수밖에 없다. 항상 진품과 가품은 공존하고 상생하며 어떻게 보면 명품의 가치는 가품이 받쳐주어 더욱 빛을 발하는지도 모른다.

가품은 명품의 맛을 내게 하는 조미료 역할을 해 준다. 세상에 진품 명품만이 존재한다면 감상의 느낌이 희박하여 짜지도 맵지도 않은 싱거운 음식을 먹는 것과 같을 것이다. 또한 수집이라는 것 자체도 별 의미가 없어질 것이다. 문화재를 진열하는 박물관에서나 존재할 뿐 수집하는 흥미도 짜릿한 맛도 없을 것이다.

인간이 세상을 사는데는 여러 가지 흥밋거리를 많이 만들어 주기 위하여 조물주가 즐거움을 느끼게 하는 신경을 만들고 슬픔을 느끼게 하는 신경도 만들어 놓았다. 만약 즐거움을 느끼게 하는 신경만 만들어 놓았다면 슬퍼할 이유가 없다. 가품을 만드는 사람도 남을 슬프게 하기 위하여 가품을 만들지는 않는다. 가품을 진품으로 팔았을 때 자기가 즐겁기 위하여 만들었고 구입한 사람은 즐겁게 감상하다 가품인줄 알면 그때부터 역으로 반대급부현상이 일어나 슬퍼질 뿐. 모든 만물 이치를 크게 나누어 보면 양이 있으면 필연적으로 음이 있게 마련인 것이다. 양과 음이 공존할 때 인류가 존재하고 사람이 살아있음이 확인되며 희로애락이 따르게 된다. 그러므로 진품과 가품이 뒤섞여 뒹구는 속에서 진품을 고르기 위하여 신경전을 하는 수집가들에게 나의 경험과 체험으로 얻은 지식을 최대한 쉽게 설명하고자 한다. 그러나 가품과 진품을 가리는 방법은 많은 경험과 실험을 통하여 연구하고 배워야지, 사실 이론만으로는 배울 수 없는 내용임을 미리 전제하고 설명을 한다.

## 가품을 가려내는 방법

우선 그림부터 설명하자면, 맨 먼저 가품이 무엇인가를 알아야 한다. 진품과 똑같이 그렸다고 해서 가품은 아니다. 사진처럼 똑같이 그렸을 경우는 모방품이다. 가품이란 남의 호나 이름을 써넣거나 남의 도장을 새겨 찍어 작품에 썼을 때 가품인 것이다. 오래되어 보이게 취색을 했을 경우에도 가품이다. 또는 오래된 종이에 옛날에 그린 그림과 같이 보이게 하기 위하여 옛날 때묻은 종이를 구해 그림을 그려 옛날 것으로 속였을 때 가품으로 인정한다.

예를 든다면 단원 김홍도 시대에 단원이 아닌 단원의 제자든지 그 시대의 사람이 단원의 그림이 좋아 똑같은 필법으로 그린 낙관 없는 그림이 나오는 수가 있다. 그 그림 위에 단원의 호를 쓴다거나 도장을 찍을 경우 가품이다. 그러나 그러한 행위를 하기 전에 그림은 작자 미상의 그림으로 그에 상응하는 가치를 가지고 있다.

가품을 찾는 방법은 우선, 때가 묻어 있는 위에 호나 이름을 쓰게 되면 먹의 색깔이 그림의 먹 색깔과 같지 않으므로 이를 살피는 것이 중요하다. 그림은 오랜 세월 묻은 때 속으로 묻혀 있고 새로 쓴 글씨는 공중에 떠 있는 느낌이 든다. 그리고 본인의 이름이나 호를 쓸 때에는 평소에 쓰던 속도대로 자연스럽게 쓰게되나 남의 글씨를 똑같이 흉내내려면 붓 나가는 속도가 떨어져 그린 것과 같은 느낌이 든다. 그러기에 글씨에 힘이 없으며 언뜻 보기에는 같아 보이나 확대기로 보면 억지로 그린 티가 나게 마련이다. 그러나 그런 부분을 찾아내려면 진짜와 가짜를 많이 분석해 본 사람만이 가능하다.

낙관 또한 마찬가지. 때 속에 묻혀있는 것과 위에 찍은 것은 비교해 보면 알 수 있다. 인주의 색깔이 옛날에 찍은 것과 근래에 찍은 것은 색깔이 다르다.

찍은 지 오래된 인주 색은 인주 위에 때가 올라 있기 때문에 색도가 탈색이 되면서 인주에 섞여 있는 기름이 산화되어 없어지고 인주 본래의 색만 남게 되므로 광택이 없다. 적당히 때가 오르면 오히려 처음 찍어 쓸 때보다 더 검붉은 선명한 색으로 변할 수도 있다. 이런 현상들은 역시 진품과 가품을 많이 비교해 보아야 알 수 있다.

**가품** 운보라고 쓴 글씨가 어색하고 속도감이 없고 개울물이 합수되는 부분에 표현이 어색하다 두 작품에 인주 색깔이 저질 인주이며 전각도 유치하고 물놀이하는 사람의 자세도 어정쩡하고 채색도 운보가 쓰는 채색이 아니다.

운보진품 낙관과 호

아예 옛날 때가 묻어 있는 종이 위에 유명한 사람의 그림을 묘사해서 그린 그림도 있고 값나가는 민화를 옛날 종이에 그린 것도 있다. 이러한 그림은 때가 묻어 있는 위에 그렸기 때문에 먹이 살아있고 인주도 살아있다. 그러므로 역시 그림이나 도서가 떠 있어 보이게 되는데 비해 진품은 가라앉아 보인다.

가끔 몇 백 년 된 그림 중에 사용하지 않고 그대로 접어 두어 전혀 때가 묻지 않은 그림이 발견될 때가 있다. 이러한 그림은 색깔이 선명하게 살아있으나 떠 보이지 않는다. 오히려 오랜 세월이 지나면서 채색이나 먹의 색깔이 산화되어 종이의 색과 잘 어우러져 상당히 아름답다. 그리고 채색은 시대별로 재료가 다르기 때문에 근래에 그린 그림은 색깔에서만은 차이점이 있다. 때가 묻지 않은 종이 위에 그림을 그리고 그 위에 취색을 올려 옛날 것같이 보이게 하는 방법도 있다. 이러한 그림은 취색하는 데 사용한 재료에 따라 색깔에 차이는 있으나 색깔 자체가 자연스럽게 곱게 먹지 않아서 한마디로 유치한 느낌이 든다. 자연스럽게 오랜 세월 취색된 색깔은 바탕 종이가 좋을 경우 색깔이 고루 윤기가 있으며 바탕재질이 좋지 않을 경우는 먼지가 오래도록 묻어 뿌연 회색빛이 나게 된다. 이 또한 많이 비교해 보아야 알 수 있는 사실이다.

# 진품을 가려내는 방법

화가들은 그림을 그릴 때 자기만의 독특한 버릇이 있다. 붓 놀림의 버릇은 백 번을 그어도 그 필치는 자연스럽고 변함이 없다. 또한 붓이 나가면서 떨림이나 머뭇거림이 전혀 있을 수 없다. 그러기 때문에 도서를 보지 않고도 누구의 그림이라는 것을 판단할 수 있는 근거가 된다. 예를 든다면 단원 「김홍도」의 인물화를 보게 되면 얼굴 표정을 중점적으로 확실하게 표현했으며 어느 곳을 주시하는지 눈동자의 방향을 확실하게 찍었고 손의 모양은 정교하지 않게 시늉만 그렸다. 그러나 옷자락은 인물의 지위에 맞게 섬세하게 예각을 이루며, 율동을 표현할 때에는 바람에 옷자락이 날리는 듯 빠른 붓 놀림이 특징이다.

단원 김홍도의 산수도에는 꼭 죽은 나무를 한두 그루 그려 넣었는데 언뜻 보아도 단원의 그림이란 것을 알 수 있다.

진경산수화로 유명한 「정선」의 산수화는 유난히 골이 많은 산을 주로 그렸다. 붓놀림이 특이하고 미점을 수직으로 총총히 찍어 산이 무겁게 보이는 독특한 준법을 창안하였기 때문에 정선의 그림이라고 바로 알아 볼 수 있다. 그러나 특이하게 그린 그림은 묘사하기도 쉬워 그 사람의 특징만 잘 묘사하면 그럴듯하니까 속기도 쉽다. 알아보기 쉽고도 어려운 것이 유명 작가의 그림이다. 그래서 진품 그림은 점 하나라도 빼놓지 말고 자세히 분석해 보아야 하며 모조품의 그림도 붓을 댄 곳은 한 점 한 선을 잘 살펴야 공부가 될 것이다.

고미술은 희소하다고 값이 나가는 것은 절대 아니다. 고미술은 잘났거나 못났거나 두 개가 거의 없다. 그렇기 때문에 예술성이 없고 조잡한 물건은 아무리 희소가치가 있다 하여도 값이 나갈 수 없다.

그러나 모조하는 방법도 나날이 발전하여 원화를 밑그림으로 깔고 백지 위에 비치는 선을 따라 그리기 때문에 선이나 점의 모양은 똑같다. 또한 원화와 같으면 안되기 때문에 산봉우리의 크기나 위치를 바꾸고 인물의 위치도 바꾸기 때문에 많은 연구를 하지 않으면 진부를 가려내기란 여간 어렵지 않다.

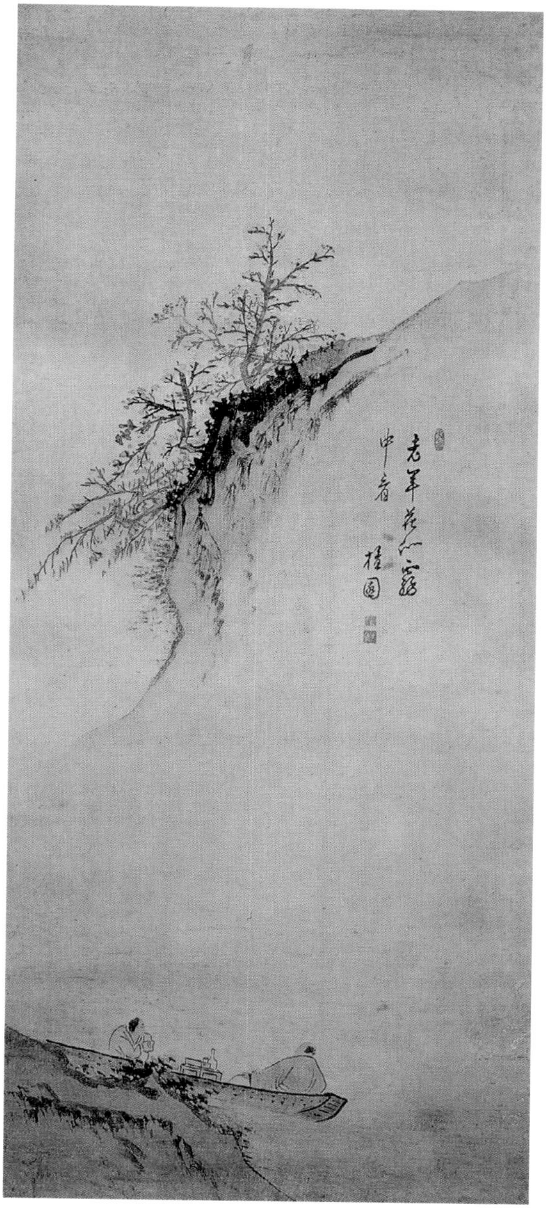

**주상관매도(舟上觀梅圖)** 단원 김홍도 作.
종이에 수묵담채. 164×76cm. 개인소장.

**백자항아리** 17세기 말~18세기 초기의 작품으로 높이 29cm. 1987년에 일본에서 한화 3억 원에 팔렸다.

## 감정은 이런 것

매일같이 보는 한 동네 사는 아저씨를 사람이 많은 시장에서 만난다면 몇 미터 떨어진 곳에서 뒷모습만 보아도 알아 볼 수 있다. 심지어 모습은 보지 않고 목소리만 들어도 누구인지 알 수 있는 경우도 있다. 쌍둥이를 키우는 부모는 아무리 똑같이 생긴 쌍둥이 자식이라도 누가 형인지 동생인지 금방 알아 보지만 한동네 사는 사람들은 매일 보아도 너가 형이냐 하고 동생보고 묻기도 하고, 형보고 묻기도 한다. 바로 이것이 감정의 이론이다. 매일같이 들고 만져보고 깨끗이 닦아보고 냄새도 맡아보고 경우에 따라서 깨트려 보기도 하고 확대기로 확대도 시켜보고 혀를 대어 혀에 닿는 촉감도 느껴보고 맛도 보고 오감을 총동원하여 살피고 또 살펴보아야 한다. 이러한 행위를 몇십 년 하다보면 그 계통에 도가 트인다.

거기에 신기가 있는 사람은 초능력까지 생겨나 귀신같이 알아맞히게 된다. 옛날의 전의가 왕비나 공주를 진맥할 때, 실을 손에 묶어 손목에 맥이 뛰어 실에 울려나오는 진동을 문 밖에서 감지해 병명을 잡아내던 일 역시 마찬가지로 설명될 수 있다. 임신인지 아닌지 잘못 짚으면 목이 달아날 판인데 병명을 알아맞히는 연구를 어찌 게을리 할 수 있단 말인가. 이렇게 귀신같이 알아맞히는 능력 역시 경험이 쌓여서 만든 초능력이라고 설명할 수밖에 없다. 이러한 초능력은 아무에게나 나타나는 것이 아니고 엄청난 노력을 해야 한다. 노력만 한다고 모두가 초능력이 생기는 것은 아니다. 타고나야 한다. 똑같이 초등학교 1학년에 입학해서 똑같은 선생님에게 가르침을 받았어도

**금귀걸이** 대가야 지산동 고분 출토

누구는 줄곧 1등 만하고 누구는 20등 하고 또 누구는 꼴찌를 한다. 전문 감정인이 되려면 여기에 초능력까지 갖추어야 한다.

어떤 때는 내 자신이 나에게 놀랄 때가 있다. 어느 손님이 물건을 팔려고 가방에 넣어 들고 들어오는 것을 가방을 받아드는 순간 가방 속에 든 물건의 부피(크기)를 보지 않고서도 무게만으로 진짜 또는 가짜라는 느낌이 온다. 가방 지퍼를 열고 물건을 꺼내보면 내가 진짜라고 느낀 대로 또는 가짜라고 느낀 대로 나타나는 것이다. 바로 이런 일들이 초능력이 아닐까? 어떤 때는 눈으로 보지 않고 손으로 만져만 보아도 알 수 있다. 특히 도자기의 경우는 가짜는 화공약품으로 변화를 시켰기 때문에 피부에서 어석어석하는 소리가 나며 매끄러운 감촉이 진짜와 다르다. 금속은 만져 보아서 손에 있는 수분을 빨아들이는 느낌이 들어야 진품이다. 인공으로 화공약품으로 부식시킨 녹은 수분을 흡수하지 않는다. 금속에 혀를 대고 맛을 보면 진짜는 혀끝이 녹에 달라붙는 느낌이 들고 아무런 맛이 없다. 그러나 화공약품을 사용한 것은 화공약품에 찌꺼기가 남아있기 때문에 혀를 쏘거나 얄궂은 맛이 나며 급속한 산화 과정으로 진행 중이라 냄새가 많이 난다. 그러나 진품은 약간의 흙내 섞인 냄새는 나지만 독한 냄새는 나지 않는다.

또는 무게로도 알 수 있다. 금속은 땅 속에서든 땅 밖에서든 오랜 세월이 지나면 불순물이 부식되어 없어지고 골다공증처럼 금속이 탄소화되어 가벼워진다. 청동종 또는 바라(쇠북) 종류는 무게에서 예외가 있다.

이렇듯 감정이란 오랜 세월 몸 전체로 배우지 않으면 이론으로는 배울 수가 없는 것들이 많다. 처음에 예를 든 우리 동네 누구 아버지는 어떻게 생겼다고 타 동네 사람들에게 가르쳐 주고 많은 사람속에 숨겨놓고 누구인가 찾아보라 하면 한 명도 알아맞히지 못할 것이다. 직접 보지 않고 귀로만 들었기 때문이다.

감정은 내 돈을 많이 들여 사서 팔아보고 손해를 많이 본 사람일수록 감정이 정확하다. 그래서 수업료를 많이 내야 물건을 잘 본다고 한다. 결론은 이론으로는 모든 것을 다 배울 수 없다는 말이다.

삼국시대 항아리 받침

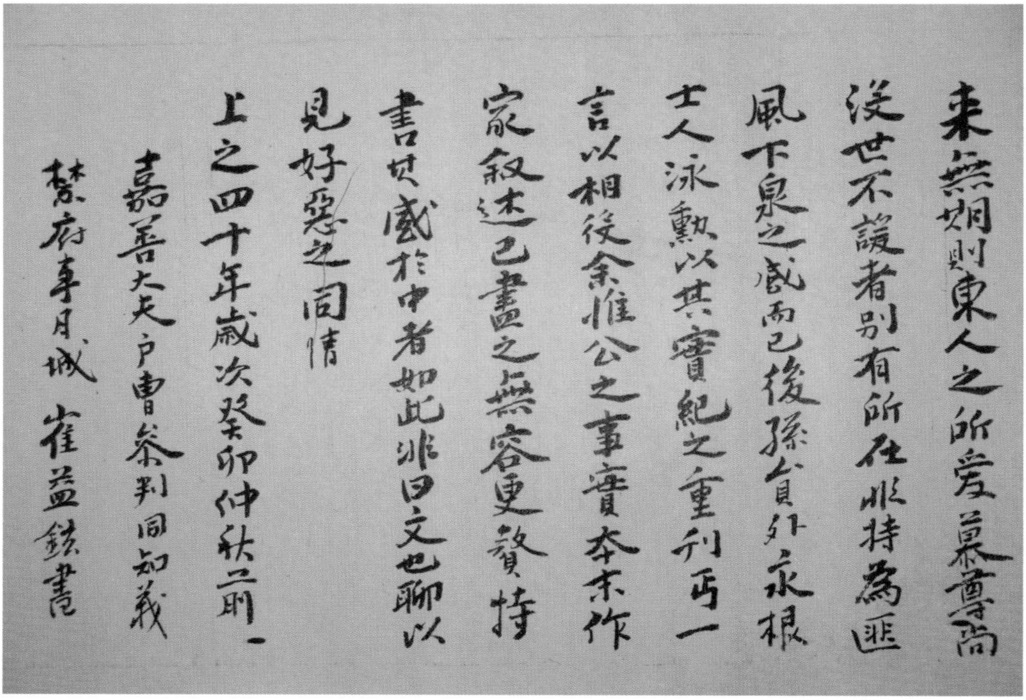

**최익현 글씨 〈사암실기〉 부분** 1902년. 지본묵서. 23×148cm. 김지이 소장. 최익현(1833~1907)은 한말의 애국지사이자 위정척사의 화신으로서 큰 의리와 성스러운 충의를 몸소 자행해 보인 유림의 거벽이며 민족자존을 품에 안았던 명망 높은 인품의 인물이다.

# 글씨를 감정하는 법

글씨를 감정하는 방법은 그림을 감정하는 방법과 거의 동일하다. 글씨체가 독특할수록 묘사하기가 쉽고 감정하기도 쉽다. 예를 들어 글씨는 글자 수가 다섯 자가 써 있는 작품을 감정할 때는 다섯 자를 한눈에 넣고 보면 그럴듯하게 보여 감정하기가 힘들다. 그림 감정도 한눈에 그림 전체를 보면 그럴듯하게 어우러져 보이듯이 글씨도 마찬가지이다. 글씨 한 자 한 자를 유심히 보아야 하고 획 하나 하나에 붓나간 자국을 보아야 한다. 붓이 움직일 때의 속도라든가 점(획)을 찍을 때 붓끝이 어디서부터 시작되었는지 붓을 종이에서 뗄 때 어떻게 붓끝이 움직였는지 감정하고자 하는 인물의 진본을 많이 보고 연구를 해야 한다.

역시 서화 감정전문가의 도움을 많이 받아가면서 연구를 해야 한다. 자기의 호와 이름을 쓸 때는 아주 자연스럽게 전혀 흔들림이 없이 글씨의 규격, 크기가 적당하고 모양도 변함이 없다. 나이에 따라 약간의 차이는 있을 수 있지만 기본 틀은 변함이 없다.

그러나 남의 호나 이름을 쓸 때는 붓의 움직임이 느려져 글씨를 쓴 것이 아니고 그린 듯 속도감이 떨어지고 의도적으로 멋을 부리려 애쓴 흔적이 붓끝에서 나오게 마련이다. 또한 낙관은 시대적으로 전각하는 글씨체가 틀려 그 시대에 맞지 않으면 안 된다. 그래서 진본의 낙관을 동판을 떠서 찍는데 자세히 확대기로 보게 되면 전각을 한 것과 동판과는 차이가 있다. 그림과 글씨에 찍는 유명작가의 낙관은 돌낙관이지 나무도장은 거의 없다. 그러므로 나무도장이 찍혀 있으면

**오원-가품** 오원 장승업의 영모도에 나타나 있는 호와 이름인데 오원 장승업은 본시 글씨를 잘 쓰지 못해 심전 안중식 화가나 몽인 정학교가 대신 써 준 화제가 많으나 자기 호나 이름만은 주로 본인이 직접 쓰는 것이 원칙이었다. 그러나 여기의 글씨는 누구의 글씨인지 알 수 없으며 낙관 또한 지금까지 오원이 사용했던 것이 아니라 알려지지 않은 것이며 인주나 전각도 의심이 가므로 가짜로 분류한다.

무조건 위작으로 보거나 일제강점기의 유명하지 않은 사람의 그림으로 보는 것이 상식이다. 민화에서 더러 나무로 만든 도장이 가끔 있지만 오래된 고화에 찍힌 인주는 앞의 설명을 참고하여 진위 여부를 가리면 된다.

# 도자기의 가품을 가리는 방법

도자기의 가품을 가리는 방법은 우선 전체적인 생김새가 가장 중요하다. 시대적인 형체(조형이)가 맞아야 한다. 높이에 비하여 몸통이 너무 크거나 작거나 하면 자세히 보아야 한다.

크기에 비하여 너무 무겁거나 가벼워도 안 된다. 큰 것, 작은 것 많이 들다보면 무게로 진품을 가릴 수 있고 진품을 많이 보게 되면 진품의 형체조형에 대한 균형을 찾을 수 있다. 그 다음은 색깔이다. 예를 들면 고려청자의 색깔은 헤아릴 수 없이 많고 조선백자의 색깔도 이루 헤아릴 수 없을 만큼 많다. 그 많은 색깔을 전부 눈에 익히는 것이 가장 중요하다.

고려청자나 조선백자나 많은 색이 있는데 그 색이 좋든 나쁘든 지금에 와서 그 색깔을 다시 만든다는 것은 불가능하다. 현대적 감각으로 더 좋은 색깔을 만들 수 있을지언정 똑같은 색깔을 만든다는 것은 감히 상상도 못할 정도로 불가능하다. 왜냐하면 성분의 퍼센트를 똑같이 맞춘다는 것도 불가능하거니와 유약의 성분이나 가마의 온도 또한 옛날과 같이 맞출 수가 없기 때문이다.

옛 도자기는 봄 여름 가을 겨울 계절마다 장작을 때는 방법도 달라 색깔을 똑같이 만든다는 것은 지극히 어렵다. 때문에 그 시대 도자기의 색과 똑같이 만들기는 불가능하다고 봐야 한다. 그리고 다 구워진 도자기가 가마 밖으로 나오게 되면 처음에는 빠른 속도로 밝은 색으로 변하게 된다. 이틀쯤 지나야 원했던 색깔로 변하게 된다. 그러나 이 때부터 눈에 보이지 않는 색변화가 진행되기 시작하는 것이다. 이

**청자매병** 고려. 12세기. 1996년 10월 31일 크리스티 경매 40,250달러에 낙찰.

렇게 수백 년을 변해왔기 때문에 본래의 색, 즉 처음 고려청자의 색깔 조선백자의 색깔은 어느 정도의 청색인지 백색인지 아무도 아는 사람이 없다. 아마도 지금 재현하는 청자나 백자의 색깔이었을지도 모른다. 그러기에 지금에 와서 옛날 것과 똑같은 청자의 색깔을 재현한다든가 백자의 색깔을 재현한다는 것은 아무 의미가 없다. 일반인들의 눈에는 똑같은 색으로 보일지 모르지만 옛날 것을 매일같이 눈앞에 두고 사는 우리는 언뜻만 스쳐도 알아본다. 일반인들에게는 도자기의 겉 부분 색깔밖에 보이지 않는다. 나도 처음 도자기를 연구할 때는 도자기의 겉 색깔밖에 보이지 않았다. 그러나 20여 년이 지나 어느 때부터인가 보이지 않던 도자기 속에 감추어져 있는 은은한 색깔이 서서히 보이기 시작하였다. 그 오묘한 색깔이 보이기 시작하면 그때부터 감정할 능력이 생기게 된다.

**백자철화용호문** 조선. 18세기. 1996년 10월 31일 크리스티 경매 90,500달러에 낙찰.

일반인들이 느끼지 못하는 그 색깔이 2~3미터 떨어진 곳에서도 우리들 눈에는 보이게 된다. 그래서 일본 사람들은 후계자 또는 제자들에게 이론을 가르치기 전에 도자기를 들여다보는 습관부터 가르친다. 도자기를 양손에 들고 어느 한 부분만 10~20여 분 뚫어지라고 들여다보고 있는 일본 고미술품 가게 점원들을 수없이 보았다. 특별한 설명도 없이 그저 들여다보라고 하면 이유를 묻지도 않고, 들여다보고 있다. 옆에서 보면 지루할 정도다. 그 이유를 30여 년이 지나서 이제 내가 알 것 같다. 자꾸 들여다보면 스스로 터득하여 보이지 않던

색깔이 보이기 시작하기 때문에 이론으로 가르칠 방법도, 가르칠 필요도 없는 것이다.

눈에는 그 색깔이 보이는데 그 색깔을 말이나 글로는 표현할 수 있는 방법이 없다. 나는 그러한 수업을 받지 못했기 때문에 늦게 터득한 것 같다. 일본 고미술계는 이런 경험을 터득하는 방법을 철저히 가르치기 때문에 일류급 점포 점원으로 들어가려면 무척 까다롭다. 아무나 점원으로 들어갈 수가 없다. 봉급 또한 없다. 중요한 조건은 첫째 아버지가 고미술업을 했어야 한다. 두번째 중요한 조건은 유명한 골동품상인의 추천서가 있어야 한다는 점이다.

또한 점원생활을 하는 동안에는 눈물이 날 정도로 훈련을 받아야 한다. 그렇게 5년이나 10년 점원생활을 하고 난 후에 독립하여 점포를 낸다. 그래서 현재 이름난 고미술 상인들은 누구하면 그 사람은 어느 가게 출신이라고 할 정도로 계보가 이어지고 있다. 또한 본인들도 어느 가게 출신이란 것을 자랑스럽게 생각한다. 이런 것이 우리와는 엄청난

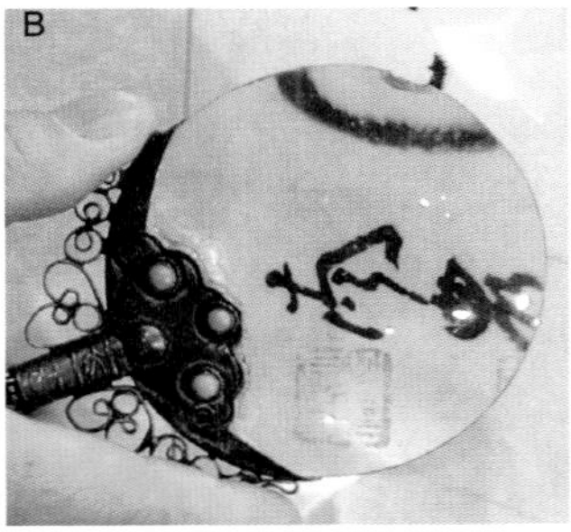


**철화백자 가짜**

A–철화 8각 매죽병으로 굽안쪽 벽이 직각이 되어야 하는데 비스듬한 대각을 이루고 있으며 자연때가 아닌 인공때가 묻어 있고 지나치게 검은색이 지저분할 정도로 보인다.

B–남농 허건 선생의 위작에 쓰여 있는 호

차이점이다.

그래서 이름난 고미술 점포에는 여러 명의 점원이 근무를 한다. 점원으로 들어갈 자리가 없어 자리가 날 때까지 기다리고 있는 점원 후보들도 상당수 있다. 하지만 골동품상의 가업을 이어갈 아들을 아버지가 가르치는 경우는 없다. 자기보다 못한 상점일지라도 그곳 점원으로 보내는 것이 일본의 전통이다. 내가 잘 알고 지내는 동경 아오야마에서 골동품업을 하고 있는 이게다라는 상인이 있다. 그 가게를 10여 년을 드나들었는데 어느날 못보던 점원이 있기에 그집 주인에게 새로 들어온 점원이냐고 물어본 적이 있다. 주인은 웃으면서 "내 아들인데 교토의 다즈게 고미술 점포에서 점원 생활을 마치고 돌아왔는데 앞으로 이 선생이 잘 좀 가르쳐 달라"며 인사를 시켰다. 교토에 있는 다즈게 가게는 나도 잘 아는 곳이지만, 조그만 가게라서 잘 가지는 않는 곳이다. 그래서 이게다 사장에게 "당신 아들 정도라면 동경의 제일 큰 가게에서 점원 수업을 받게 할 수도 있을 터인데 왜 하필이면 그 조그만 가게 점원으로 보냈느냐"고 물었더니 허허 웃으면서 "첫째 이유는 집에서 멀리 떨어져 공부를 해야 하고, 두번째는 그 주인이 무섭게 훈련을 시키기 때문이다"라고 하였다. 이게다 점포에도 세 명의 점원이 있는데 이 점포 역시 무섭게 훈련을 시킨다.

일본 상인들은 또 경매를 통하여 장사를 하는데 경매장에 들어갈 수 없으면 거래에서 상당히 불이익을 당한다. 동경 미술클럽 경매장에서는 1개월에 네 번 정도 경매를 하는데 '다이가이' 라고 해서 큰 경매가 이루어지고 있다. 이 경매에는 점원 경력이 5년 이상 되지 않은 상인은 들어갈 수 없다. 내가 아는 상인 중 한 명도 그 경매에 들어가지 못하고 있기에 이유를 알아본 적이 있다. 그는 록본기에 있는 런던 갤러리 출신인데 처음에 그 점포에 운전기사로 들어가 2년을 일하다가 그 뒤 점원으로 자리를 바꾸어 3년을 근무하고 근무년수가 모두 합쳐 5년이 되었다고 생각되어 독립을 하였다고 한다. 그 뒤 동경 미술클럽 다이가이에 참가하려고 하니 점원생활은 3년밖에 되지 않으므로 경매장에 들어갈 수 없다는 것이었다. 그래서 2년의 운전기사 경력은 똑같은 점포에서 근무했으나 인정을 해주지 않았다. 지금까지 그 큰 경매장에 들어가지 못하고 장사에 불이익을 받고 있다고 하였다.

일본 골동품 가게의 점원 중에서 가장 오래된 점원을 점장이라고 한다. 점장의 권한은 주인보다 더 대단하다. 주인이 물건을 팔 때 원가보다 싸게 팔면 세무서에서 탈세를 하려고 허위기재한 것으로 간주하나, 점원이 원가보다 싸게 판 것은 용납이 된다. 또한 점장이 경매에서 아무리 비싸게 사도 주인이 나무랄 수 없으며 물건을 싸게 팔아도 간섭을 하지 않는다. 우리는 상상도 못할 일들이 일본 골동품 가게에서 일어나고 있는 것이다. 그런데 점원들이 그렇게 배워나와 독립을 해도 감정의 실수로 몇 년 동안은 손해를 많이 본다고 한다.

도자기를 보는 데 있어서는 도자기의 두께가 얇은가 두꺼운가도 연구를 많이 해야 한다. 말로는 설명할 수 없으나 그 시대마다의 두께가 있기 때문이다. 고려시대의 청자라고 해도 연대별로 두께가 다르고 백자는 백자의 연대별로 두께가 있는데 모조품은 두께가 맞지 않는다. 음각청자의 두께와 흑백상감의 두께 중에 구연부의 두께, 굽 부분의 두께를 맞추기가 어렵기 때문에 두께를 잘 살펴보아야 한다. 음각이나 양각의 진품 도자기 기법에서는 세련되게 아름다운 조각이 있는가 하면 아주 조잡한 조각도 있다.

고려청자의 선(줄) 음각에 있어 칼로 파는 기법은 거의 없다. 실같이 가는 선으로 그림을 그리듯이 팠기 때문에 팠다기보다는 날카로운 송곳 같은 것으로 가늘게 긋듯이 표현하였다. 선의 양 옆 부분이 칼로 빗은 듯하면 한번쯤 의심을 해봐야 한다. 그러나 겹친 음·양각 도안은 별도로 보아야 한다. 흑백상감청자의 모조품은 흑상감의 색은 거의 티가 나지 않으나 백상감에서는 바로 티가 난다. 백토 색깔이 모조품은 유난히 흰 빛이 난다. 흑상감이나 백상감을 파고 넣으면 옛날 것에 비하여 모조품은 파낸 자리가 거의 직선으로 파지게 된다. 진품은 선의 굵기가 일정치 않은데, 예를 들면 국화상감이면서 진품일 경우에는 정원형이 거의 없고 꽃잎도 크기가 일정치 않다. 그러나 모조품은 꽃잎의 크기가 일정하며 꽃송이는 정원형에 가까운 것을 대체로 볼 수 있다.

**청자음각포도문표형주전자** 고려. 12세기. 높이 32.1cm. 1997년 9월 26일 뉴욕 소더비 한국 고미술품 경매에 나온 작품.

고려청자는 출토품이기 때문에 어딘가 흙속에서 산화된 출토 흔적이 조금이라도 보인다. 물론 산화가 전혀 없는 것같이 보이는 물건도 있으나 진품을 많이 보게 되면 땅속에서 700백 년 이상 변화된 흔적을 찾아낼 수 있다. 흙이 묻어 있다고 다 진품은 아니다. 출토품은 산화된 기물이 많으므로 모조품을 만들 때 화공약품을 사용해 땅속에서 산화된 것처럼 만들기도 한다. 그러나 자연산화와 인공산화는 엄연히 차이가 난다. 인공산화일 경우에 산화된 부분이나 주변에 흰 가루가

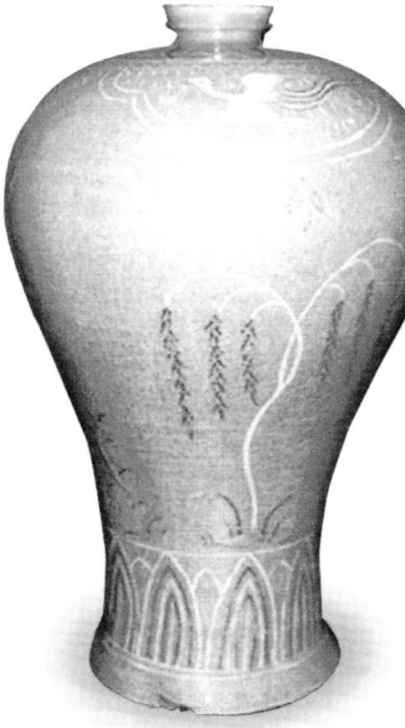

남아 있지만 자연산화일 경우에 확대기로 확대시켜 보면 산화 부위의 깊고 얕음이 일정치가 않다. 반대로 가짜일 경우에는 산화 부위가 일정하고 깊이가 없다.

내가 아직 고미술에 눈을 뜨기 전의 일이다. 하루는 새벽에 진천에 사는 안씨라는 영감이 찾아와 급하다며 잠을 깨웠다. 안 영감은 가끔씩 내게 물건을 구해다 주는 수더분한 영감이었다. 비료포대에 담긴 도자기를 몇 점 가지고 왔는데 엊그제 누가 밭을 갈다가 나온 것을 자기가 샀다고 했다. 눈곱도 떼지 않은 눈을 비비고 보니 횡재할 물건 같았다. 얼른 돈을 치르고 영감이 떠난 후 도자기에 묻은 흙을 털고 물로 조심스럽게 씻고 보니 가짜였다. 정신이 번쩍 들어 쫓아갔지만 영감의 종적은 찾을 수가 없었다. 돈은 잃었지만 그 일로 해서 나는 지나치게 흙이 묻어 있거나 과장되게 때가 묻어 있으면 의심하게 되었고 더 이상은 그런 수법에 넘어가지 않게 되었다.

어떤 도자기든지 지나치게 흙이 묻어 있거나 때가 묻어 있으면 90%는 가짜로 보아야 한다. 출토품의 경우 땅속에서 나왔다하여도 물에 씻어 보면 몸에 묻어 있는 흙이 깨끗하게 씻기지 않아 남아 있는 경우는 없다. 산화가 심하게 져 있을 경우에만 산화된 부

**청자 가짜**

고려청자의 굽에 두께가 이렇게 넓은 굽은 없으며 깊이 또한 이렇게 깊지 않다.

분에 흙이 배어 있다. 전세품의 백자도 몇 백 년이 되어도 때가 전혀 묻지 않는 것이 80% 이상 된다. 백자에도 때가 잘 묻지 않는 법이다.

주로 청자나 분청사기 굽 부분에서 나타나는 현상으로는 굽는 과정에서 유약이 묻지 않은 부분이 열을 받게 되면 짙은 밤색으로 변하게 된다. 진품일 경우 땅속에서 몇 백 년 지나면서 유약이 묻지 않은 부분은 산화가 빨리 이뤄지게 되고 윤기없고 광택없는 엷은 갈색으로 변해있는 것을 볼 수 있다. 그러나 모조품은 짙은 밤색에 윤기가 그대로 남아있다. 또한 도자기는 구운 지 오래되지 않으면 유약에서 광택이 나는데 모조품은 광택이 유난히 반짝거리며 유약 위에 기름을 묻혀 놓은 것 같은 느낌이 든다.

한편 진품은 만든 지 70~80년만 지나도 빛에 반사되는 광택이 부드러워 보인다. 그래서 모조품을 만들어 반짝거리는 광택을 죽이기 위하여 화공약품(불소산)을 사용하는데 화공약품으로 광택을 죽이게 되면 유약 전체에 육안으로는 보이지 않는 미세한 곰보가 진다. 확대기로 확대를 시켜보면 미세한 곰보 속에 흰가루가 남아있는데 그 흰가루는 화공약품인 불소산이 유약을 분해시킨 찌꺼기인 것이다. 그 흰가루는 솔로 문질러도 잘 떨어지지 않는다. 때문에 흰 가루를 보이지 않게 하기 위하여 흙칠을 하거나 과망산가리로 염색을 하게 된다. 염색한 색깔은 짙은 검붉은 색이다. 진품에는 짙은 검붉은 색이 묻어있을 리가 없다. 진품때의 색깔을 비교하여 자세히 보면 알 수 있다.

바다 속에서 건졌다고 하는 가짜 중에 불소로 전체를 태워 흰가루가 묻어 있는 듯한 가품이 많다. 주로 동남아시아의 가짜 중에 이런 물건들이 발견된다. 도자기의 피부를 손으로 쓰다듬다 보면 불소산으로 광택을 죽인 것은 도자기에서 울리는 소리가 난다.

분청사기는 우선 옛날 분의 색깔과 근대에 만들어진 분청사기의 분 색깔이 다르다. 옛날 것은 색깔이 흰색이면서도 연한 노란색을 띠고 있지만 모조품은 완전히 흰색이거나 진한 베이지색에 가깝다. 상감문분청사기의 모조품은 확대기로 확대시켜 보면 잡티가 까뭇까뭇하게 유약 속 대토에 전체적으로 깔려 있다.

덤병분청사기는 주로 다기에서 모조품이 많이 발견되는데 유난히 분이 두껍게 발리고 유약도 두껍게 발라져 있다. 청자와 마찬가지로 유약이 발라지지 않은 굽 부분을 잘 살펴보면 굽의 퇴색된 색깔로 진위를 알 수 있다.

가짜 규얄분청사기는 분장한 분이 묻을 때 유난히 붓자국이 각이 지며 울퉁불퉁 요철이 심하다. 15, 6세기의 백자는 거의 출토품이기 때문에 청자와 마찬가지로 유약에서 모조품은 표시가 난다. 광택을 죽이는 방법이 청자와 동일하며 유약이 묻지 않은 굽 부분을 잘 살펴보면 출토의 흔적을 찾아낼 수가 있다.

**진품 분청사기** 계룡산에서 만들었다 하여 계룡산 철화어문병이라 한다. 고기그림은 붓의 움직임이 속도가 있으나 모조품은 그림의 선이 속도가 없고 자연스럽지 못하다.

15, 6세기까지는 관요와 민요의 형체가 거의 같은 모양으로 만들어졌다. 단지 관요는 형체에서 정교함을 볼 수 있는데 발이 고운 천 또는 가죽으로 도자기의 몸 전체를 문질러 손자국을 말끔히 없앤 다음에 유약을 올려 소성하기 때문에 도자기의 피부가 곱게 만들어진다. 그러나 지방요(민요)에서는 관요만큼 섬세하게 만들지 않아 물래 손자국이 남아 있고 굽에 모래 받침이 거칠고 대량 생

산을 하기 위하여 여러 개를 포개어 쌓아 놓고 구웠기 때문에 포개 놓은 모래눈 자국이 대접(사발) 안쪽 바닥에 남아있다.

색깔 또한 관요는 전부가 그런 것은 아니지만 명품은 눈같이 흰빛을 띠고 있어서 설백색의 백자라고도 한다. 지금도 15, 6세기에 관요에서 만들어진 도자기는 모조품을 만들기가 불가능해 모조품은 거의 보이지 않는다. 더러 명기나 술잔 같은 작은 기물에서 모조한 것이 보였었는데 근간에는 중국쪽에서 고소매라는 15, 6세기의 관요 청화백자의 모조품이 정교하게 만들어져 국내로 반입되고 있어 문제가 되고 있다. 그러나 전혀 가릴 수 없는 것은 아니다. 중국에서 만든 고청화백자의 도안은 섬세하지 못하며 그리기 쉬운 도안만 그렸고 굽 모양이나 굽 깊이도 맞지 않고 색깔도 전문가가 자세히 보면 알 수 있다. 특히 유약을 30배 이상의 확대기로 확대시켜 보면 기포 간격의 밀도가 진품에 비하여 조밀하고 기포의 크기가 진품

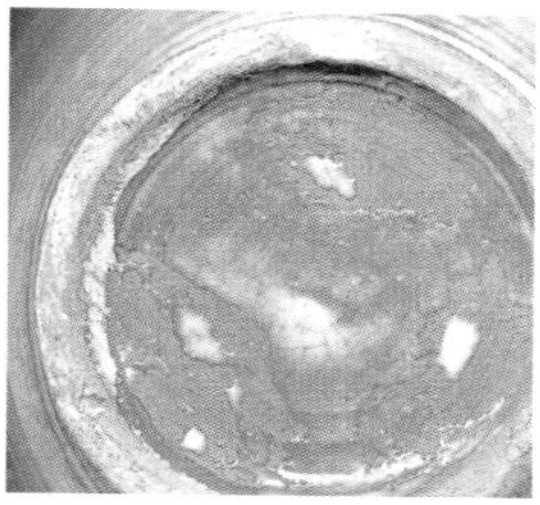

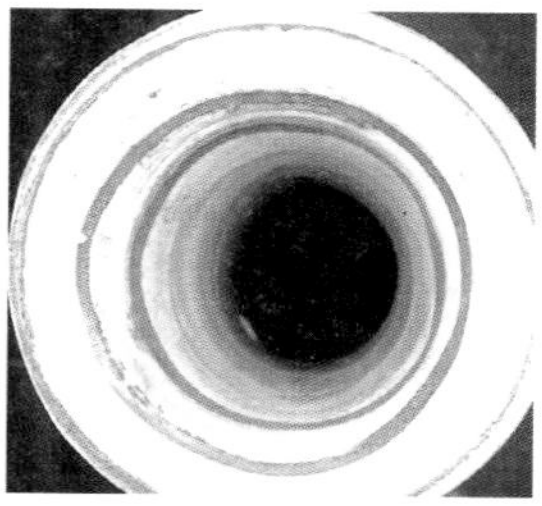

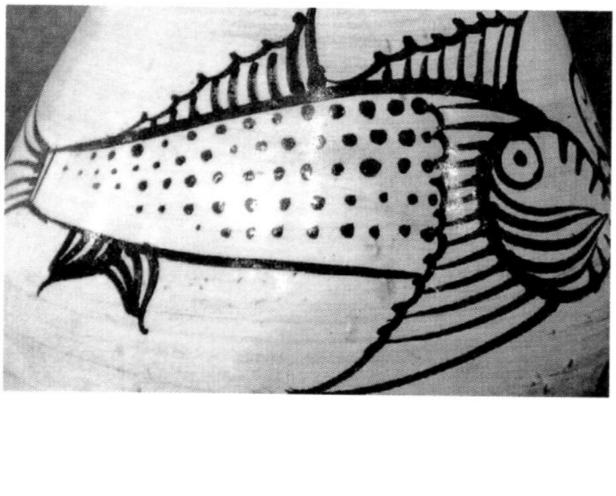

**가짜 분청사기** 고기그림의 아가미 옆 지느러미의 꾸불꾸불 내려온 선이 속도가 없고 정교하지 못하여 지저분한 느낌이 든다. 모조품을 만들다 보면 숙련되지 못함이 보일 수밖에 없다.
- 주둥이와 몸체는 진품에 손색이 없다.
- 굽 끝부분의 두께가 너무 얇다.

의 기포보다 작은 것이 특징이다. 진품 고청화의 청색그림을 자세히 들여다 보면 물방울 같은 기포가 많이 보인다. 하지만 전세품 백자에서 나타나는 유약의 기포는 모조품의 기포가 더 크다.

15, 6세기 지방민요에서는 철화를 많이 사용했으므로 이 시기 민요에서 만들어진 도자기 중에도 값나가는 기물들이 많이 있고, 때문에 지방요(민요)는 유사한 모조품들이 많다.

18, 9세기 관요 백자항아리와 주병류는 모조품이 많은데 이 당시 굽의 모양을 보면 진품과 모조품을 판단하기가 쉬워진다. 기물을 놓고 볼 때 진품은 90%가 바깥 굽의 높이가 낮다. 그러나 들고 굽 안을 보게 되면 밖에서 보는 높이의 2~3배 깊게 직각으로 들어가 있는 그릇이 거의 90%이다. 문제는 이러한 굽의 모양을 만들기가 무척 어렵다는 것이다. 이 시기의 관요는 연적 종류가 다양하고 가격이 높기 때문에 가짜를 많이 만들어 낸 것으로 보인다. 형체는 다양하나 가짜를 가리는 방법은 비슷하다. 물이 나오는 구멍과 공기가 들어가는 구멍을 보게 되면 오랜 세월 물때가 앉아 곰팡이가 슬어있고 검은때 안쪽으로 흰 석화된 곰팡이가 피어 있는 듯 보인다. 이럴 경우는 틀림없이 진품이다. 가품은 먹물만 묻어 있지 오래 석화된 곰팡이는 보이지 않는다. 굽에도 유난히 먹이 많이 묻어 있으면 일단 의심해 보아야 한다. 어느 골동품이든 때나 흙이 너무  많이 묻어 있으면 일단 의심하여 살펴보아야 한다. 진품은 때나 흙이 그렇게 많이 묻어 있지 않다. 출토품일 경우 물로만 닦아도 흙이 깨끗히 닦이며 산화된 부위만  흙물이 배어있지 산화되지 않은 부분엔 흙이 묻어 있지 않다. 가격이 많이 나가는 백자 필통 중에 가짜가 많은데 역시 진품은 때가 전혀 묻어 있지 않을 정도로 깨끗하다. 오히려 가짜는 때가 많이 묻

어 있다. 특히 굽에 때가 많이 묻어 있으면 의심해 보는 것이 좋다.

옛날 도자기 필통은 굽의 모양이 특이하다. 특히 투각필통은 굽이 예각으로 안으로 깍기고 굽 안쪽은 약간 들어간 평굽이며 유약이 묻어 있지 않다. 가짜 청화백자필통은 굽 만들기가 용이하다.

어느 도자기든 피부를 손바닥으로 문질러서 어석어석 소리가 난다면 불소산으로 피부의 광택을 죽인 것이므로 가짜일 가능성이 높다. 고려청자에서 나타나는 현상 중의 하나는 고려청자는 모두가 출토품이기 때문에 땅속에 묻혀 있을 때 자세가 똑바로 서있는 경우가 거의 없다. 어떠한 자세로 묻혀있었든 제일 밑부분에 변화가 나타나는데 산화가 져 유약의 피부가 거칠어 부서지고 흙물이 들어가는 경우도 있고, 어떤 기물은 – 특히 청자에서 볼 수 있는데 – 유약의 광택은 남아 있으나 유약속으로 뿌옇게 산화되는 경우가 있다.

이런 산화방법의 가짜는 전혀 만들 수 없었다. 그러나 몇 년 전부터 중국에서 들어오는 가짜 고려청자에서 이렇게 불가능했던 산화방법이 보여지고 있다. 그래서 어떻게 이러한 방법의 가짜를 만들까 2년 동안 실험과 연구를 거듭한 끝에 얼마 전 이 방법을 알게 되었다.

유약의 광택은 그대로 두고 유약 속으로 넓게 뿌옇게 안개가 끼어 있는 것처럼 산화시키는 이런 방법을 책으로 일러 주면 가짜가 너무 많이 나올 것 같아 가짜와 진짜를 가릴 수 있는 방법만 제시하겠다.

자연으로 유약속에 산화가 져 있다면 뜨거운 물을 묻혔을 때 물이 흡수되고 인공으로 만든 가짜는 뜨거운 물을 빨리 흡수하지 못하며 전혀 물을 흡수하지 않는 것도 있다. 그리고 항아리나 병의 속을 들여다 보면 유약이 묻지 않은 부분이 꼭 있게 마련인데 내시경으로 속을 들여다 보면 유약이 안 묻은 부분부터 산화가 오기 때문에 제일 밑쪽 부분 색깔이 뿌연 회색으로 변해 있고, 출토의 흔적이 보이나 속살이 생생하게 살아있다. 이 점도  잘 관찰하여야 한다.

옛날에는 흙을 골고루 찰떡 모양으로 차지게 만들기 위해 발뒤꿈치로 오랫동안 밟아 만든 반죽으로 기물을 만들었기 때문에 반죽한 흙 속에 미세한 공기가 섞이게 마련이었다. 소성과정에서 기물은 수축하고 공기는 열을 받아 팽창하면서 태토에 섞여 있던 공기가 밖으로 유약을 터트리며 튀어나오기 때문에 옛날 도자기에는 피부에 드문드문 크고 작은 곰보가 져 있다. 그러나 요즘은 흙을 갤 때 기계(토련기)로 이겨서 만들기 때문에 흙이 차져서 흙 속에 공기가 남아 있을 수 없다. 그렇기 때문에 작은 곰보가 없는 기물은 모조품으로 의심해 보아야 한다. 그리고 유약을 15배 확대기를 대고 들여다 보면 도자기 표면 위 유약속에 물방울 같은 기포가 보이는데, 옛날 도자기는 기포가 적고 기포와 기포 사이가 넓은 특징이 있다. 그러나 연대가 짧은 작품이거나 모조품은 물방울 같은 기포가 크고 조밀하게 붙어 있다. 단, 15~16세기 관요 청화백자, 특히 도마리가마 백자의 유약속에는 기포가 유난히 크고 조밀하다는 것을 꼭 알아두어야 한다. 또한 이 시기의 청화백자(고소매)는 가격이 상상하지 못할 정도로 비싸므로 주의하여야 한다. 이러한 현상은 유약을 만드는 성분이 시대별 가마마다 다르기 때문에 일어나는 것이다. 그래서 15배 확대기만 있어도 초보자들에겐 큰 도움이 된다.

참고로 도자기를 굽는 방법 중에는 초벌구이를 하지 않고 응달에서 장시간 말린 다음 유약을 발라 굽는 방법이 있는데 이 역시 기포가 생기는 것 같은 현상이 일어나 크고 작은 곰보가 생기는데 요즘 도공들은 이러한 현상을 빠꼬미가 생겼다하여 불량품으로 분류하지만 옛날에는 어쩔 수 없는 일이었기에 명품에도 빠꼬미가 있을 수밖에 없다.

| | 경상도 | 전라도 | 충청도 |
|---|---|---|---|
| 당조문 |  |  | 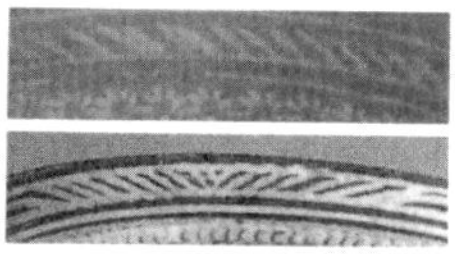 |
| 내측면문양 | 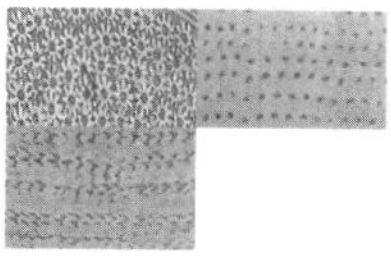 | 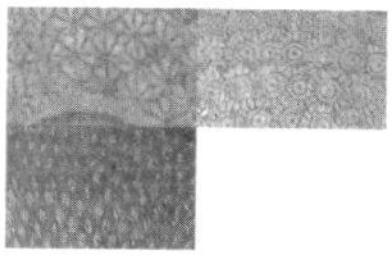 | 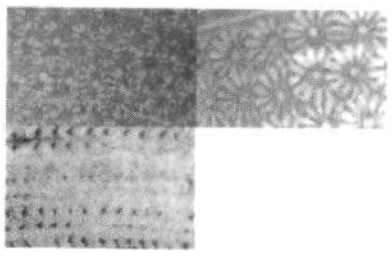 |
| 연변문대 |  | 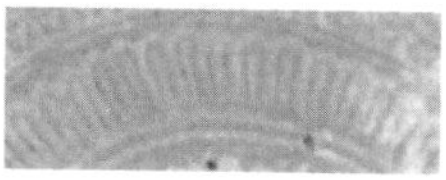 | 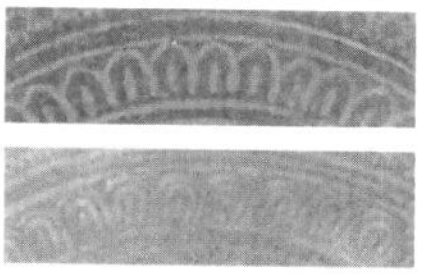 |
| 외측면문양 | |  | |

경상도

충청도

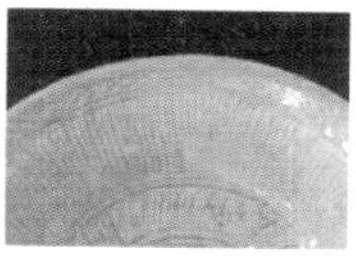

전라도

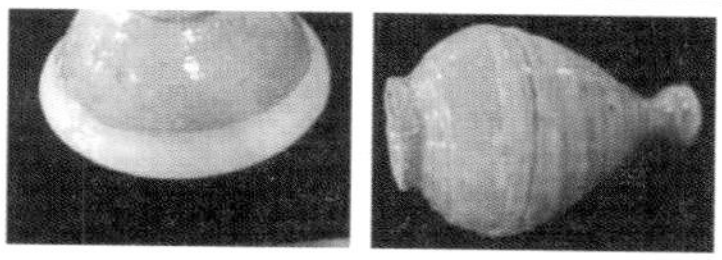

강원도

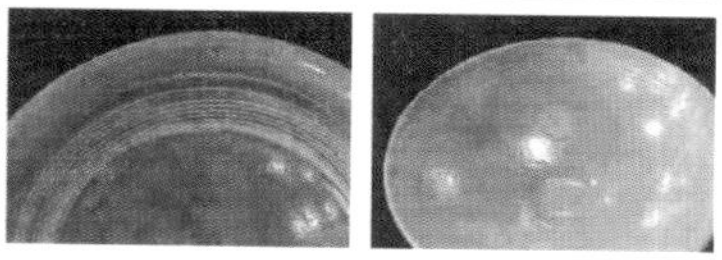

**동화백자유문호** 18세기. 높이 17×15.8cm. 대단한 명품으로 일본의 유명한 수집가 니시우라라는 사람이 소장하였던 항아리이다. 소장자는 살아 생전 나와 친분이 두터워 내가 부탁하면 거의 들어주던 편인데 이 항아리를 수차례 나에게 양보해 달라고 억대의 가격을 제시해 보았으나 끝내 거절당했던 내 인생에 한이 담겨있는 항아리이다. 붓이 미친듯 춤을 추는 것 같은 버드나무 그림은 신들린 무당이 든 대처럼 거리낌 없이 붓을 흔들어댄 활달한 필치가 명작명품이다.

# 목가구를 감정하는 법

나무로 만든 가구나 민속품의 가짜는 상당히 많다. 우선 가짜를 만들기가 쉽기 때문에 많을 수밖에 없다. 괴목이 됐든 잡목이 됐든 손재주가 좋은 목수가 새 나무로 만들어 오래된 것 같은 취색을 하면 초보자들은 다 넘어간다.

그러나 조금만 기초 상식이 있는 사람이면 새 나무로 만든 것은 취색속의 나무가 생나무여서 아무리 취색을 해도 속에서 받쳐주는 새나무의 흰색이 취색 위로 비치게 돼 있으며, 조금만 벗겨져도 속의 흰 새살이 보여 단번에 알아 볼 수 있다. 그러나 문제는 오래된 헌 나무로 만들었을 때는 전문가가 아니면 가려내기 힘들다. 오래된 헌 집을 뜯어서 만든 것은 그래도 가려내기가 쉽다. 정말 가리기 힘든 것은 돈이 안 되는 큰 장롱을 뜯어서 값 나가는 작은 물건을 만들었을 때다. 개조한 물건은 서랍을 빼내고 속을 들여다보면, 이은 부분도 말끔하게 정리가 되어 있지 않아서, 옆 모서리의 이은 부분이 자연스럽게 닳지 않고, 인위적으로 문질러 연대를 낸 표시가 나게 돼 있다. 서랍도 줄였기 때문에 줄인 톱자국을 상세히 관찰하여 보면 알 수 있고 옛날에는 대못질을 하였기 때문에 요즘 대못과는 못의 색깔이 다르다. 개조한 물건은 톱자국이나 망치 자국이 남아있게 마련이다. 문짝도 줄이기 때문에 이음새를 잘 살펴보면 이음새의 사이가 날이 서 있다. 장식 또한 옛날 장식을 사용했을 경우에는 오래된 못이라 하여도 다른 곳에서 빼어 박은 못은 장식의 못 구멍과 잘 맞지 않으며, 헌 나무에 못을 박게 되면 나무가 깨질 우려가 있어 가는 송곳 구멍을 내 놓고 못을 박는다.

이런 내용을 염두에 두고 잘 살펴보면 알 수가 있다. 다른 곳에 붙어있던 장식을 떼어다 붙이면, 붙은 자리에 장식 옆 나무의 때가 옛날 때와는 차이가 난다. 아예 새로 만든 놋쇠나 무쇠장식이라면 염산으로 녹을 내 부식시킨 다음 기름칠을 하여 램프로 기름을 태워 옛날 장식 같은 느낌이 들도록 만들기 때문에 옛날 장식과는 색깔에서 차이가 나며, 장식의 모서리가 자연스럽게 닳지 않았거나 못도 오래 사용한 장식에 붙어있는 못은 오랜 세월 문질러 닳은 흔적이 보이게 돼있다. 진품 무쇠장식인 경우에는 부식된 흔적이 표면에 일정하지 않고 어느 부분은 더욱 부식되어 있고 어느 부분은 표면이 반들반들하게 길이 나 있으나 새로 만든 가짜 무쇠장식은 표면이 일정하고 도톨도톨 미세하게 폭폭 들어가 있다. 표면에 화공 약품을 발라 부식시켜 표면이 일정하게 부식되었기 때문에 구분이 가능하다. 주로 돈이 되는 강화 반닫이 장이 가짜가 많은 경우다. 서랍고리에서도 표시가 많이 난다. 장식이 매달려 있는 부위가 많이 닳기 때문에 그 부분을 눈여겨보아야 한다. 모든 기물은 상식 선에 맞추어보면 단번에 알아볼 수 있다. 직접 내가 사용했다면 어느 부위에 내 손이 제일 많이 갔을까 그 부분을 눈여겨보면 차이점을 찾아 낼 수 있다. 그러나 가짜를 전문으로 만드는 사람은 그런 것까지 염두에 두고 만들기 때문에 언뜻 보면 속을 수가 있다. 그렇다고 해도 열 군데면 열 군데 모두를 다 옛날 것과 똑같이 만들 수는 없기 때문에 어느 한 군데라도 어색한 곳이 있기 마련이다.

또 가짜 중에는 평범한 장롱 또는 의걸이, 편지꽂이 등 여러 평범한 물건에 음각으로 그림을 파 넣는 방법도 있다. 그림이 없는 장롱이나 연상, 편지꽂이, 반닫이 중 가격이 싼 물건에 조각을 하게 되면 값을 몇 배 높이 받기 때문에 그림이나 좋은 글을 파서 돋보이게 만드는 방법이 있는데 이러한 방법으로 만든 물건은 파낸 자리의 색깔을 파지 않은 부분과 똑같이 만들어야 하기 때문에 그 부분을 취색한 다음 짚으로 문지르므로 광택이 유난히 더 나게 되고, 취색할 때 그을음을 섞어 바르기 때문에 흰 천으로 문질러 보면 검은색이 어느 부분에서든 묻어나게 돼 있다.

**탁자장** 69×31.8cm.
국립중앙박물관 소장.

조각 기법도 옛날 것과는 차이가 있다. 조각할 때 쓰는 연장도 근대 것은 조각도를 사용하므로 칼자국만 보아도 알 수 있다. 도자기에서도 투각이나 음각, 양각 도자기를 만들 때 사용하는 칼의 모양이 요즘 것과 다르기 때문에 칼자국만 보아도 알 수가 있는 것이다. 도자기에서도 굽을 깎는 굽칼을 사용하는 방법도 다르고 칼 모양도 달라 굽 안쪽의 깎인 자국만 보아도 가짜를 가려낼 수 있다. 일반 책상에 귀가 올라가면 경상이라 하여 더 비싸기 때문에 후에 귀를 들어올린 책상도 있는데, 엮어 붙여 올리는 방법이 옛날 것은 정교하게 엮었으나 새로 붙인 귀는 아무래도 정교하지 못하다. 연대가 짧은 것 중에 평범한 잡목으로 된 것을 싸게 구입하여 얇은 괴목 붙임이나 얇은 먹감나무를 붙이기도 하고, 자개를 붙이기도 하여, 비싼 가격에 파는 수도 있다. 이런 것도 진짜의 색깔을 눈에 익혀야 취색한 색깔을 알아 볼 수 있다. 일반 평범한 소반(상)의 다리에 죽절로 가늘게 깎아 박는 수도 있고, 소반 위에 자개를 박는 수도 있다. 대쪽을 깎아 박은 것은 박기 위하여 구멍을 판 자리와 대쪽의 굵기가 맞지 않아 구멍이 자연스럽지 못하고 진짜는 몸체와 대줄기의 광택이 똑같다. 무언가 덧붙이면 어색하여 격이 맞지 않는다. 역시 어떠한 계통이든 진품을 많이 보면 가품의 어색함을 찾아낼 수가 있다. 또한 가품은 전체적인 균형이 맞지 않는다. 이러한 균형을 알아내려면 시대마다의 형체 공부를 해야 그 시대의 역사도 알 수 있고, 왜 그러한 형체가 만들어졌을까를 알 수도 있다. 조선 중기에 정치 경제가 어려울 때의 백자 도자기에는 비싼 코발트를 사용하지 않고, 관요에서도 그릇의 형체 위주의 멋을 부렸으므로 각 병이나 각 항아리 또는 음각이나 양각 문방구류에는 투각으로 아름다운 모양을 내 예술성을 높였다. 그렇기 때문에 골동품을 잘 연구하다 보면 시대성이 잘 부각되어 있기 때문에 역사도 알 수 있다.

# 금속을 감정하는 법

금속을 감정하는 것은 고미술 감정 중에 가장 어렵다고들 이야기하며, 수집하는 분들도 이런 저런 물건들을 다 수집하다 마지막으로 수집에 재미를 붙이는 것이 금속수집이라고 한다. 그만큼 모든 물건에 감식안이 넓어졌을 때, 또는 자신이 있을 때 금속 분야에 손을 댈 정도로 어렵다는 뜻이다.

필자는 처음 시작부터 금속 계통이 많이 나오는 지방에서 시작을 하였기에 처음부터 진품금속을 많이 만지게 되어 다른 사람보다 일찍 금속 감정을 깨닫게 된 듯 싶다. '금속' 하면 크게 둘로 나눌 수가 있다. 출토품과 전세품이 있는데 이 두 분야중 출토품 감정이 더욱 어렵다. 왜냐하면 큰돈이 되는 금속은 90%가 출토품이기 때문에 그만큼 모조품, 가짜도 많고 가려내기 힘들 정도로 가짜들이 만들어지고 있으며 가짜를 만드는 사람도 많다. 연구를 많이 하지 않으면 가려내기가 정말 힘드는 분야이기도 하다.

일제강점기 때부터 일본 수집가들을 속이기 위해 시작된 가짜 금속이 이제는 중국, 홍콩 등지에서 만들어져 들여오기도 하고, 북한에서도 만들어 중국을 통하여 들여오기 때문에 정교하기가 말할 수 없을 정도로 진품과 유사하다. 그러나 뭐니뭐니해도 가려내기 어려운 것으로 치자면 국내에서 제작된 가품을 따라가기 힘들다. 출토품도 크게 둘로 나누면 도금이 된 것과 도금이 안된 것이 있다. 값이 나가는 금속은 도금이 되어 있는 것이 대부분이므로 역시 금동계통의 금속에서 가짜도 많다.

무쇠로 된 금속도 있으나 무쇠로 된 것은 값이 높은 물건이 별로 없다. 무쇠는 부식이 잘 되므로 보관 상태가 좋지 않고, 형체가 남아있는 숫자가 적어 유통상의 가격이 형성되지 않는 경우가 많다. 가끔 철로 된 비싼 불상이 있으나 주로 고려시대의 유물로, 남아있는 숫자도 적고 개인 소장품이 없어 거래가 이루어지는 예가 거의 없다. 가격이 많이 나가는 금동제품은 역시 불상 또는 장신구인데 가짜도 또한 돈이 되는 불상 종류가 많으며, 가짜와 진짜를 가려내기도 아주 힘든 분야다. 특히 상인들과 학계가 의견이 다른 감정도 이 분야가 제일 심하다. 그러다 보니 감정하는 자신들이 잘 모르면서도 가짜다라고 판정을 제일 많이 내리는 분야라고 할 수 있다. 그래서 가까운 일본에서는 잘 모르면 무조건 좋은 것이니 잘 보관하라는 말이 예의라고 한다. 나 자신도 잘 모르는 물건이 더러 있다. 이럴 땐 나 역시도 "좋은 물건이니 누가 뭐라 해도 잘 보관하십시오"라고 한다. 왜냐하면 잘 모르면서 잘 모르겠다고 솔직하게 이야기했다가 보관자가 가짜라는 이야기로 받아들일까봐 좋은 물건이라고 하여야 후대까지 대물림되어 연구자료도 되고 과학이 발달된 그때 가서 제대로 평가받아, 귀중한 문화재의 손실을 막을 수 있기 때문이다. 금속 또한 감정에 대한 설명을 말로 하기란 너무 어렵다.

우선 오래된 금속은 녹이 나 있기 때문에 산화된 녹이 천연 녹인가 자연 녹인가부터 가릴 줄 알아야 한다. 자연 녹은 냄새를 맡아보면 냄새가 거의 없는 것이 특징이다. 약간의 흙내는 나지만 녹내는 나지 않는다. 그러나 인공 녹은 화공약품으로 산화를 시켰기 때문에 아직도 산화가 진행되는 중이므로 냄새가 심하게 난다. 화공약품으로 어느 정도 산화를 시킨 후 중화를 시킨 것은 약간의 녹내가 나지만 이 녹내를 감지해 내기란 좀 어려움이 있기 때문에 많은 금속의 냄새를 맡아보는 습관도 들여야 한다. 경우에 따라서는 혀를 대 보는 방법도 있으나, 이 방법은 하지 않는 것이 좋다. 왜냐하면 독한 화공약품을 썼을 경우 혀로 알아보다가 인체에 해로울 수도 있기 때문이다.

내가 배울 때는 가르쳐 주는 스승도 없고, 스스로 터득을 해야겠기에 이런 방법, 저런 방법을 쓰다보니 혀까지 대어보게 되었던 것이다. 혀를 대어보면 오래된 녹은 혀에 있는 수분을 흡수하기 때문에 혀끝이 녹에 달라붙는다. 오래되지 않은 녹은 녹이 아무리 두꺼워도 달라붙지 않는다. 우리 인간의 제일 예민한 반응을 나타내는 곳이 혀라고도 할 수 있기 때문에 화공약품을 사용한 녹은 혀끝에 짜릿한 느낌을 주기도 하고 아린 맛이 나기도 한다. 천연 녹에 혀를 대보면 별로 특이한 맛이나 특이한 감촉은 느껴지지 않으나, 녹 또한 어떤 녹이 됐든 별 좋지 않은 맛은 있게 마련이기에 많은 실험을 해 보아야 알 수 있다. 그러나 금속제품도 냄새나 맛보다는

**이 불상이 왜 가짜일까** 모조품 불상인데 불두의 크기와 좌대 크기가 조화를 이루지 않는다. 몸 전체에 비해 머리가 너무 크다. 머리가 이렇게 크면 조선 초기로 보아야 하는데 이때는 불교가 탄압을 받을 때라 좌대가(무릎의 넓이) 지금의 좌대보다 3분의 1이 좁아야 하고 어깨와 가슴이 움추린 자세가 되어야 하며 허리도 더 구부려 앉은 모습이어야 한다. 오히려 고려시대 불상에 가깝다. 그러나 더 중요하게 가짜임을 알수 있는 것은 복선이나 손과 옷의 녹이 요즘 인공으로 만든 녹이라는 것이다.

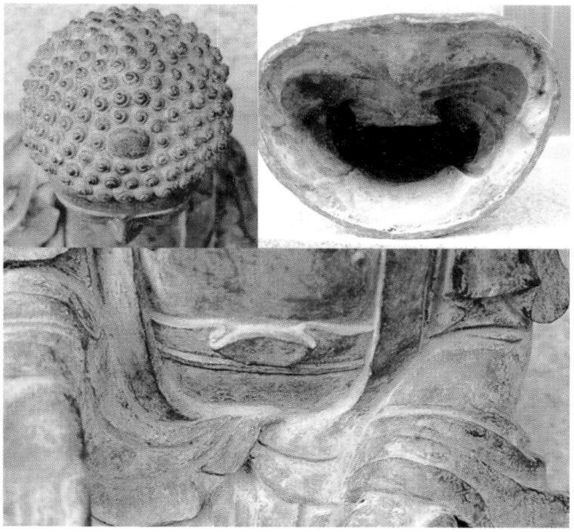

역시 눈으로 식별하는 것이 원칙이고 눈으로 의심이 가는 물건은 코와 혀를 이용하는 방법도 있다는 이야기다.

금동 제품 즉, 동에 도금이 되어 있는 물건은 금의 색을 잘 연구하여야 한다. 오래된 금의 색깔과 요즘 도금한 색깔은 다를 수밖에 없다. 오래된 금의 색깔은 빛이 죽어 있는 것이 있고, 때로는 지금의 금에 광대로 문질러 광을 내 놓은 것보다 더 광택이 나는 물건도 있고, 노란색의 금도 있고, 적색이 나는 적금도 있다. 적도금 색깔이 나는 금속은 가려내기가 조금 쉽다. 왜냐하면 옛날에 적색이 나는 금은 노란 금이 화재를 입어 동과 혼합되면서 적색으로 변하는 수가 많기 때문에 화재를 당한 금속의 산화된 녹은 가짜를 만들기가 어렵기 때문에 적색이 나는 도금된 금속은 가짜가 거의 없다.

요즘 도금은 전기 도금이 주류를 이루나 옛날 도금은 수은에 금가루를 녹여 바른 후 불로 수은을 태워 날려보낸 후 광대로 문질러 도금하는 방법을 썼으며 이렇게 하는 도금을 손 도금이라고 한다. 그렇기 때문에 전기 도금과 손 도금의 차이도 있어, 그 분야도 연구를 해야 한다. 손 도금은 도금의 두께도 부분에 따라 다르고, 도금의 색깔도 다르다. 그 이유는 금의 비율이 옛날 것은 22금 정도이고, 요즘 전기 도금은 24금을 주로 사용하기 때문인 듯 싶다. 그러나 요즘은 도금 기술이 발달되어 종류에 구분없이 도금을 다하기 때문에 거기에 대해서도 연구를 해야 한다.

옛날에 만들어진 금속은 몸체의 청동과 도금 사이에 녹이 피어올라 도금을 뚫고 밖으로 녹이 솟아오르는 현상이 많아 이런 방법은 인공으로 만들 수 없기 때문에 그런 현상이 있는 물건은 모두 진품이라

했으나 요즘은 인공으로 도금 속에서 녹이 피어오른 것처럼 만드는 가짜가 있어 감정에 어려움을 주기도 하지만, 이 또한 전문가의 눈을 속일 수는 없다. 천연 녹은 도금 속에서 피어오르나, 인공 녹은 도금된 위에서 도금에 흠집을 내고 화공약품을 안으로 침투시켜 옆의 도금을 들고 일어나게 하는 방법이기 때문에 이런 원리를 역으로 풀어보면 숙제가 풀리게 되어 있다. 또 중요한 것은 녹의 색깔이다. 오래된 녹의 색깔을 많이 보게 되면 가짜의 녹 색깔과 많은 차이가 있다. 거친 녹이 됐든 고운 녹이 됐든 많이 보아야 하는데 가짜를 만드는 사람들은 이런 문제를 해결하고자 가짜 녹 위를 진짜의 녹 색깔과 같게 하기 위하여 녹을 염색하기도 한다. 이런 것을 찾아내려면 직접 녹을 염료로 염색하여 보면 가짜를 가리는 방법을 터득할 수가 있다. 내가 염색해 본 결과 탈색한 것을 말로써는 설명하기 어렵기 때문에 실험하는 방법만 제시할 수밖에 없다.

녹의 색깔과 녹의 두께는 쇠의 성분에 따라 차이가 있다. 왜냐하면 옛날에는 제련 기술이 지금만 못하기 때문에 청동의 함량이 물건에 따라 다르며 한 몸체 내에서도 부분적으로 미세하게 함량이 다르므로 빨리 산화되는 쪽이 있다. 또는 토질에 따라 빨리 산화시키는 것도 있고, 흙속의 성분에 따라 전혀 산화되지 않은 물건도 있다. 땅속에서 500년 1000년 된 물건이 전혀 녹이 보이지 않고 새 그릇 모양 광택이 나는 경우도 있다. 그러나 무게에서 차이가 난다. 아무리 산화가 안 되어 보여도 쇠속의 탄소화되는 성분이 없어졌으므로 동공현상, 사람으로 말하면 골다공증과 같은 현상이 일어나기 때문에 가벼워질 수밖에 없다. 그러나 종이나 쇠북은 청동의 함량이 좋아야 맑은 소리가 나므로 종을 만들 때 제련된 청동은 특별하여 지금까지도 무게가 무겁고 무게로 감정하기 어렵다. 또한 출토된 금속계통은 잘 깨지는 특징을 가지는데 산화가 진행되었기 때문이다. 땅에 떨어트리면 도자기 깨지듯이 팍삭 깨지며, 가는 것은 잘 부러진다. 문양에서도 양각이나 쪼이기 법은 무척 가늘다. 범종에 들어가는 도안도 가늘며 섬세하다. 특히 마패의 진짜는 말의 그림이 양각으로 실같이 가는 것이 주류를 이루고 있다. 금속의 연대가 올라갈수록 조각이 섬세하고 면이 날카로운 게 특징이다. 청동낙관의 진품은 중국 것이든 우리나라 것이든 전각의 깊이가 깊다. 어떤 도장은 깊이가 5mm 정도로 깊은 것도  있다.

또 출토품 금속은 땅에 묻혀 있을 때 어떤 자세로 묻혀 있느냐에 따라 산화되는 부위가 다르다. 이는 도자기도 마찬가지다. 옆으로 누워 있었으면 위에서 빗물이 내려가, 위 몸체를 거쳐 몸체를 따라 밑으로 흘러 내려가기 때문에 제일 아래 부분이 물에 잠겨 있는 시간이 더 길다 보니 아무래도 공기와 접촉할 수 있는 시간이 별로 없다. 그래서 녹이 잘 나지 않으나, 반대로 도자기는 그 부분이 빨리 산화가 온다. 이러한 산화 현상을 인공으로 만들기가 여간 어렵지 않기 때문에 많은 연구를 하는 전문가의 눈은 속일 수가 없다.

옛날 쇠, 즉 출토된 싸구려 청동을 녹여서 가짜를 만든다고 하는 말들이 있으나 이 말은 이치에 맞지 않다. 이미 땅 속에서 산화된 그릇은 탄소화되는 물질이 없어졌기 때문에 옛날 깨진 밥그릇 같은 종류를 녹여서 불상을 만든다거나 비싼 어떠한 물건을 만들어도 옛날 청동의 함량에 미치지 못한다. 때문에 녹의 색깔도 다르고 무게도 다르므로 단번에 알아 볼 수가 있다. 옛날 녹을 칼끝으로 조금 떼어 핀셋으로 집어들고 알콜램프나 라이터로 불을 붙여보면, 연기가 나지 않고 별 냄새도 없으나, 인공으로 만든 가짜 녹은 태워보면 파란 불꽃이 생기며, 타는 느낌을 단번에 알아 볼 수 있다. 또한 타고 남은 재를 손끝으로 으깨 보면 천연 녹은 찌꺼기가 있으나 인공 녹은 찌꺼기가 만져지질 않는다. 오래된 금속을 많이 만져본 사람은 뒷짐을 지고 있는 상태에서 뒤에서 물건을 손에 쥐어주면 단번에 진짜와 가짜를 가려낼 수 있다. 특히 여름철에는 손에 수분이 있기 때문에 그 느낌이 더 빨리 온다. 오래된 것은 손에 붙는 느낌이 들고 아무리 녹이 거칠어도 부드러운 느낌이 든다.

또한 오랜 세월 옛 물건과 접하다 보면 동물적인 초능력 감각이 발달하여 언뜻 보아도 단번에 느낌이 와 진짜인지 가짜인지 알 수 있는 경우도 있다. 어떤 때는 후배 상인들이 물건 감정을 해 달라고 오는 때가 있다. 그때 진품이 아니라고 감정을 해 주면 왜 진품이 아니냐고 반문할 때가 있다. 그럴 때 빨리 이해할 수 있게 도자기의 색깔이 다르지 않느냐, 금속일 경우 역시 녹의 색깔이 다르지 않느냐 하고 진품과 비교해 설명을 해 주어도, 자기 눈에는 색깔이 똑같이 보인다고 한다. 그렇다면 이 색깔이 내 눈에만 보이는 것인가? 오히려 내가 더 의아해 할 때도 있다. 이래서 이론으로는 가르쳐 줄 수 없는 것도 있구나 생각하는 것이다. 많이 보고 배운다고 잘 보는 것도 아닌 모양이다. 어떤 사람은 무척 오래 장사를 하여 물건을 잘 볼 수 있는 경지에 이를 때가 되었는데도 자주 가짜를 사 감정을 의뢰하는 사람도 있다. 내가 생각해도 이상한 노릇이다.

전세품 금속은 그리 값나가는 물건이 흔치 않다. 금속은 청동기 시대부터 근대까지 너무 종류가 많다보니 출토품 중에 우수한 명품들이 많아 연대가 짧은 금속은 행세할 수가 없다. 그렇기 때문에 가짜도 거의 없다. 조선 후기에 은상감이나 은입사, 또는 은화 엽전, 노리개, 비녀 계통에서 가짜가 조금씩 비치고 있으나 이를 가려내는 것은 그리 어렵지 않다. 거의 상식 선에서 가려낼 수가 있다. 예를 든다면 은상감이나 은입사는 무쇠에다 올리므로 무쇠가 부식되어 은상감이나 은입사를 들고 일어나는 현상을 잘 감정해 보면 바로 알 수 있고, 동에 은상감을 한 것이 더러 있는데 그런 것은 동의 변색과 은의 변색을 인위적으로 만든 것을 취색으로 올리기 때문에 자연 취색과 차이가 많이 나므로 한두 번만 비교해 보아도 단번에 알 수 있다. 칠보 노리개나 칠보 반지, 칠보 비녀는 칠보의 색깔이 옛날 색깔과 너무 차이가 난다. 특히 노란색의 경우 조선시대에는 지금의 노란 칠보 색보다 연하고, 노란색을 잘 사용하지도 않았다. 그러나 가짜나 연대 없는 칠보에는 노란색이 많이 사용된 것을 볼 수 있다. 조선시대 칠보에는 핑크 색은 쓰지 않았으며, 군청색은 맑은 군청색이나 가짜는 탁한 군청색이라 진품을 많이 보면 비교가 된다. 요즘 칠보를 만드는 전문가들도 옛날 칠보의 색깔을 만들 수 없다는 게 정평이다.

**은칠보국화문함**
17.5×17.5×10 cm, 김미정 作.
제26회 대한민국전승공예대전 동상.

**청자매병** 고려 14세기. 1997년 9월 26일 뉴욕 소더비 한국 고미술품 경매에 나온 작품. 요즘은 북한에서 많은 양의 청자가 유입되어 이 정도 수준은 C급에 속하기 때문에 옛날보다 가격이 낮다.

## 돋보기 | 희대의 가품 사기 사건들 |

지난 97년의 일이다. 세계 최고를 자랑하는 대영 박물관 도서관에 소장된 중국 고문서 6백 여 점이 가짜임이 밝혀져 연일 해외토픽에 오르내렸다. 20세기 초 대영 박물관이 중국 문화재 수집가에게서 사들인 이 문서들은 기원전 5세기부터 서기 1025년까지의 것으로, 거의 한 세기 가까이 진품 대접을 받아온 것들이었다.

사건이 터지자 대영 박물관 학예관은 문제의 문서들이 당시 중국 문화재 수집가로 유명했던 리 셍도우로부터 입수한 것이며, 수집 당시 대영 박물관은 리의 명성에 홀려 위조품이란 생각은 하지도 않았던 것 같다고 설명했다. 리는 정부 관리들과 짜고 둔황 유물에서부터 중국 국립도서관에 소장됐던 국보급 유물까지 빼돌렸던 것으로 유명한 인물이다.

리의 문화재 위조는 1911년부터 시작됐는데, 주로 불교경전과 고승들의 저술을 위조했다. 1935년 리가 죽은 뒤에는 그의 아들 여덟 명이 뒤를 이어 문화재 위조사업을 계속한 것으로 알려져 있다. 따라서 이들이 만든 가짜 문화재는 대영 박물관뿐만 아니라 세계 유수의 박물관과 개인 컬렉션에 퍼져 있을 것으로 신문기사는 추측하고 있다.

대영 박물관 학예관은 중국 고문서를 많이 소장한 일본의 박물관들도 가짜를 상당수 소장하고 있을 것이라고 덧붙였는데, 만약 가짜라는 것을 인정하면 국가적 위신이 깎일 뿐만 아니라 재산상으로도 큰 손해를 보게 되기 때문에 이를 인정하지 않고 있다고 말했다.

혼자만 당하기에는 영국의 자존심이 너무도 상했던 모양인데, 그러나 저러나 이미 대영 박물관의 깎인 위신과 재산상의 손해를 복구할 길은 없다.

다음해인 98년에는 미국에서 케네디 가짜 문서 사건이 있었다. 사기극의 주인공은 법률사무소 직원이었던 로렌스 쿠작. 그는 케네디의 유품인 것처럼 위조한 '극비문서'를 팔아 수집가 수십 명으로부터 7백만 달러의 거금을 챙기다가 덜미를 잡혔다.

7백 쪽에 달하는 이 문서에는 세간의 관심을 끌 만한 내용들로 가득 차 있었는데, 그 중에서도 마피아 두목과의 유착이나 여배우 마릴린 먼로가 "내가 대통령의 애인이었음을 밝히겠다"며 협박해 돈을 요구한 사실 등은 당시 화제가 되었던 내용들이다.

신뢰도를 높이기 위해 유명인의 필적까지 정교하게 위조한 이 문서를 가지고 쿠작은 값 올리기 작전까지 펼쳤다. 첫 번째 작전은 인기작가에게 책을 쓰게 한 것이고, 두 번째는 TV를 이용하는 것. NBC에서 실패하자 ABC에 특집 프로 제작을 부추겼고, 결국 특집 프로그램의 제작진에 의해 이상한 점이 발견돼 꼬리가 잡혔다. 그 증거는 바로, 문서 가운데서 70년대 이후 제작된 타이프라이터의 글자모양이 발견되었기 때문이다.

하지 말라고 하는 일일수록 더 많은 유혹과 돈이 오가기 마련이다. 문화재 위조 역시 예외는 아니어서 가짜 문화재를 만들어내는 수법은 갈수록 치밀해지고 전문화되고 있다. 컴퓨터와 같은 첨단장비를 이용하거나 각종 과학지식을 응용, 새로운 기법을 개발해 내는 것 등이 그것이다. 때문에 수십 년씩 고미술 분야에 종사해 온 감정 전문가조차 제대로 식별하지 못하는 경우가 늘어나고 있다. 저렇게 뛰어난 머리로 다른 일을 했으면 노벨상이라고 못 받았을까 싶은 첨단장비의 개발과 두뇌싸움이 이곳에서 일어나고 있다.

5~6년전만 해도 가짜 문화재가 비교적 많이 발견되는 분야는 회화나 서예 금속쪽이었다. 도자기 등 다른 고미술품에 비해 만들기가 용이한데다 진품 판정을 받을 경우 노력에 비해 큰 돈을 챙길 수 있기 때문이다. 그런 만큼 위조의 방법에서도 가장 다양한 기술이 개발되고 있는 분야다. 과거 위조범들이 손재주에 의존해 그림을 베끼는 초보적인 수준이었다면 요즘은 종이나 재료, 모사방법 등에서 전과는 비교도 안될 만큼 크게 달라졌다. 근래에는 특히 북한에서 교묘하게 가짜 청자를 만들어 중국을 통하여 대량으로 판매하고 있는 실정이다.

한지의 경우 오래된 흔적을 만들기 위해 몇백 년 전 한지를 구해 사용하고 물감 역시 당시의 것을 구해서 그림을 그린다. 감정전문가들이 서화작품을 감정할 때 제일 먼저 살펴보는 것이 종이와 물감인데 바로 이 점에 착안한 속임수다. 해당 작가가 살았던 연대의 종이와 물감, 인주를 사용하면 1차 감정에서는 쉽게 진품 판정을 받을 수 있다. 또 실제로 우리나라나 중국에서는 전통적으로 한지를 써왔기 때문에 몇백 년 된 한지를 구하는 일도 생각보다 그리 어렵지 않다.

조선시대 유명화가나 서예가들이 중국 종이를 많이 사용했기 때문에 중국이나 일본에서 오래된 종이를 구하여 위조를 하기도 하고 중국 현지에서 그림과 글씨에 재주가 있는 사람을 고용해서 가짜를 만들기도 한다. 도자기 역시 중국에서 가짜를 만들어 들여오는 일이 많다.

또한 그림을 모사하는 데는 컴퓨터와 카메라가 사용된다. 일단 원작을 사진으로 찍은 뒤 형태에 따른 먹의 짙고 흐림과 붓질 방법, 색채 등을 컴퓨터로 정밀하게 분석한다. 그 다음은 분석한 기법을 토대로 재현해 내는 일만 남는데, 마지막으로 그림에 들어가는 화가의 자필사인도 같은 방법으로 원작이나 다름없이 만들어낸다. 낙관은 복사를 하거나 사진촬영을 한 다음 동판작업을 통해 화학 처리하는 방법으로 위조하고 있다. 그림이 오래된 느낌을 주기 위해 담뱃잎을 우려낸 물을 사용하기도 하고 짚이나 낙엽을 삶은 물로 취색하기도 한다.

도자기의 경우 다른 미술품에 비해 위조가 어려운 편이다. 하지만 아주 불가능한 것은 아니다. 최근 개발된 신종 수법은 수백 년 정도 경과하여 전체적으로 산화된 도자기를 구입해 그 위에 그림을 그리고 유약을 새로 바른 뒤 다시 가마에 굽는 것이다.

도자기를 가마에 다시 구울 경우 중간에 파손되는 비율이 90% 가까이 되긴 하지만 나머지 10%는 한 점당 수십만 원짜리가 수천만 원짜리 이상으로 둔갑하기 때문에 적지 않은 이익을 남길 수 있다.

위조범들의 손을 거치지 않아도 가짜 문화재가 유통될 가능성은 많다. 조선시대를 대표하는 서예가 추사 김정희는 살아있을 당시 그의 예술을 흠모해 그의 글씨체를 그대로 베낀 사람들이 많았던 것으로 유명하다. 이러한 가짜 글씨들이 여과없이 오늘날까지 전해져 진짜로 판정을 받는 경우가 더러 있을 수도 있을 것이다. 김홍도, 신윤복 등의 저명 화가 역시 제자들이나 주변에서 흉내낸 것이 진품 행세를 하기도 한다. 이러한 예는 우리나라보다  일본이나 유럽에서 더욱 심하다.

**이중섭의 소 (上:진품, 下:가품)** 위 진품은 소의 근육이 살아서 힘이 넘쳐 솟구치는 듯하나 아래 가품은 갈비뼈가 빈약하고 엉덩이 근육이 전혀 보이지 않고 목덜미를 비롯하여 전체적으로 생동감이 없고 죽은 소와 같아 보인다.

## 가품과 진품의 감정태도

우리보다 고미술업이 발전된 일본에서도 가짜 문화재는 수없이 많다. 특히 그림의 경우가 심한데, 조총련 등에서 북한 고위층에 선물한 일본 및 우리나라 그림의 상당수가 일본에서 만들어진 가짜라는 사실은 공공연한 비밀이다. 비공식적인 통계에 의하면 일본 내 가짜 고미술품은 전체의 40%에 달할 정도라고 한다. 그러나 가짜에 대한 시비는 거의 찾아 볼 수 없다. 골동품이든 현대미술이든 본인이 마음에 들어 샀으면 자기의 눈으로 보고 샀기 때문에 후회하지 않는다. 자기의 눈이 모자라면 남의 눈을 빌어서 사라는 일본 수집가들의 속담이 있을 정도다. 미국이나 일본에는 개인감정소가 많이 있긴 하지만 별의미가 없다. 미술품에 대한 감정서 또한 법적인 효력이 없다는 사실도 알아야 한다.

그러나 일본에서는 가짜 문화재에 대해 감정적이거나 즉흥적으로 대처하지 않는다. 감정에 있어서 진위를 단정적으로 밝히지 않고 마지막까지 판단의 여지를 남겨둔다. 그도 그럴 것이 판단 여부에 따라 가격에 엄청난 영향을 끼치게 되고 이는 소장자의 재산권에 상당한 침해를 가할 수 있기 때문이다. 만약 진품이 가짜로 오인된다면 국가적으로도 귀중한 문화재의 손실이므로 가짜일수록 더욱 신중을 기한다. 이런 이유에서 백 년이 넘는 골동품은 동경 미술클럽(미술협회)에서 감정조차 않는다. 백 년이 안 된 작품은 본인이나 가족 또는 제자들이 살아있기 때문에 감정에 어려움이 없지만, 백 년이 넘는 모든 작품은  실수를 범할 수 있기 때문이다.  또한 설령 가짜를 진품으로 알고 잘 보관한다면 몇백 년 후에는 현재의 가품이 귀중한 사료나 유물로서 가치를 지닐 수 있다는 생각이 깔려 있는 것이다. 이는 찬사할 만한 일이다.

한편 프랑스에서는 국가 인정 감정인제도를 실시하고 있는데, 변호사 시험만큼이나 어렵고 경쟁 또한 치열한 편이다. 문화와 예술에 대한 프랑스인들의 수준 높은 관심을 엿볼 수 있다. 또한 프랑스에서는 돈을 벌기 위한 가짜보다는 예술적 역량을 키우기 위한 모방이 주를 이루는데 즉, 예술을 위한 가짜인 경우가 많아 큰 문제가 되지 않는다. 그러나 그것은 지극히 프랑스적인 방법이고 프랑스에서 거금을 주고 가짜를 잘못 사온 일본 상인들의 이야기를 들어보면 그곳도 사람사는 곳이다 보니 모방품이 아니라 위품이 있을 수밖에 없다고들 한다.

그러면 우리 나라의 경우는 어떨까. 며칠 전 9시 뉴스에서 좋은 예가 방송되었다. 간송 미술관에 소장돼 있는 추사 김정희의 작품들에 가짜가 많다는 주장이 제기된 적이 있다. 80여 점 중에 20% 만이 진품이라는 말도 있는데 다른 나라의 경우라면 이런 경우가 가능하기나 할까? 어쨌든 외국인들이 말하기를 우리나라에서는 가짜에 대한 반응이 아주 과민하다고 한다.

남의 허물을 잡아야 내가 높아진다는 발상부터 자제해야 할 것 같다.

이런 문제는 수집매니아들의 구매욕을 저하시키고 더 나아가 문화예술 발전의 저해 요소가 된다는 점을 잊지 말아야 할 것이다.

**추사 김정희 글씨**
서울 경매 36회에 나온 작품으로
추정가 1억~1억 2천만 원.

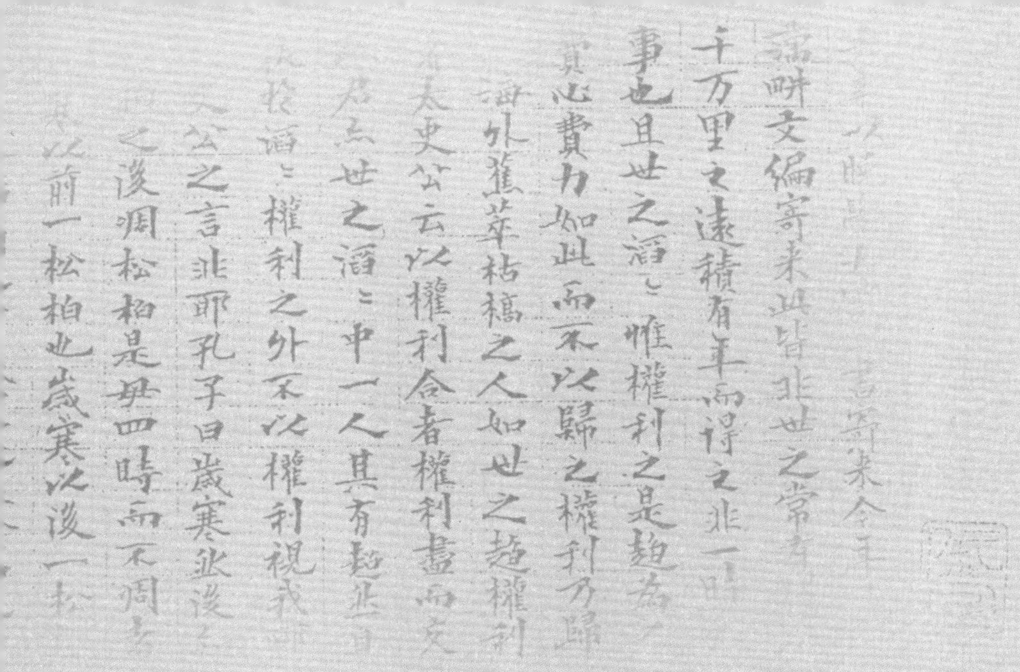

以晩[illegible]書寄来今年
藕畊文編寄来此皆非世之常有
千万里之遠積有年而得之非一時
事也且世之滔滔惟權利之是趨爲之
費心費力如此而不以歸之權利乃歸
海外蕉萃枯槁之人如世之趨權利
者太史公云以權利合者權利盡而交
君亦世之滔滔中一人其有超然自
拔於滔滔權利之外不以權利視我耶
太史公之言非耶孔子曰歲寒然後知
松柏之後凋松柏是毋四時而不凋者
歲寒以前一松柏也歲寒以後一松

# 3

# 문화재의 수리와 보수

# 문화재의 수리와 보수

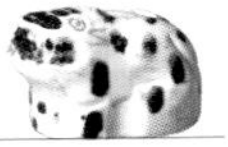

깨지고 부서진 것을 원래의 형체로 다시 만드는 것을 수리 또는 보수라고 한다. 문화재나 고미술품의 수리나 보수는 꼭 필요한 것일까. 우리나라 사람들은 꼭 해야만 직성이 풀리는 모양이다. 물론 보수나 수리를 해야 될 것도 있다. 그러나 하지 않는 것이 오히려 좋은데도 대부분 수리나 보수를 하고 있다.

보수를 하였을 때보다 깨지고 부서져 있는 그대로를 보는 것이 시각적으론 더 큰 느낌을 준다. 부서지고 깨진 고미술품은 세월의 흐름을 느끼게 하고 그 시대 사람들의 생활을 깊이 있게 상상할 수 있게 한다. 유럽 여행에서 돌아온 후 지금까지도 기억에 남는 것은 깨지고 부서진 그리스의 석조 조각상들과 전혀 보수를 하지 않고 그대로 보존하고 있는 로마의 건물 성터였다.

유럽 여행을 하며 많은 생각을 했다. 왜 부서진 성터며 건물들을 보수하지 않고 방치하듯 그대로 두었을까? 당시에는 알지 못했던 그 수수께끼를 10년이 지나서야 깨닫게 되었다. 1개월 동안 유럽 전역을 돌아다니며 이런저런 것을 숱하게 보고 왔으나 지금 기억에 남는 것은 역시 깨지고 부서진 것들만이 생생하게 기억에 남아있는 것이다.

상처가 나서 흉터를 보아야 그때의 아픔을 느끼듯이 문화재나 고미술품을 그대로 두어야 역사를 알고 느낄 수 있으며 잘못된 역사의 오류를 범하지 않고 발전할 수 있다고 생각한다. 그래서 고미술을 제대로 알고 배우면 좋은 미래를 설계할 수 있게 되는 것이다.

아픈 과거도 역사이기에 아름다운 과거만이 문화재는 아니다. 수치스럽고 아픈 역사라 하여 지우고 미화한다면 후손들은 다시 그런 오류를 범하게 된다.

**불쌍한 청화백자호** 17세기. 일본인 니시우라 소장. 청화백자초화문호인데 누가 보아도 상품가치를 잃었다고 판단할 것이나 왠지 밉지 않고 정이 가는 그저 갖고 싶은 항아리이다. 골동품을 아는 이들은 누구나 사진만 보아도 청화백자 중의 으뜸이라고 한다. 이렇게 깨어진 항아리를 15년 전에 1억 원에 사달라고 통사정하는 사람이 있었다. 깨어진 항아리이지만 외국에서는 굉장한 대우를 받으며 우리나라 문화의 가치를 더 높이고 있다.

# 깨어진 도자기의 수리

도자기의 수리는 깨진 것을 붙이고 없어진 부분을 똑같이 만들어 붙이는 단순한 행위로 보아서는 안된다. 수리나 보수를 하지 않는 것이 원칙이지만 수리를 하지 않으면 현재보다 더 파손의 우려가 있을 때, 또는 귀중하게 보관하기 위해서, 현 생활에 사용하기 위해서, 혹은 남이 볼 때 귀한 물건으로 보이게 하기 위해서 금이나 은으로 수리를 하는 등의 이유가 있을 때는 수리를 하게 된다.

수리를 하는데 우리나라 사람들은 파손된 부분을 원래의 색깔대로 수리를 하는 것을 원칙으로 알고 있다. 그러나 그것은 잘못된 생각이라고 지적하고 싶다. 본체와 똑같은 색깔로 수리를 한다는 것은 남의 눈에 깨지지 않는 것처럼 보이게 하려는 일종의 눈속임이다. 깨진 부분이 커서 미관상 좋지 않거나 본체 색깔이 아닌 딴 색깔로 수리를 했을 때 원래 만들 때 그렇게 만들었을 것이라고 오해를 받을까봐 본체의 색깔과 똑같이 하는 경우는 있지만 요즘은 수리 기술이 너무 좋아서 범죄나 속임수의 방법으로 이용될 수도 있다.

**깨어진 흑백상감청자** 깨어진 파편에 불과하나 백상감의 갈대꽃과 흑상감의 줄기가 잘 어우러진 갈대밭의 회오라기가 고개를 들고 놀라 사방을 두리번거리는 듯한 표정은 흑백상감청자만이 표현할 수 있는 명품이다. 이러한 파편은 파편이라 해도 상당한 가격이 나간다.

이웃 일본 사람들은 대부분 금이나 은을 사용하여 수리를 하고 있다. 그렇기에 어느 부분을 수리하였는지 단번에 알아볼 수 있고 금이나 은으로 수리를 하기 때문에 기물 자체가 귀하고 좋아 보인다.

9년 전 동경 미술 클럽에서 우리나라 16세기 사발 모양의 거친 막그릇 백자 한 점이 출품되었고 당시 우리 돈으로 1억3천만 원에 경매되었다. 일본 사람들이 찻잔으로 쓰고 있는 이도자완이었는데 아마도 임진왜란 때 가져간 것으로 추정된다. 알파벳 V자로 깨어진 부분은 금으로 수리되어 있었다. 오랜 세월 사용해 온 흔적이 찻잔의 살속 깊이 배어 품위있는 색깔로 변해있는 그 찻잔에 차를 마시면 차의 향이 온몸으로 스며들 것 같은 느낌이었다. 금으로 땜질한 찻잔은 품위 있는 사람이 금장식을 한 듯 더욱 품격있어 보였다.

금으로 수리를 해야 할 물건이 있고 은으로 수리를 해야 할 물건이 있다. 현 생활에 이용하여 사용할 찻잔 종류나 백자 술잔, 술병 종류는 금으로 수리하는 것이 사용할 때 느낌상 좋다. 상처가 큰 것을 금으로 수리하면 시각적으로 천해보여 품위가 떨어진다. 이런 경우에는 오히려 은으로 수리를 하는 것이 산뜻하고 은의 색깔이 검게 변하면서 귀티가 난다. 청자나 분청계통에서 금이 간 부분을 더 이상 금이 가지 않게 하기 위하여 은으로 메우면 보기가 좋다.

**청자음각연화문매병** 고려 13세기. 당당하게 수평으로 어깨가 벌어진 형체의 매병은 고려청자에서나 볼 수 있으며 굽의 테두리도 조선시대 상감청자나 분청자기 매병은 정교하지 못하다. 이런한 음각청자 매병은 모조품이 많다. 음각을 칼로 파내거나 홈을 옆칼질로 한 음각은 거의 다 모조품이다. 진품은 못으로 선을 그어 음각하는 기법이 대부분이다. (1997년 9월 26일 뉴욕 소더비 한국 고미술품 경매에 나온 작품)

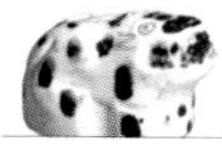

## 여러 조각으로 깨어진 그릇의 수리 방법

여러 조각으로 깨어진 그릇은 깨어진 언저리(갓 부분)의 때부터 제거해야 한다. 때를 제거하는 방법은 칫솔에 세척제를 묻혀 닦는다. 기물이 전세품일 때는 표백제인 락스에 하루쯤 담가 두었다가 부드러운 칫솔로 살살 문질러 닦는다. 이때 락스는 화공약품이므로 원액이 피부에 닿으면 피부질환이 될 수도 있으므로 수돗물로 헹구어 낸 다음에 닦는 것이 좋다. 그 다음 깨어진 조각 중에 제일 작은 조각끼리 붙여야 하는데 접착제는 기물에 따라 다르므로 순간 접착제를 사용하는 것이 좋다. 접착제 양을 많이 묻히면 마지막 단계에 조각이 커져 이가 맞지 않는다.

제일 작은 조각부터 붙여 나가면 원형을 만들 수 있다. 원형대로 맞추어지면 깨어진 부분에 전체적으로 접착제를 짜 넣고 20여 분 지난 후 다시 접착제를 골고루 짜 넣는다. 이런 방법으로 3회 정도 반복한 후에 접착제가 밖으로 돌출되어 굳어 있는 부분을 예리한 면도칼로 깍아낸다. 이어서 미세하게 조각이 없는 부분은 규석(돌)가루로 메워 놓고 순간접착제를 살짝 떨군다. 그 위에 규석 가루를 다시 뿌려 손으로 문지른 다음 다시 접착제를 적당히 떨구어 굳히고 돌출된 부분을 면도칼로 살짝 깍아내고 고운 사포로 문질러 원피부 두께로 갈아낸다. 이때 규석가루 대신 석고를 물에 개어 틈새를 메우는 방법도 있다. 순

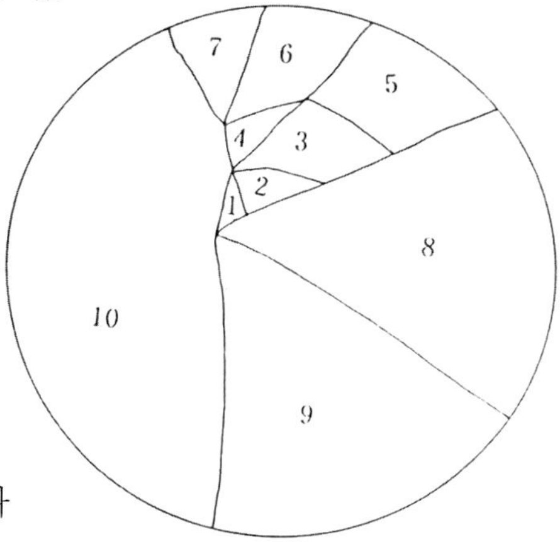

서는 같은 방법이다. 이러한 순서가 다 끝나면 몸의 색깔과 똑같이 채색락카를 배합하여 바르고 그 위에 분사기로 락카나 호마이카를 뿌리는 등의 여러 가지 방법이 있다. 그러나 금은으로 마금질을 할 때에는 락카에 신나를 섞어 묻게 한 다음 순금가루나 은가루를 묽게 풀어 수리할 부분에 붓으로 찍어 한 번 바르고 30분이 지나 다시 바른 후에 하루쯤 지나 완전히 굳은 다음 고운 물 사포로 문지르면 면이 고와진다. 마지막으로 고운 천으로 부드럽게 문질러 주면 금색의 광택이 난다. 은도 역시 같은 방법이다.

쓰고 남은 금가루는, 금가루가 섞여 있는 락카에 신나를 더 부어서 농도를 묽게 한 다음 금가루를 밑으로 가라앉히고 금가루 위에 있는 물과 같은 락카를 따라 버린다. 이렇게 하면 금가루만 남게 되는데, 후에 다시 사용할 때 적당한 양의 락카와 신나를 배합하여 사용하면 된다.

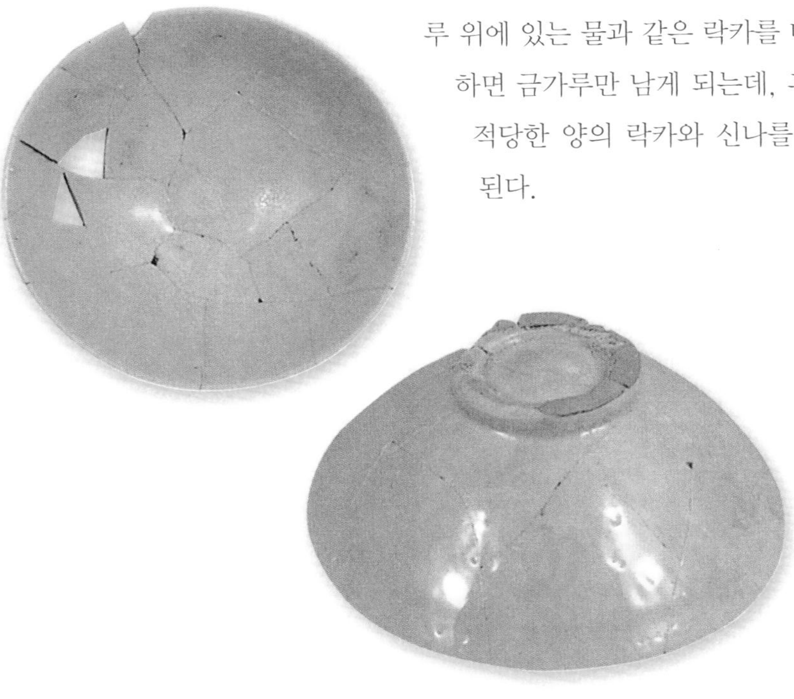

예를 들면 병의 목 부분이 없을 경우에는 1~2㎜ 정도 두께의 비닐 코팅이 되어 있는 상자를 오려 쿠션이 있는 3~5㎜ 정도의 두꺼운 담요나 천 위에 올려놓고 작은 약병이나 화장품 병의 밑 부분으로 종이의 가운데 부분부터 문지르면 자연스럽게 종이가 말린다. 깨어진 병의 목 안쪽 부분에 원형의 높이 만큼 밸런스를 맞추고 종이 위에 아교 물에 갠 석고를 조금씩 발라 원형의 두께만큼 올려 높이도 맞춘다. 원형과 유사한 형체가 만들어지면 석고를 몸체에서 떼어내어 5백번 정도 사포로 문질러 석고에 묻어 있는 종이를 떼어낸다. 대충 표면을 다듬은 다음에는 호마이카 계통의 접착제로 원몸통에 다시 붙인 다음 하루쯤 지난 후에 완전하게 굳으면 1천 번 정도 사포로 문질러 석고가 반들거릴 정도로 손질을 한다. 그 다음에는 색을 올리는 것이 중요하다. 수채화 채색을 쓰는 방법이 있고 유화를 쓰는 방법이 있으나 외국에서는 락카 계통에 섞어 쓰는 채색 방법을 많이 사용하므로 그것부터 설명하겠다.

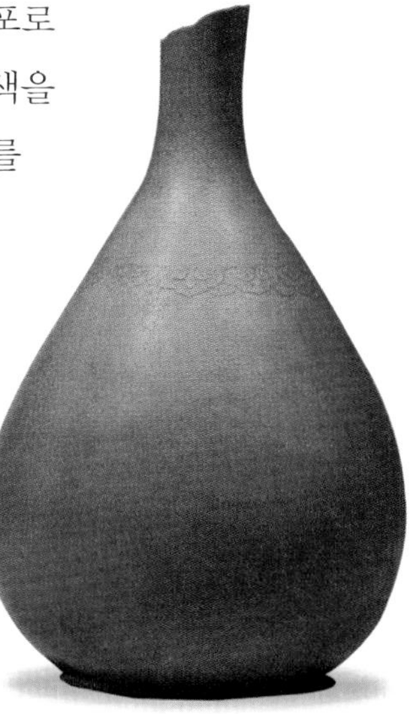

락카에 여러 가지 색 안료를 배합하여 수리하고자 하는 색깔이 될 때까지 색도를 조절한 후 색깔이 되었을 때 압축 공기를 이용하여 뿌리는 것이 제일 좋은 방법이나, 초보자의 경우는 붓으로 조금씩 락카를 찍어 석고 위에 붓끝으로 찍듯이 바르는데 될 수 있으면 엷게 바르기 시작하여 색깔을 맞추는 것이 원칙이다.

색깔이 같아지면 수리한 표면을 원 몸체의 광택과 맞추기 위해 신나에 엷게 섞은 락카를 발라 마감하면 된다.

병이나 항아리의 구멍 난 곳을 수리할 때는 구연부가 넓으면 손을 안에 넣어 받치면서 밖에서 석고나 돌가루를 발라 수리하면 간단하지만 손이 들어가지 않는 병이나 항아리는 고무풍선을 안에 넣고 불어 구멍난 부분을 받쳐주게 하고 석고나 돌가루를 바른 다음 앞에서 설명한 것과 같은 방법으로 수리하면 된다.

## 과학이 예술을 살린다? -문화재 복원과 수리

90년대 초, 국내 유명 화가의 위작 시비가 일었다. 일부에서 과학적 분석을 요구했으나 이를 판명할 만한 기계가 없었다. 얼마 후, 국립현대미술관은 억대의 돈을 들여 주사형 전자현미경을 구입했다. 이 현미경이 있는 과천 국립현대미술관 보존 과학실은 다양한 예술 작품들의 진위가 가려지는 수술대이다. 이곳에는 20만 배율로 확대할 수 있는 현미경과 안료 분석기, X선과 자외선 투시기, 각종 화학 시설 등이 갖춰져 있다.

찢어지고 변색되고 먼지와 때가 덕지덕지 끼어 있는 작품들이 복원을 위해 모였다. 창고에 처박혀 있거나 응접실 담배연기에 무방비로 노출되어 있던 작품들이 다시 제 빛과 색을 찾기 위한 수술대에 오르는 것이다.

X선은 작품의 붓 터치와 지지체의 상태를 파악하게 하고, 자외선은 사용된 니스의 성질이나 보형, 덧칠의 흔적을 알게 해 준다. 적외선을 투사해 밑그림을 밝혀 주면 여기에 재료의 화학적 성질을 분석해 때를 벗기고 원상태로 돌려 놓는다. 골동품의 국제 보존 기준은 18도 안팎의 온도에 55%의 습도를 유지해 줄 것을 요구하고 있고, 70년~80년을 주기로 치료해 줄 것을 명시하고 있다.

몇 해 전, 국립중앙박물관 기획전시실에서는 흥미로운 전시가 열렸다. 〈문화재와 보존과학 97〉이라는 주제의 특별전이었는데, 유물의 보존과학적 측면을 부각시킨 사상 첫 전시회라는 점 때문에 시선을 끌었던 것으로 기억된다.

발굴 당시의 병든 유물이 보존 처리 후 어떻게 제 모습을 되찾는지를 한눈에 알 수 있게 전시되어 있었고 특히 목제 유물의 나이, 금속제의 성분, 고대 채색기법 등 눈으로만 봐서는 알 수 없는 문화재 이면의 세계를 첨단과학장비를 동원해 드러내고 있었던 것이 전문가의 눈에도 신기할 정도로 이채로웠다.

사실 유물의 보존은 과학기술의 발전 수준에 맞춰 이뤄질 뿐 완벽한 보존인지에 대한 의문은 항상 남기 마련이다. 늘 현재의 기술로 최선을 다할 뿐 그 다음 역할은 다음 세대의 몫이기 때문이다.

그러나 명심해야 할 것은 어떠한 경우에도 첨단과학은 예술 작품을 치유하는 보조 수단이어야 할 뿐, 위대한 예술 그 자체를 재생하는 도구가 되어서는 안 된다는 것이다. 그 사실만큼은 인간이 달나라를 여행하는 시대라 할지라도 잊지 말아야 할 것 같다.

**청전 이상범 산수도** 1994년 12월 3일 뉴욕 소더비 한국 고미술품 경매에 나온 작품. 한국화 6대 화가 중의 한 사람인 청전 이상범(1897~1972)은 한국의 서정적인 산수와 향토적인 삶을 가장 잘 표현했다고 평가된다.

## 돋보기 | 재미 골동품 복원가 백춘기 |

미국은 뉴욕에만 1천여 개가 넘는 골동품점이 있고 골동품의 복원 작업실도 3백 개가 넘는다. 뉴 프론티어를 외치는 미국 사람들은 문화와 역사에 대한 열등감 때문인지 문화유산에 대한 애정과 집착 또한 유난히 큰 것 같다. 할아버지가 물려 준 마도로스 파이프를 깨뜨리고 어쩔 줄 몰라하는 파란 눈의 젊은이를 만날 때면 미국 사람들의 골동품과 우리나라 사람들의 골동품에 미묘한 차이가 있다는 것을 느낄 수 있다.

"'문화' 하면 피카소를 떠올리고, 조상의 얼이 깃든 골동품은 무시해버리는 한국 풍토가 안타깝다"고 말하는 재미 동양 골동품 복원가 백춘기 씨. 메트로폴리탄 미술관에서 3년간 복원 일을 돕다 옛 시대 숨결을 느끼며 희열을 맛보는 것이 즐거워 이 길을 택했다는 그는 '동양골동품 복원가' 라는 이색적인 직업으로 10년이 넘게 미국 뉴욕에서 활동해 오고 있는 사람이다.

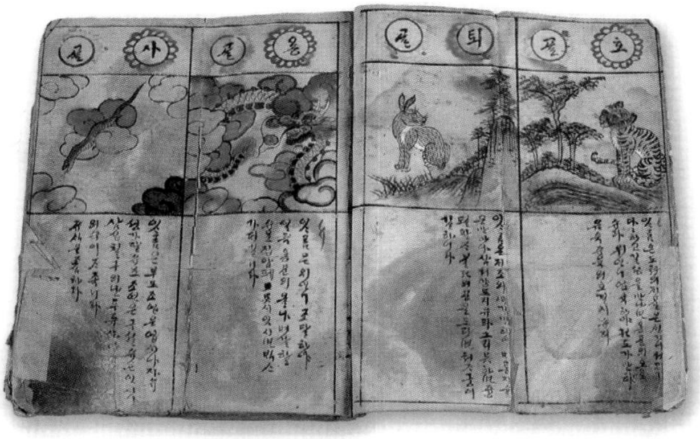

록펠러 센터 중역실의 백만 달러짜리 병풍이 넘어져 찢어졌을 때 3개월간 복원하는 일에 참여한 적도 있다.

# 어느 복원가의 망명 –복원의 현주소

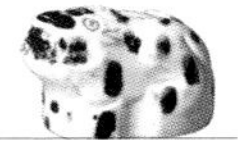

사람들은 내게 고미술 감정을 배울 수 있는 곳이 있느냐고 종종 물어온다. 결론부터 말하자면, 없다. 나 스스로도 교육기관이나 스승으로부터 사사받은 것이 아니고, 또 이 일의 성격상 이론만으로는 감정가네, 문화재 관련 일을 하네하고 명함조차 내밀 수 없다.

고미술품을 취급하다 보면 많은 경우 감정은 물론 수리나 복원까지도 스스로 해야 하는데, 이럴 때는 외국처럼 누군가 이 분야의 전문가가 있어서 과학적이고 전문적인 방법으로 복원을 하면 좋을텐데라는 생각을 하게 된다. 전문가가 있다한들 그 수가 절대적으로 부족하고, 자격이나 능력에 대한 객관적인 잣대 또한 모호한 우리 현실에서 외국처럼 제대로 된 복원가를 찾는다는 것은 참으로 어려운 일이다.

국내의 고미술 보존처리 기술 전문가에 대한 대우나 현주소가 어떤지를 보여주는 신문 기사가 있어 스크랩해 두었다. 꽤 세월이 흘렀지만 여전히 별로 달라진 것이 없어 보여 〈국내 최고 회화, 서적 보존처리 기술자 문화재 수리공 자격시험 탈락, 충격〉이라는 제하의 기사를 옮겨 적어 본다.

> 국내 최고의 전통회화, 서적 보존처리 기술자가 국가지정문화재 수복 업무를 맡기 위해 문화재 수리공(표구)자격 시험에 응시했으나 탈락해 충격을 주고 있다. 이 사실은 이 기술자가 "시험 출제자나 시험관이 회화, 서적 문화재의 비전문가로 구성돼 있어 현재의 자격 시험을 인정할 수 없다"고 반발, 지난 주 문체부와 문화재관리국에 시정요구 탄원서를 제출함으로써 밝혀졌다. 이에 대해 학계와 미술계는 전통서화 등 문화재 보존처리에 대한 정부의 재인식과

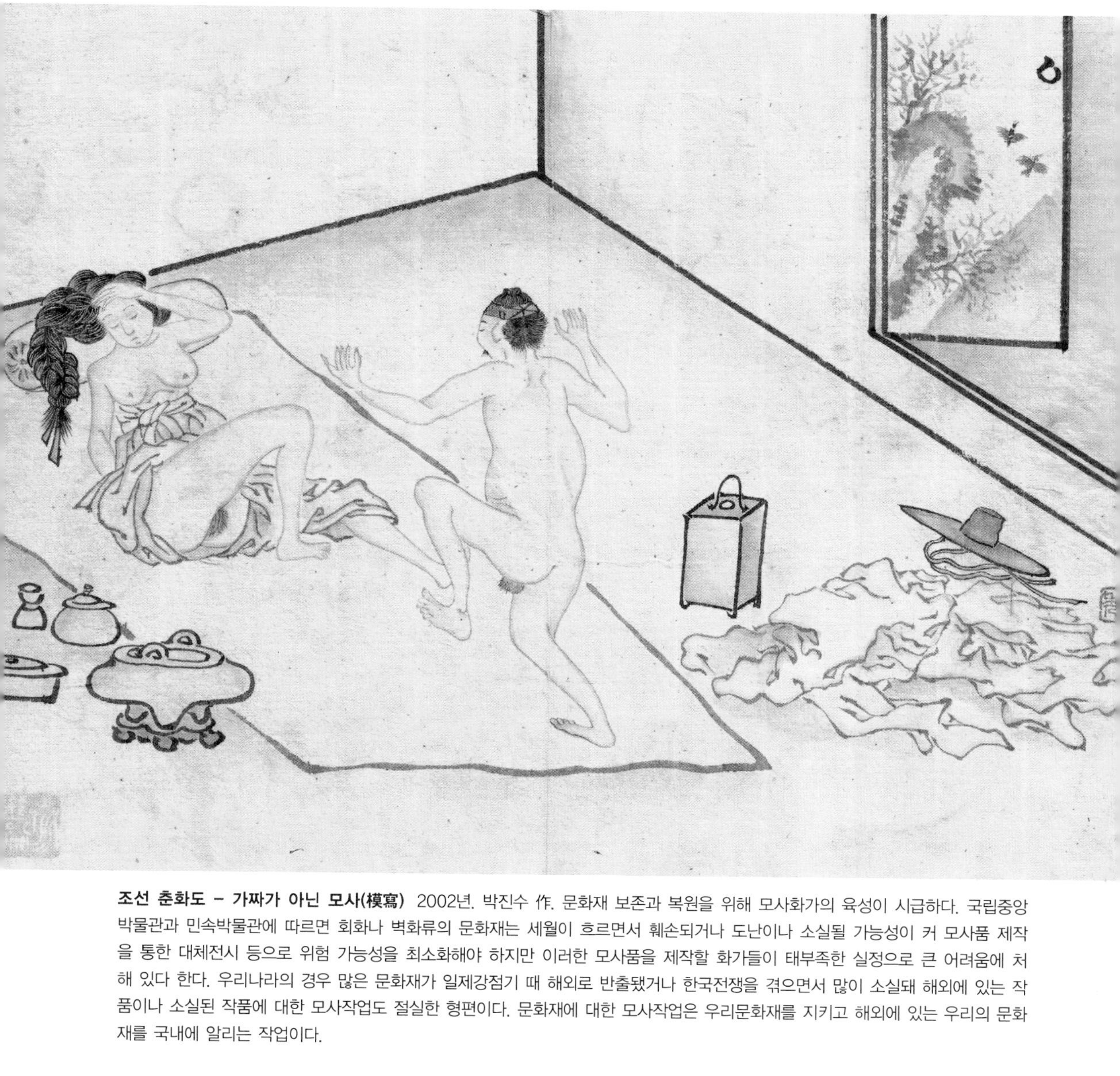

**조선 춘화도 - 가짜가 아닌 모사(模寫)** 2002년. 박진수 作. 문화재 보존과 복원을 위해 모사화가의 육성이 시급하다. 국립중앙박물관과 민속박물관에 따르면 회화나 벽화류의 문화재는 세월이 흐르면서 훼손되거나 도난이나 소실될 가능성이 커 모사품 제작을 통한 대체전시 등으로 위험 가능성을 최소화해야 하지만 이러한 모사품을 제작할 화가들이 태부족한 실정으로 큰 어려움에 처해 있다 한다. 우리나라의 경우 많은 문화재가 일제강점기 때 해외로 반출됐거나 한국전쟁을 겪으면서 많이 소실돼 해외에 있는 작품이나 소실된 작품에 대한 모사작업도 절실한 형편이다. 문화재에 대한 모사작업은 우리문화재를 지키고 해외에 있는 우리의 문화재를 국내에 알리는 작업이다.

전문가 양성 및 시험 제도의 개선이 시급하다고 입을 모으고 있다. 문제의 인물은 지난해 정제靖齋문화재보존연구소를 개설, 국보급 서화를 보존 처리해 온 박지선 씨. 서울대 미대와 대학원에서 동양화를 전공하고 86년 도일渡日, 교토국립박물관의 문화재보존수리소에서 7년 반 동안 회화와 전적류 문화재의 과학적인 보존 수복을 연수했다. 또 지난해 7~9월엔 빈에서 구미의 15개국 전문가들과 함께 지류문화재 보존처리과정을 이수, 우리 전통표구의 맥이 끊긴 이 분야에서 독보적인 존재가 됐다. 박씨는 89년 일본 보존팀과 함께 세계 최고의 목판 인쇄본인 국보 126호 무구정광 대다라니경을 대대적으로 수리하는 등 한 · 일 · 미의 국보, 보물 30여 점을 보존 수리한 경력을 가지고 있다. 현재 1주일에 3일은 국립중앙박물관에서 종이류 문화재보존처리작업을 하고 있다. 그러나 그는 문화재 보호법이 지정하는 수리공 자격증이 없다는 이유로 국가지정품의 보존처리업무를 공식적으로 맡지 못하다 주변의 권유로 지난 달 13일 자격시험에 응시했다. 시험문제는 한문이 복사된 종이 5장을 나눠주면서 7시간만에 전통 서책을 만들라는 것.

박씨는 응시자 10명과 함께 종이 끝을 잘라내고 책으로 제본했으나 4명의 합격자에 끼지 못했다. '문화재를 함부로 자른데다 순서가 뒤바뀌는 등 기초가 되지 않았다' 는 것이 그 이유. 그러나 박씨는 "나눠준 종이는 문화재가 아니어서 책을 만들기 위해 잘랐으며 책 만드는 것을 보는 시험이므로 복사된 종이 몇 쪽의 순서를 따지는 것은 트집에 불과하다"고 말했다. 또 바람 부는 서오릉에서 서책 만드는 시험을 치른 것 자체가 있을 수 없는 일이라고 반박했다. 그는 "제도가 개선되지 않는다면 나를 필요로 하는 미국이나 유럽의 미술관에서 일할 계획"이라며 단호한 입장을 보이고 있다.

문화재 전문가들도 "서화에 대한 과학적인 보존처리기술과 경험적인 지식을 갖춘 사람을 활용하지는 못할 망정 시대착오적인 문화재행정을 펴고 있다"고 비난하고 있다.

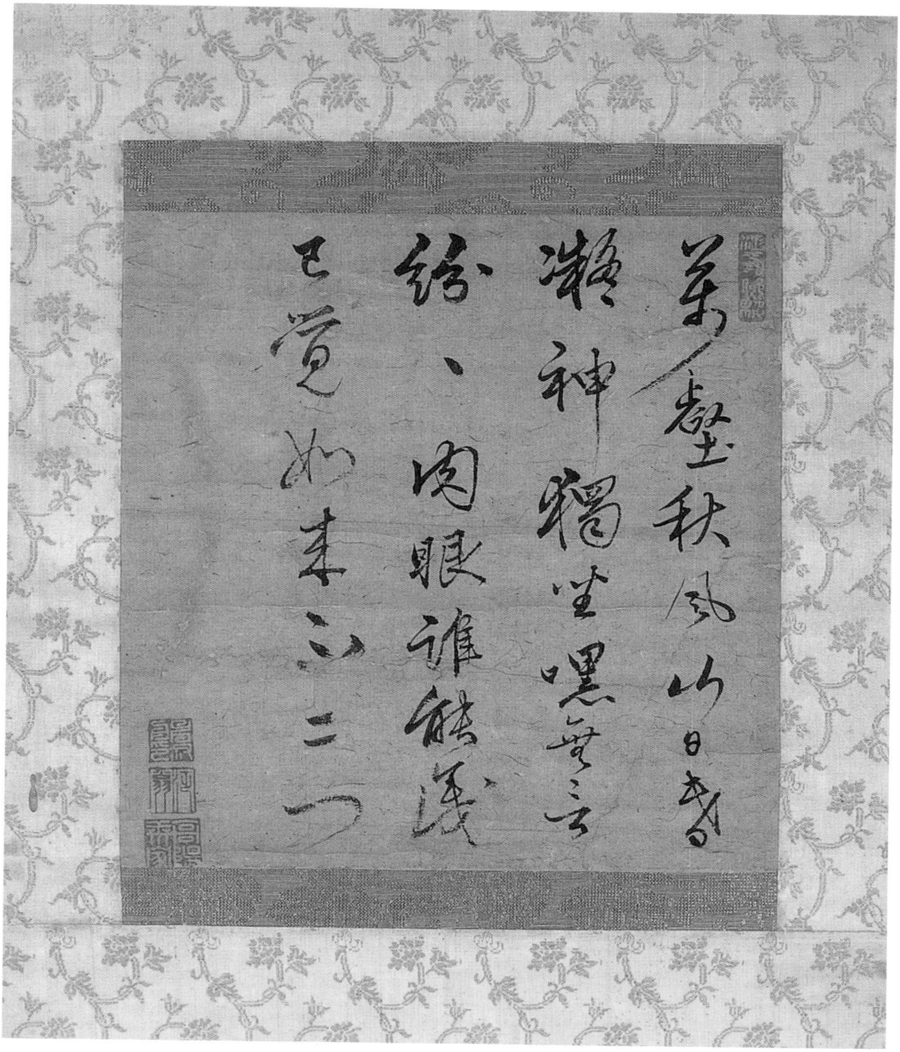

**고령군 신숙주(1417~1475) 글씨** 1996년 10월 31일 크리스티 한국 고미술품 경매에 나온 서예작품. 낙찰가 46,000달러.

이겸로 옹

산기山氣 이겸로 옹은 우리 고서계의 대부다. 인사동 고서점 〈통문관〉의 주인으로 보낸 60여 년 세월 동안이나 은퇴한 지금이나 여전히 고서에 파묻혀 살고 있다.

17세 때 서점 점원으로 책과 인연을 맺은 그는 해방 직후 자신의 서점 이름을 고려시대 통역관을 양성했던 기관의 이름을 딴 〈통문관〉이라 바꾸고 그의 한평생을 고서적 복구에 바쳤다.

열 평 남짓한 통문관을 찾을 때마다 스스로를 고서 더미에 묻혀 책을 갉아먹는 좀벌레라며, '서두'에 비유했던 옹의 너털웃음이 생각난다. 몇 해 전 그가 폐렴으로 입원했을 때 굳게 닫힌 통문관의 셔터를 바라보며 안타까워 했다. 다행히 미수가 넘는 고령에도 자리를 털고 일어났지만 아들 동호 씨에게 통문관을 물려주고 은퇴한다는 소식이 다시 한번 사람들 마음에 격세지감을 느끼게 했다.

당시 언론에서는 작은 서점의 2세 경영에 대해 관심을 나타냈던 것으로 기억되는데, 대기업도 아닌 작은 서점 하나의 변화가 신문지상에 오르내린 것은 이겸로 옹의 위상이 어느 정도였는지를 짐작케 해준다. 그가 고서 발굴과 보전, 전파에 기울여 온 헌신적인 노력에 대한 감사 혹은 헌정의 의미가 아니었을까.

혼돈된 해방정국 하에서 국보급 고서와 자료들이 쏟아져 나왔으며 귀중한 우리 문화재들이 외국으로 유출되는 것을 가슴아파했던 그는 고서들을 발굴하고 복구해 박물관이나 대학 도서관 등으로 안전하게 옮겨 놓는 산파 역할을 자처해 왔다.

경성제대 오구라 교수에게 뺏긴 것으로 알려졌던 〈월인석보〉와 상해 임시정부가 두 권으로 묶은 〈독립신문〉을 발굴해 연세대에 기증한 일은 대표적 사례이다. 깊은 산사에 보관되어 오던 천하귀중본 〈월인천강지곡〉과 이희승 선생의 소개로 찾아낸 〈삼국유사〉 등도 그의 손을 통해 안전한 도서관으로 인도되었다.

이희승, 최순우 등 국학의 대가들이 그의 단골이었고 진단학회, 서지학회 등이 통문관을 중간 기점으로 삼았다. 고서점 하나가 국학 자료의 보급기지가 된 것이다.

옹은 은퇴 후에도 〈청구영언〉 원본 등 희귀본 1만 여 권을 보살피면서 여생을 보내고 있다.

年以晚學大雲二書寄來今年
又以藕畊文編寄來此皆非世之常有
購之千万里之遠積有年而得之非一時
之事也且世之滔滔惟權利之是趨爲之
費心費力如此而不以歸之權利乃歸
之海外蕉萃枯槁之人如世之趨權利
者太史公云以權利合者權利盡而交
疏君亦世之滔滔中一人其有超然自
拔於滔滔權利之外不以權利視我耶
太史公之言非耶孔子曰歲寒然後知
松柏之後凋松柏是毋四時而不凋者
歲寒以前一松柏也歲寒以後一松

# 4

# 나는 이렇게 고미술업을 시작했다

# 나는 이렇게 고미술업을 시작했다

초등학교 시절 같은 반 친구 집에 놀러간 적이 있다. 그 친구 집에는 사용하지 않은 일제강점기 때 우표가 여러 판 있었다.

여러 판 중에 한 판을 얻어 와서 보관하고 있던 중, 그 해 여름 방학 때 아버지와 함께 친척집에 가게 되었다. 두 살 많은 친척형을 만났는데 그 형이 우표를 수집하는 취미를 가지고 있었다. 형은 우표를 사러 가는데 같이 갈 것을 권했고 그리하여 따라간 곳이 지금의 신세계 백화점이다. 그 당시에 신세계 백화점에 우표 파는 곳이 있었다. 자기가 필요한 우표를 몇 장 사고 내게도 몇 장을 사 주면서 우표 수집을 해 보라고 했다. 나는 그 후 집에 돌아와 내 친구에게 얻었던 일제강점기 때 우표 30 여장을 친척형에게 우편으로 보내 주었다. 그러자 그 형이 고맙다며 자기도 여러 장 있는 우표 중에 1장씩 골라 내게 보내왔다.

그 때부터 우표수집에 열을 올렸다. 그렇게 하여 시작된 우표수집은 고등학교 시절에도 계속되었다. 서울 신용산에 있는 국립교통고등학교 2학년 때였다. 동대문구 숭인동에 사는 친구 집에 가는 도중에 숭인동 큰 길가에 옛날 우표 파는 집이 눈에 띄었다. 참새가 방앗간을 그냥 못 지나가듯이 우표가게를 그냥 지나칠 수가 없었다. 이런저런 우표를 구경하다가 일제강점기 때 우표가 붙어 있는 편지 봉투 몇 장을 산 후, 그 가게 선반 위에 있던 골동품 도자기에 유난히 호감이 가는 것이었다. 그래서 "이것은 몇 년이 되었습니까?"라고 묻기도 하고 만져보기도 하였는데 그 중에 주먹 크기만한 호랑이같이 생긴 도자기가 있기에 "이건 무엇입니까?" 하고 물었더니 지금 방금 사놓은 건데 벼루에 물 따르는 연적이라고 했다.

얼마나 오래된 거냐고 물었더니 "글쎄 오래된 것 같은데 확실히는 잘 모르겠다"고 했다. 얼마에 팔거냐고 물었더니 천 원에 사놓은 건데 얼마에 팔지는 아직 생각을 안해 보았다고 했다. 나는 갑자기 그 연적을 갖고 싶다는 충동이 일기 시작했다. 천삼백 원에 내게 팔라고 하니 그 아저씨 말이 학생이 무엇하려고 그걸 사려고 하느냐며 팔지 않았다. 사실 내게는 천삼백 원이면 큰돈이었다. 당시 양복점에서 맞춤양복 한 벌에 3천 원 정도 되었으니 고등학생의 주머니 사정으로 엄청난 돈이다. 어차피 팔지도 않는다고 하니 다행이다 생각하고 우표가게를 나와 친구 집으로 향했다. 친구 집엘 갔더니 이 친구가 어디를 가고 없어 다시 집으로 가려고 큰길로 나왔는데 왠지 우표가게에서 본 호랑이같이 생긴 물건이 머리에서 떠나지 않는 것이었다.

거금이기는 하지만 천삼백 원에 팔기만 한다면 사겠다는 마음을 먹고 다시 우표가게로 들어가 그것을 만지작거리고 있으니 주인이 그것이 그렇게 갖고 싶냐고 물었다. 우표가게 주인이 그렇게 가지고 싶으면 천오백 원에 가져가라고 했다. 며칠 전에 아버지가 주신 용돈이 천오백 원 정도 남아 있었다. 그러나 천오백 원을 주고 나면 동대문에서 원효

로 3가 전차종점까지 걸어가야 했다. 그래서 주인에게 원효로까지 갈 전차비만 빼달라고 했는데도 안 된다고 하는 것이었다. 사지 말까 망설이다가 본래 내 성격이 한번 하고 싶은 일은 꼭 하고 마는 성격이라 도저히 포기할 수가 없었다. 호랑이 연적을 천오백 원을 주고 사고 나니 정말 전차 탈 돈도 남지 않았다. 할 수 없이 점심때쯤 걷기 시작하여 남산 범바위 약수터에 이르러 약수를 마시며 연적을 꺼내어 보았는데 아무리 보아도 예사로운 물건이 아닌듯 싶었다. 저녁때쯤 집에 도착하게 되었는데 걸어오는 도중에도 몇 번이나 다시 꺼내보고 소중히 넣고 했던 기억이 난다. 그때 그것을 왜 샀는지 지금 생각해 보아도 그 마음을 알 수가 없다.

그 후 며칠이 지나 친구 집에 가는 길에 다시 그 집을 들렀다. 문을 열고 들어가니 주인이 반갑게 어서 오라고 한다. 그리고 그때 사간 호랑이 연적 가지고 있는지 물었다. 가지고 있다고 하니 도로 팔라고 한다. 왜냐고 물었으나 그럴만한 이유가 있다면서 배를 남겨줄테니 도로 팔라고 했다. 배라면 삼천 원이 아닌가? 그러나 팔고 싶지 않았다. 장사를 하기 위하여 산 것이 아니기 때문에 팔지 않는다고 했다. 그럼 얼마면 팔겠냐고 하는 주인과 한참 동안 실랑이를 하다가 생각해 보겠다는 말을 남기고 피하듯이 가게를 나왔다. 그 후 그 집에 다시는 가지 않았다.

그 물건을 귀중하게 여러 겹 싸서 책상 서랍에 잘 두었다. 몇 년이 흘러 대학 2학년 초였다. 한창 음악 감상실도 다니고 미팅도 하다보니 용돈이 모자라 쩔쩔 맬 때다. 그 때까지 모았던 우표를 팔려고 들고 나왔는데 지금 기억에 3백여 장의 우표 중에 2십여 장 정도만 산다고 하여 다시 집으로 가지고 왔다. 그때서야 몇 년 전에 사 놓은 호랑이 연적이 생각이 나서 그 물건을 가지고 인사동을 찾았다.

막상 팔려고 하니 어느 가게로 들어갈까 몇 번을 이 가게 저 가게 앞에서 머뭇거리다가 어느 가게로 들어섰다. 주인이 왜 왔냐고 묻는다. 책가방에서 연적을 꺼내 팔려고 왔다고 하니 얼마나 받을 거냐고 묻는다. 글쎄요. 얼마짜리나 됩니까 하고 물었더니 남의 이름을 어떻게 내가 짓느냐고 학생이 이야기를 하지 않으면 안 산다고 한다. 나는 잠시 처음 이 물건을 살 때 주인이 되살려고 하던 생각이 나서 만원이면 팔겠다고 말했다. 그랬더니 만원은 너무 비싸다고 하며 팔천원을 준다고 한다. 나는 금세 장사꾼이 된 것처럼 흥정을 하였다. 그럼 9천 원만 주세요 했더니 학생증이 있느냐면서 보여달라고 한다. 주소와 이름을 적고 9천 원을 받아가지고 나왔다. 그 날 호랑이 연적이 지금 생각해보니 보통 물건이 아니었다. 색깔로 보아도 좋았고 호랑이 무늬는 청화와 철화가 아니면 진사(동화)였다. 골동품과 함께 한 세월이 35년이 되었지만 아직도 그렇게 좋은 물건은 보지 못했다. 그러나 그 호랑이 연적으로 인

1890년대 말의 종로거리

해 지금의 고미술 감정위원 위치까지 오게 되었으니 그 연적과 나의 인연은 너무나 큰 인연이라고 할 수밖에 없다.

건대 정외과 3년을 마치고 군사독재에 항거하는 데모를 했다는 이유로 형사들이 원효로 집으로 잡으러 왔다. 여러 곳으로 도망을 다니다가 형사들에게 잡혀 경찰서 유치장에서 20일을 지내고 풀려나와 군에 입대를 하게 되었다.

군에서 제대를 하고 서울에서 사업을 하다 크게 사기를 당하고 고향인 충주에 잠시 다니러 내려갔을 때다. 고향친구들과 며칠 동안 어울려 놀다가 어느 날 저녁 숙박업을 하는 친구집에 놀러갔다. 그 친구집 마당 한쪽에는 우물이 있었는데 우물가에 네다섯 명이 앉아서 무슨 그릇을 닦고 있었다. 저 사람들이 닦고 있는 것이 무어냐고 친구에게 물었더니, 골동품 장사들인데 하루종일 돌아다니며 물건을 사 가지고 와서 지저분한 그릇을 닦고 있는 것이라고 한다. 나는 그때 내 머리에 섬광처럼 스치는 것이 있었다. 바로 호랑이 연적이었다. 그날 골동품 장사들과 몇 시간을 이야기하였다. 그 물건을 어디다 파느냐고 물었더니 중간 상인들에게 판다고 한다. 그러면 아저씨들 좋은 것 있으며 내가 살테니 연락하라고 하고는 돌아왔다. 이튿날부터 정신없이 바쁘게 쫓아다니며 물건을 보고 고미술에 대하여 전혀 알지 못하면서 무턱대고 사기 시작했다. 아마 사는병이 들었던 것 같다.

그러나 골동품 감정능력이 없는 상태에서 사들인 물건들이 팔릴 리가 만무했다. 혹 팔린다해도 이문이 있을 리가 없다. 그렇다고 안 팔 수도 없고 사기만 하면 99%는 밑지는 것이었지만 물건만 보면 사고 싶었다. 1년을 그러고 나니 돈이 바닥이 나고 부모님께서도 돈을 주지 않는 지경에 이르렀다. 길에서 아는 사람을 만나면 무턱대고 돈을 빌려 달라고 해서 골동품을 샀으니 정신이 나갔다는 말을 들을 정도였다.

언젠가 경기도 이천에서 좋은 물건이 나왔다고 사러오라는 연락이 왔다. 당연히 돈이 없어서 아버지 친구 분을 찾아가 급한 일이 생겼다고 거짓말을 하고는 5만 원을 빌려 가지고 이천에 가서 백자진사주병을 하나 사 가지고 돌아왔다. 그러나 결과는 잘못 산 것이었다. 일제강점기에 여주에서 만든 모조품이었던 것이다. 내가 갚지 못한 돈은 아버지가 대신 갚아 주셨다. 앞으로는 우리 아들 돈 빌려주면 나는 책임을 안 진다고 여러 군데 이야기하여 돈 빌릴 곳도 없는 처지가 되었다.

**백자개함** 앞장식 옆손잡이로 보아 19세기 것으로 보인다. 빈틈없는 백자개함의 상태가 완벽하게 보존된 귀중한 문화재이며 현재 남아있는 같은 종류의 유물을 볼 수가 없다.

하루는 저녁 늦게 집에 돌아오니 집에서 어머니가 무당을 불러 굿을 하고 있었다. 내가 귀신이 붙어 골동품을 사들인다고 하는 굿이었다. 나를 완전히 미친 사람 취급하는 듯했다. 땅도 팔아 골동품을 사고 아버지 몰래 논밭을 사채놀이 하는 곳에 잡혀 골동품을 사기도 하였으나 이득을 보는 물건은 거의 사본 적이 없었다.

날씨가 쌀쌀한 늦가을이었다. 우리 집에서 좀 떨어진 곳에 강원도 삼척 부평 출신의 정의노라는 사람이 내게 찾아와 강릉 어느 집에 값나가는 병풍이 하나 있는데 30만 원 정도면 살 수 있다고 한다. 사기만 하면 무조건 돈이 많이 남는다고 하여 돈을 구하려고 했지만 돈을 구할 수가 없었다. 어머니에게 이것만 사고 다시는 골동품을 사지 않겠다고 통사정을 했으나 어머니도 이제 돈을 구해 줄 수가 없다고 한다. 생각다 못해 집문서를 달라고 했다. 집을 잡혔다가 병풍을 사서 바로 팔아 집문서를 찾아오겠다고 사정을 했더니 어머니가 할 수 없이 아버지 인감도장과 문서를 내어주셨다. 사채업자에게 3부 이자로 40만 원을 빌려 정의노라는 사람과 같이 강릉의 병풍 있는 집에 갔다. 나는 밖에 있고 그는 들어가서 30만 원 에 흥정을 하고 나왔다. 흥정이 되었다고 하여 들어가 보니 나무로 된 병풍인데 병풍 윗 부분에는 십장생이 자개로 놓아져 있고 밑으로는 정학교 글씨를 자개로 놓은 것이었다. 책에서도 본 적이 없고 말로도 들어본 적이 없는 10폭 짜리 병풍이었다. 잘은 모르지만 틀림없이 돈이 남을 것 같았다. 무조건 30만 원을 건네고 병풍을 샀다.

정의노에게 여관에서 기다리고 있으면 내가 서울에서 팔아서 이익을 나누자고 말하고 비행기를 타고 급히 서울에 왔다. 인사동 가게 여러 곳을 들렀으나 최고로 많이 준다는 사람이 3만 원밖에 주지 않는다고 했다. 집까지 잡혀 산 물건이 이렇게 되었으니 정말 기가 막힐 노릇이었다. 그대로 집으로 내려가고 싶었으나 강릉에서 기다리고 있는 사람이 있으니 팔지 못했다고 확인도 시킬 겸 다시 강릉으로 갔다. 정의노에게 사실 이야기를 했더니 절반 가격이라도 돌려받겠다며 병풍을 가지고 나갔으나 돈을 돌려받지 못하고 다시 가지고 돌아왔다. 돌려줄 리가 없었다. 그 후 병풍은 대구에 사는 모 정신과 의사의 백자필통하고 바꾸었으나 그 또한 가짜여서 몇 만 원도 만들지

**화초병풍** 19세기. 1996년 10월 31일 크리스티 한국 고미술품 경매에 나온 작품. 낙찰가 4,600달러.

못했다.

뒷날 알아보니 그때 내게 병풍을 판 사람은 그 후 강릉에서 화물회사를 차렸다고 한다. 지금은 1968~9년 강릉에서 고미술상을 하던 사람들은 모두 알고 있는 이야기가 되었다.

## 5만 원에 산 주전자를 5백만 원에 판 사연

내가 충주에서 '석성원' 이라는 고미술, 골동품 가게를 경영하고 있을 때다.(충주는 타 지방에 비해 도자기, 그림, 민속품, 금속 등 다양한 고미술품이 대단히 많이 발굴되어진 곳이다) 옛날부터 충주는 경상도 지방에서 한양을 가려면 누구나 거쳐야 하는 관문이라고까지 했으며 충주에서 한양은 육로보다는 수로가 훨씬 빠르고 많은 물건을 배에 싣고 한양과 충주를 오갈 수 있고, 삼면이 강으로 둘러싸여 경치가 좋고 인심이 좋은 곳이라 한양의 다수의 벼슬아치들과 양반들이 낙향하여 살았기 때문에 다양한 고미술품이 전국 어느 지방보다 많이 나온 지역이다.

그래서 나는 수많은 명품 고미술품을 많이 사서 파는 행운을 잡을 수 있었다. 또한 이 당시 지방에서 열심히 장사를 하면 물건을 싸게 살 수 있는 이점이 있었다. 더욱이 지방상인들은 정보가 늦어 싸게 팔 수밖에 없으며 밑천이 적어 그날 사온 것은 그날 팔아야 내일 또 장사를 할 수 있기 때문에 도보하는 상인들은 싸게라도 팔아야 하는 형편이었다. 그리고 골동품을 사고 파는 가게는 충북에 나 하나밖에 없었기 때문에 하루에 사는 물건의 양이 목기까지 합쳐 용달차로 거의 한 차 정도 분량은 되었을 것이다.

여기서 내 손을 거쳐간 보물급 고미술품은 상상도 못 할 만큼 많은 숫자며 종류 또한 다양하다. 도자기를 비롯하여 그림, 민속품, 금속(불상), 패물 등 안 만져본 물건이 없다. 또한 걸어 다니며 물건을 사오는 도보꾼들이 전국에서 제일 많을 정도며 외지 상인들이 한참 몰려들 때는 탄금 여인숙에 10여명 , 우리 여인숙에 10여 명, 무학 하숙에

**백자 약주전자** 조선 18세기 후반. 높이 27cm. 국립중앙박물관 소장. 뚜껑을 열지 못하도록 자물쇠를 채울 수 있게 되어 있다. 왕실에서나 사용할 수 있었던 약주전자로 가치를 돈으로 평가한다면 몇 억이 되는 백자 주전자다. 내가 판 주전자와 거의 비슷하다.

10여 명 그 외 숙박업소까지 합쳐 거의 40~50여명 정도가 매일같이 장사를 할 때가 있었다.

이것만 보더라도, 충주의 고미술장사가 얼마나 활발했는지 상상이 갈 것이다.

1970년 11월쯤으로 기억된다. 아침저녁으로 약간 쌀쌀한 날씨였다. 오후 2시경 서울에서 고미술 점포를 운영하는 유명한 좌상 황 사장이라는 분이 갑자기 가방하나 메고 내려왔다. 나와는 나이 차이가 약 30여살 위의 업계 선배님이시다. 나는 항상 그분께 배울 점이 많아 깍듯이 선배 대우를 하고 충주에 오시면 요정으로 모시고 가 술을 사드리곤 했다. 충주에는 호텔이 없어 제일로 좋다는 여관으로 모셨기에 그분이 일단 충주로 오시면 먹고, 마시고, 주무시는 데는 돈이 없어도 될 정도였다. 이때에는 어느 상인이든 충주에 나를 찾아오면 술과 숙식은 내가 책임질 때였다. 그러던 어느 날 황 사장이란 분이 기분좋게 내 점포를 찾아 오셨기에 나 역시 반갑게 맞이했다.

"언제 오셨습니까?" 라고 내가 묻자 아침에 내려와서 어디를 좀 들렀다 오는 길이라고 한다. 점심 식사를 아직 못하셨다하여 요정에 전화로 식사 준비를 시켜 놓고 식사를 하러 가려는데 가방을 메고 나서는 것이 아닌가. 다시 올 것이니 가방을 두고 가자했더니 중요한 물건이 있어 가지고 가야한다며 가방을 가지고 요정에 식사를 하러 갔다. 당시 요정에서는 내가 예약을 하면 그 집에서 제일 예쁜 기생을 대기시켜 두었다. 식사를 하며 반주로 시작한 술이 예쁜 기생 때문인지 상당히 많이 마셔 황 사장님이 취기가 돌기 시작하자 "이 선생" 하고 나를 부른다. 그 분은 자신보다 삽십여 살 아래인 어린 내게 꼭 이 선생이라고 불렀다.

"내가 오늘 이 선생에게 보여줄 게 하나 있지" 하며 가방을 열어 보였다. 그러면서 가방 안에서 누런 종이로 싼 물건을 풀어서 술상 옆에 놓고 이쪽으로 와 이것 좀 보라고 한다. 술상 건너서 보아도 희귀한 물건이다. 생전 처음 보는 백자 주전자인데 길쭉하게 생긴 항아리 모양에 한쪽에는 물대가 달렸고 한쪽에는 손잡이가 붙어 있고, 뚜껑을 덮으면 이쪽에서 저쪽으로 구멍이 맞뚫려 있다. 그리고 몸통 양옆은 양각으로 용그림이 그려져 있다.

"이 선생, 이런 주전자 본 적 있나?" 하고 묻는다.

"아닙니다. 전혀 본 적이 없습니다."라고 하니 황 사장님 말씀이, 이 주전자는 궁중에서 임금님 보약을 담아 임금님 방에 들어가 임금님 앞에서 약사발에 약을 따르는 주전자라서 뚜껑과 몸체를 자물통으로 채울 수 있게끔 몸체와 뚜껑을 관통시킨 구멍이 뚫린 것이라고 설명을 해 주었다. 너무나 신기한 주전자였다. 백자 주전자에 색깔은 1급 백자로 우윳빛이 나며 깨진 데 없이 정말 아름다운 주전자다. 그런데 나는 한 가지 의문점을 발견했다. 주전자의 굽부분과 몸통 일부에 그을린 부분이 있었던 것이다. 그래서 황 사장님께 굽 부분과 몸통 일부에 묻어 있는 때가 자연스러운 때가 아니고 인위적으로 묻힌 때로 보여지는데 왜 그렇습니까 하고 조심스럽게 묻기는 하였지만 나로서는 확실한 가품을 진품으로 보이게 하기 위한 수법이 아닐까 하는 생각

**청자죽순형주전자** 고려 12세기. 1996년 10월 31일 크리스티 경매. 낙찰가 332,500달러.

이 들었다. 가품을 진품으로 보이게 하는 수법 중에 촛불을 켜 놓고 불 위에 도자기를 살짝살짝 대이면 그을음을 묻게 하는 수법으로 그을음을 묻힌 후에는 다시 신문지로 문질러 자연스럽게 보이도록 만들어 놓은 것이 확실한 것처럼 보였다.

이러한 내 질문에 황 사장님은 "맞는 말이야 나도 그게 이상해서 생각 중이야" 하시며 혹시 이러한 신작을 만든다는 이야기를 들은 적이나 본 적이 있느냐고 묻는다. "글쎄요. 저는 들은 적도 본 적도 없습니다." 하고 대답하고 나서 항상 주머니에 넣고 다니는 확대기를 꺼내 평소 들여다 보는 습성대로 주전자를 살펴보았다. 그러면 요즘 만든 모조품일 경우 몸에 자연스럽게 생기는 닳은(일본말로 스레라고 하면 이해가 빠를 것 같다) 흔적이 나타나지 않고 인위적으로 사포로 문지른 자국이 나타나므로 단번에 진품 여부를 가려낼 수 있기 때문이다.

그러나 이 주전자에는 아주 자연스럽게 피부가 닳아 있었다. 틀림없는 진품같은데 왜 그을음을 묻혔을까 의아하게 생각하면서도 물건에 대하여 연구해 보고 싶은 욕심이 생기기 시작했다. 이걸 어떻게 하면 내 손에 넣을 수 있을까 생각하고 있을 때 황 사장님 말씀이 "나도 아무리 보아도 의심가는 부분이 많다"고 하신다.

"황 사장님 이거 얼마 주고 사셨습니까?"

"어저께 비싸게 산 걸세."

"얼마 주셨는데요?"

"25만 원."

속으로 생각했다. 일이 쉽게 풀리겠구나....

"황 사장님 제게 좋은 손님이 있는데 제가 한번 팔아 볼까요?"

“이 선생 얼마나 받을 수 있겠어?”

“사신 금액의 배는 받아야 되는 거 아닙니까?”

“그래요, 그렇게 받을 수 있으면 한번 팔아 보시오.”

그때 내 기분이란. 지금 생각해도 어떻게 표현해야 할지 모르겠다. 여하튼 빨리 물건을 내 집으로 가져가야겠기에 주인 마담을 불러 식대와 술값을 지불하고 그래도 기분이 좋아서 아가씨들 팁까지 두둑히 챙겨주었다. 술집을 나오자마자 물건(주전자)을 들고 대기하고 있는 자가용 앞자리에 탔다. 황 사장을 뒷자석에 모시고 신흥여관에 들러 황 사장을 내려놓고, 나는 가게로 가지 않고 바로 집으로 들어왔다. 즉시 주전자를 솜에 싸고 실로 칭칭 감은 후 과산화수소원액을 부은 비닐 봉지에 넣어 시루에 떡 찌듯 중탕으로 세 시간 정도 찐 후에 꺼내보니 솜과 실은 다 녹아 풀어져 있었다. 풀어진 솜의 색깔이나 주전자의 색깔이 같아서 주전자가 보이질 않을 정도로 백옥 같은 주전자였다. 조심스레 주전자를 꺼내드니 눈덩어리를 들고 보듯이 아름다운 백색 주전자가 내 눈앞에 놓여있었다. 내가 생각했던 대로 진품이며 명품이었다. 순간 내 마음은 붕 뜨고 주전자를 든 손이 떨려서 더 이상 들고 볼 수가 없을 정도였다. 깨끗한 솜뭉치를 사각으로 접어 주전자를 잘 싸서 농 속 깊숙이 감춰두었다.

이튿날 새벽 6시에 가게에 나가 문을 열어놓고 다시 집으로 와 아침을 먹고 다시 가게에 가 앉았자니 10시쯤 되어서 황 사장님이 오셨다. 가게로 들어서자마자 어제 그 주전자 다시 한번 보자고 한다. 하지만 그 물건은 때를 빼 다른 물건으로 만들어 놓았으니 나로서는 다시 보여줄 수 없는 일이었다. 그래서 그 주전자는 손님이 아침 9시쯤

사겠다고 가지고 갔다 하니,

"아, 그래요? 다시 한번 보았으면 좋겠는데....할 수 없군"이라고 혼잣말을 하신다.

"그런데 황 사장님 그 주전자 어디서 사신 겁니까? 충주에서 사셨습니까? 충주 누구한테 사신 겁니까?"라고 내가 묻자 나를 물끄러미 바라보시며, "왜 그러는데?"라고 물으신다.

"그냥 궁금해서요."

"다른 사람한테는 내가 이 선생 줬다고 절대 이야기하면 안됩니다."

잠시 망설이는 듯 하더니, 사실은 강씨에게 샀다고 한다. 어제 취중에 내게 넘겨 주긴 했지만 어딘가 미심쩍어 다시 한번 보고 싶었던 모양이다. 어제 분명 가짜를 잘못 산 것으로 생각되었기에 내게 50만 원에 넘겼던 것이지 진짜인 줄 알았다면 그런 가격에 팔 사람이 절대 아니었다. 아무렴 나보다 30년은 더 장사를 하신 분인데 생각하며, 물건 대금은 다음 주에 주겠다고 하니 일주일 후에 올테니 물건으로 도로 내놓으면 안되고 팔든 못 팔든 이 선생이 돈으로 달라고 말한다.

**청동주전자** 고려. 뉴욕 소더비 경매에 출품된 작품. 추정가 8,000~10,000달러.

"걱정 마십시오. 제가 50만 원에 사는 걸로 하겠습니다."

황 사장님은 서울로 올라가고 나는 집으로 가서 주전자를 가지고 가게로 와 다시 보았다. '아무리 보아도 진짜인데 왜 황 사장님은 가짜로 보았을까. 내가 잘못 보고 있는 것일까. 그을음은 왜 묻혀 놓았

**청자음각주전자** 고려 12세기.
1996년 10월 31일 크리스티 경매.
낙찰가 63,000달러.

을까.' 별의별 생각이 다 떠올랐다. 그도 그럴 것이 그 당시 50만 원이면 충주시청 주변에서 방 세 개 짜리 기와집 한 채 값이었다.

이게 만약, 진짜라면 5백만 원 정도는 받을 수 있다고 생각되었으며 지금 그와 같은 물건이 있다면 5억 정도는 호가할 것이다. 만약 가짜라면 50만 원이 날아가는 큰 투기를 하는 것이었다. 그래서 물건을 팔기 전에 어디에서 나온 건지 출처를 밝혀보는 것도 괜찮을 것 같아서 강씨네 집을 찾아갔더니 나가고 없다고 한다. 강씨 부인에게 들어오시면 가게로 꼭 좀 오시라고 부탁해 놓고 돌아왔다. 그날은 하루 해가 너무 길었다. 해질 무렵이 되어서야 강씨가 손에 백자박병 하나를 사들고 가방을 멘 채 가게로 들어선다. 얼마나 반가웠는지 모른다.

"어서 오십시오. 오늘 뭐 좋은 것 사셨습니까?"

보아하니 별로 좋은 것은 산 게 없고 연적 하나하고 여인네들 칠보노리개 몇 개를 들고 있었다. 다방에 커피를 시켜 차를 들면서 본격적으로 주전자 이야기를 꺼냈다.

"강 선생 어제 황 사장한테 판 주전자 어디서 산 것입니까?"

"장씨한테 5만 원에 샀는데 황 사장이 보더니 별거 아닌 것 같다고 해서 20만 원만 달라고 했지요. 그랬더니 황 사장 말이, 요즘 만들어서 일부러 그을음을 묻힌 가짜니까 10만 원에 팔려면 팔고 마음대로 하라고 합디다. 그래서 10만 원에 팔았습니다."

그렇다면 장씨는 그 주전자가 어디서 났을까. 더 궁금해진 나는 강씨를 보내놓고 장씨네 집으로 달려갔다. 장씨는 허름한 집에 한 평 반정도 되는 조그만 골방을 세 얻어 혼자 살고 있었다. 나이는 나보다 두 세 살 위로 알고 있다. 장씨네 방문 앞에서 인기척을 하니 방문이 열리면서 "어쩐 일이야. 들어와 이형"이라고 반가워한다.

방에 들어가 오늘 장사 나가 뭐 좀 사 온 거 없냐고 물었더니 오늘은 공쳤다고 한다. 그래서 강씨한테 판 주전자는 어디서 산 것이냐고 다시 물었다. 장씨의 대답인즉, 금가면에서 샀는데 집에 와보니 일제시대 때 만들었거나 요즘 만든 것처럼 때가 전혀 묻어 있지를 않아서 팔기 힘들 것으로 생각되었다고 했다. 그래서 자기가 일부러 촛불로 그을음을 묻혀 윗목에 두었는데 그때 강씨가 와서 5만 원에 팔라고 해 팔았다는 것이다. 그런데 왜 묻느냐며 이형이 그 주전자를 샀느냐고 내게 되물었다. 나는 황급히 손을 내저으며 그게 아니고 나도 그을음이 묻어 있기에 이상해서 물어보는 것이며 사지는 않고 구경만 했다고 말했다.

그제야 숙제가 풀렸다. 혹시나 요즘 만든 도자기를 사서 손질한 것이 아닐까 의심했는데, 확실히 아닌 것으로 판명되었으니 비로소 물건에 대한 자신이 생겼다.

며칠 후, 서울 청운동에 사는 오 사장이라는 분한테 그 물건을 가지고 갔다. 6백만 원을 달라했더니 알았으니 물건은 두고 2시간 후에 다시 오라고 한다. 아마 누구에게 감정을 받고 사려는 모양이라고 생각하며 그 집에서 나왔다. 전에 백만 원짜리 정도 물건을 몇 점 팔았을 때는 바로 은행에서 돈을 찾아주더니만, 이번에는 액수가 액수인 만큼 감정을 받아보려는 듯 싶었다.

2시간 후, 오 사장 집엘 다시 가니 5백만 원을 주며 이것만 받아가라 한다. 백만 원은 깎자는 얘기였다. 5백만 원이라도 나로서는 10배가 남는 장사를 했으니 얼마나 기분이 좋았겠는가. 그저 꿈만 같은 일이었다. 고액권이 없던 때라 지폐 뭉치를 넣은 가방을 짊어지고 나와 차에 싣고 충주로 내려왔다.

며칠 후 충주에서 궁중약 주전자가 나왔는데 5백만 원에 팔렸다고 소문이 났다. 나는 누구에게 말한 적이 없었지만 원래 이 바닥이 비밀이 없는 곳이라 결국 소문이 난 것이다. 결국 처음 5만 원에 판 장씨가 알게 되었다. 입장 바꾸어 생각하면 미칠 노릇이다. 물론 진품인 줄 알았더라도 장씨가 팔았다면 그렇게 받지 못하였겠지만, 어쨌든 50만 원이라도 받았더라면 집 한 채는 살 수 있었을 것 아닌가. 큰 횡재를 할 뻔했는데 5만 원에 내버렸으니 얼마나 억울했겠는가.

나한테 와서 그게 사실이냐고 묻는 장씨에게 나는 헛소문이라고 이야기했다. 하지만 문제는 나에게 싸게 판 황 사장이 소문을 부추기는 바람에 장씨가 확신을 갖게 된 것이다. 매일 장사를 나갔다가 저녁이면 내 가게에 와서 그날 산 물건을 팔던 사람이 갑자기 며칠째 보이지를 않아 하루는 찾아가 보았더니, 그는 병이 나서 드러누워 있었다.

"장형, 남의 이야기만 듣고 너무 마음 아파하지 마시오. 다 헛소립니다. 사실 좀 남긴 했지만 소문처럼 비싸게 판 건 아니니까 빨리 일어나 장사나 열심히 하시오."

돌아서며 약값이나 하라고 상당한 돈을 주고 나왔다.

이러한 횡재는 자주 있는 일이 아니고 운이 좋은 사람은 일생에 한 두 번 있을 수 있는 일이다.

**백자진사연화문호** 조선 18~19세기. 1994년 10월 3일 뉴욕 소더비에서 가진 한국 고미술품 경매에 나온 작품.

1990년 10월경, 일본 오사카에 있는 '구로가와'라는 골동품 가게에 들렀다. 이 집은 내가 자주 들르던 곳인데, 그날 따라 왠지 들어설 때부터 좋은 예감이 들었다. 예감 탓인지 늘 반갑게 맞이하던 20대의 젊은 주인의 미소마저도 살갑게 느껴졌다. 무언가 내게 팔 좋은 물건이 있구나라는 감이 왔다.

고려청자흑백국화상감표형주전자
12세기. 높이 31.3cm.

주인은 차를 한 잔 만들어 강정과 함께 내 앞에 놓고, 중요한 물건을 넣어두는 다락 같은 공간의 미닫이문을 열어 보인다. 다락 안에는 40센티 정도 되는 높이의 오동나무 박스가 보였는데 주인이 그 박스를 꺼내 내 앞에 놓고 열어 보이니 그 안에서 노란 보자기로 귀중하게 싼 고려청자 주전자가 나왔다. 순간, 나는 잠시 이상한 생각에 잠겼다. 물건은 흑백운학상감표형고려청자 주전자인데, 너무나 낯이 익었던 것이다. 생각을 더듬으며 놀랍기도 하고 이상 야릇한 기분에 싸였다. 이게 대체 얼마만인가 말이다.

정확히 따져 보니 21년 전인 1969년에 내가 누군가에게 판 물건인데, 그것을 그토록 오랜 세월이 흐른 후, 그것도 한국 땅도 아닌 일본 땅 오사카에서 다시 만나다니…. 더구나 그 물건은 잊을 수 없는 깊은 사연까지 지닌 물건이었다.

충주에서 골동품 가게를 하던 시절의 이야기다. 우리 가게에 가끔

**청자철채초화삼엽문매병**
고려 12세기 중엽.
1996년 10월 31일 크리스티 경매.
낙찰가 2,972,500달러.

골동품을 팔러 오는 고추 장수가 있었는데, 이 분은 시골 집집마다 다니며 고추며 마늘 같은 농산물을 사다가 파는 장돌뱅이였다. 가끔씩 오지 같은 데서 농산물에 끼워서 사온 골동품을 내게 팔곤 하던 분이었는데, 한동안 보이지 않아 궁금하였던 차였는데 어느 쌀쌀한 초겨울 날 공설 시장 입구에서 쭈그리고 앉은 채로 내게 발견되었다.

처음에는 낯선 사람이 양지 바른 곳에 앉아 있나보다 했는데, 자세히 들여다보니 바로 그 고추 장수 김씨였던 것이다. 형편없이 마른 몰골에 행색마저 온전해 보이지 않아 몰라 볼 정도였다. "아니, 김씨 아니냐?" 고 물으니, 힘없이 게슴츠레한 눈을 뜨고는 그렇다고 한다. 왜 여기 나와 있느냐고 하니, 병이 들었는데 병원 다닐 돈이 없어 죽을 날만 기다리고 있다는 거다. 어찌나 안돼 보이고 불쌍한지 나하고 병원이라도 가보자고 하니, 힘이 없어 걷지도 못하겠다고 한다. 해서 지금으로 치자면 택시 역할을 하던 리어카 꾼을 불러세워 김씨를 태우고는 병원으로 갔다.

의사는 한참 동안 이 검사 저 검사를 하더니 폐병이라며 입원을 시켜야 한다고 말한다. 없는 살림에, 죽을 날만 기다린다던 김씨에게 입원이라니. 표정을 보니 벌써 겁에 질려 입원은 언감생심 생각지도 못하는 눈치였다.

치료비 걱정 말고 일단 병부터 고치자고 김씨를 설득해 그 자리에서 입원을 시켰다. 폐병에는 먹는 게 보약이라 해서 입원해 있는 동안에도 고기며 온갖 영양가 있는 것을 정성껏 거둬 먹였더니 한 달 정도 후에는 겨우 부축해서 걸을 정도가 되었다. 일가친척도 아닌 내가 병원비 정산을 한다는 것을 알았는지, 병원측에서 먼저 병원비도 많이 들고 환자도 미안해하니 이제 통원치료를 해도 될 것 같다고 말한다. 약국에서 구입할 약 이름까지 알려주며 이제 그만 집에서 복용하게 하란다. 병원에서 주는 약이 그 약이라며.

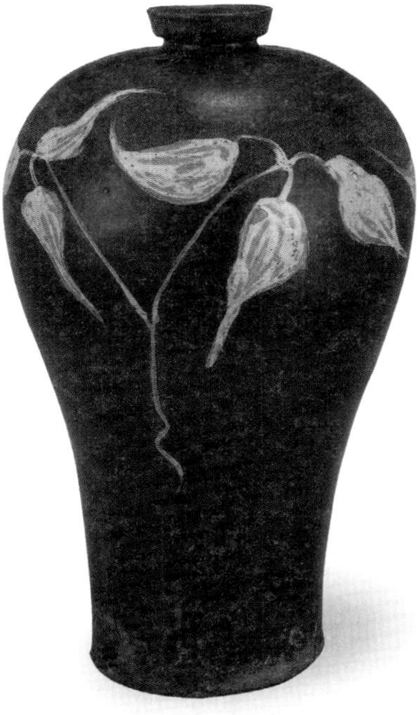

**청자철채초화삼엽문매병**
12세기 중엽. 보물 제340호. 높이 27.5cm. 입지름 5cm. 밑지름 9.5cm. 국립중앙박물관 소장.

퇴원을 하고도 김씨는 한동안 꼼짝 못하고 약으로 치료를 해야 했다. 근 일 년 정도가 지난 후 조금씩 운신을 하던 그가 내게 너무 미안해서 더는 못 누워 있겠다며 살살 장사를 다녀보겠다고 운을 뗀다. 눈치를 보아하니 장사는커녕 내 도움이 없이는 그날그날 생계도 어려운 처지인데 싶어, 장사 밑천으로 몇 푼 쥐어 보냈다.

온전치 못한 몸으로 열심히 장사를 다니던 어느 날, 김씨가 시멘트 푸대에 무엇을 둘둘 말아 들고 내 가게로 들어섰다. 푸대를 다짜고짜 가게 구석에 쑤셔넣고 돌아서는 그에게 "김형. 그게 뭐요?" 하고 물으니, 못쓰는 물건 같은데 싸게 샀으니 정 못쓰겠으면 버리라고 말한다.

"이리 가져와 보시요." 하니 굳이 던지다시피 두고는 집으로 달아나 버렸다.

그 사람 참. 속으로 생각하고는 물건을 보니 세상에, 기가 막히게 좋은 고려 청자 주전자가 들어있는 것이 아닌가.

바짝 몸을 들이대고 자세히 들여다보니 물대가 부러져 없었지 손질만 잘하면 명품이 될 수 있는 물건이었다.

이튿날 김씨가 왔다.

"어제 그 물건 아주 좋은 물건인데 얼마를 주면 되겠습니까?" 하고 물으니, 무슨 소리냐며 버럭 화를 낸다. 물건 주인이 버리려고 내다 놓은 물건인데 인사치레로 2천 원을 주고 사왔다며 돈은 무슨 돈이냐며 역정을 내는 것이다.

그 당시 김씨가 장사 밑천으로 빌려 간 돈이 10만 원 남짓 되었는데, 나는 그 돈을 받지 않겠다고 말하고 그 위에 10만 원을 더 얹어주었다. 그나마 돈을 받지 않으려고 뿌리치고 달아나는 통에 할 수 없이 김씨가 장사 나간 사이 그 부인에게 돈을 갖다 주었는데 부인 역시 죽을 사람 병 고치고 살게 해 준 것만도 고마운데 어떻게 돈을 받느냐며 한사코 마다하는 것을 억지로 방에다 던져놓고 나왔다.

그 후 나는 주전자를 다시 수리하여 원형과 똑같이 복원해 상당히 비싼 가격에 팔았다. 그런데 문제는 물건을 팔고 몇 달 후에 일어났다. 주전자를 내게 준 김씨가 부러진 주전자 물대를 그 집에서 찾아왔다며 내 놓는 것이 아닌가. 내가 좋은 물건이라고 했더니 먼길을 마다 않고 다시 그 집에 가 물대까지 찾아 온 것이다. 이미 주전자는 팔고 없는데 말이다.

그 주전자에 손잡이까지 있었더라면 못 받아도 1백만 원은 더 받았는데… 그때 돈 백만 원이면 집이 한 채 값이다. 손잡이가 있고 없고의 차이는 완성과 미완성의 차이만큼이나 크다.

할 수 없이 비슷한 모양의 물대가 없는 주전자에 그 물대를 붙여서 팔았다. 제 짝이 아닌 것은 아쉽지만 그나마 없는 것보다는 비슷한 것을 붙여놓는 것이 값을 조금이라도 더 받을 수 있기 때문이다. 가지고 있어 봐야 죽은 자식 뭐 만지기 식으로 아쉬움만 남을 것 같아서… 그렇게 없애버렸다.

그 주전자를 떠나면 일본 땅에서 20년도 더 지나 다시 만난 것이다. 보통 사람들은 어떻게 그리 오래된 물건을 기억할 수 있냐고 하지만, 전문가의 눈에는 한번 스쳐간 물건은 머리속에 사진 찍히듯 정확히 남아있기 마련이다. 십 년 이십 년, 백 년이 흘러도 말이다.

그도 그럴 것이 고미술품 매매라는 것이 자칫 잘못 보면 큰 손해를 입을 수 있기 때문에 물건이 내 품에 있는 동안에는 정말 눈이 빠질 만큼, 물건이 닳을 만큼 보고 또 보고 신중을 기하기 때문이다.

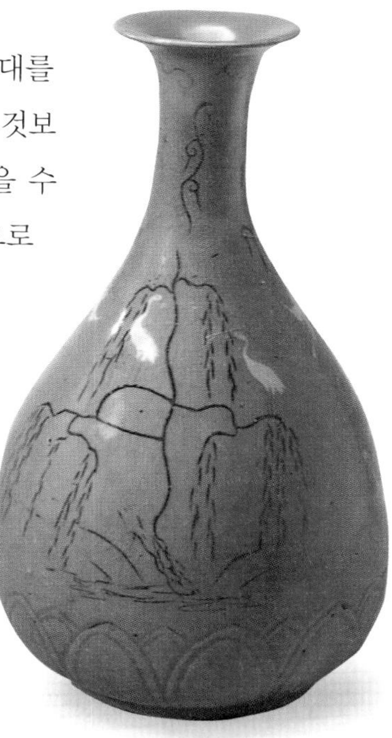

**청자상감병** 고려 12~13세기.
크리스티 경매. 낙찰가 13,800달러.

잃어버린 자식을 다시 만난 기분이 그럴까. 그 물건이 내게 왔던 사연이 주마등처럼 스쳤다. 인덕人德이 있어서인지 나는 이처럼 누군가를 도와주면 반드시 그 사람들이 내게 큰 은혜 갚음을 했던 것 같다. 새삼 감흥이 일면서 부르는 가격대로 우리 돈 7천만 원 정도를 지불하고 그 주전자를 되샀다. 오랫동안 이 계통의 일을 하다 보면 종종 내가 판 물건들을 다시 살 때도 있지만 이 주전자처럼 반갑기는 처음이었다.

주전자를 사고 보니 다시 그 옛날의 손잡이 생각이 굴뚝 같아졌다. 그냥 가지고 있을 걸 싶고 괜히 팔았다는 생각이 들었지만 어찌하랴. 이미 종로에서 김서방 찾기보다 더 어려운 일이 된 것을. 결국 주전자는 다시 새 주인을 찾아갔다. 손잡이가 없는 채로 그 때 돈 1억5천만 원을 받았으니 나로서는 두 배는 남긴 셈이지만, 만약 손잡이만 있었다면 3억5천도 더 받을 수 있었을 물건이라는 생각에 한동안 밤잠을 뒤척여야 했다.

# 횡재한 일본 사람의 이야기

1996년 봄쯤으로 기억한다. 그 당시 신주쿠에서 중앙선 전차를 타고 핫조지쪽으로 가다 보면 니시 오기꾸보라는 곳이 있다. 그 곳에 사는 일본인이 인도 여행을 갔다가 인도 골동품 가게에서 12각진 각병을 일본 이마리야끼 각병으로 알고 2만 엔에 샀다고 한다.

그는 여행을 마치고 일본에 돌아와서 고미술 일본 도자기 전문가게에 12만 엔을 받고 팔았다. 그에게 물건을 산 가게 주인은 동경미술클럽 경매장에 각병을 출품하였다. 20~30만 엔이면 팔 생각이었다.

그런데 아침 10시경, 물건이 진열되어 있는 것을 본 상인들이 술렁대기 시작하였다. 그 중에 특히 한국물건을 잘 보는 상인들이 흥분하기 시작했다. 10만 엔에서부터 시작된 경매가가 금새 올라 300만 엔까지 치솟았고, 지켜보던 물건 주인은 흥분하여 정신이 없었다.

마침내 일본 최고 거상 두 사람의 자존심을 건 싸움이 시작되었다. 최종 낙찰가는 4천5백만 엔. 그 물건은 18~19세기 조선시대 청화백자였던 것이다. 당시 동경부근의 30평 아파트가 1300만 엔 정도면 살 수 있었으니 어느 정도의 가격인지 상상이 갈 것이다. 그 자리에 있었던 모든 사람들에게 평생 잊혀지지 않을 경매였다.

어쨌든 이런 욕심없는 우연이 횡재를 가져올 수 있

**청화백자병** 조선 18~19세기.
1996년 10월 31일 크리스티 한국 고미술품 경매에 나온 작품.

일본인 소장. 1996년경 일본경매에서 4500만 엔에 팔린 각병보다 더 나은 각병.

다는 사실이 고미술품에 빠져들게 하는 매력 중 하나다. 우연히 눈에 띈 골동품 하나가 어마어마한 가치를 지닌 문화재라는 사실. 누가 얼마나 많은 돈을 벌었냐도 중요한 관심사이기는 하지만, 나는 조선시대의 청화백자 병이 어떻게 인도까지 갈 수 있었는지가 더 궁금했다.

**청화백자사변형항아리** 조선 18세기. 1996년 10월 31일 크리스티 경매. 낙찰가 189,500달러.

# 고미술품 경매에 대한 진실 혹은 거짓

2002년 가을, 내가 경영하는 인사동 '명품 옥션' 경매장에서 일어난 일이다.

농협에서 제작한 60년도 달력이 골동품 경매장에 출품되었다. 요즘처럼 멋진 사진이나 그림이 든 것도 아니고 종이가 좋은 것도 아닌 그저 그런 60년대 달력이다. 1년 12개월이 달랑 한 장에 들어가 있을 정도니 얼마나 볼품없는지 상상이 갈 것이다.

경매 시작가는 단돈 1천원. 그러나 최종 낙찰가는 16만원이었다. 과연 골동품만이 지닐 수 있는 세월의 힘이다. 누렇게 빛 바래고 더 이상 쓸모 없어져 버린 달력을 버릴까 말까 망설이며 40년을 간직해 온 데 대한 대가. 그것이 오래된 것들을 버리지 못하게 하는 고미술품 콜렉션의 매력이다.

골동품 경매라하면 사람들은 흔히 고가품을 생각하기 쉽다. 또 골동품 경매에 참여할 수 있는 사람들은 일정 이상의 부유층일 거라고 생각한다. 왜냐하면 낙찰가는 분명 천문학적 액수라고 생각하니까.

그러나 앞서 예를 든 달력은 고가품도 아니고 천문학적인 낙찰가도 아니다. 이런 정도의 물건은 누구나 집 안팎을 뒤지면 나올 수 있는 오래된 물건이고, 또 누구나 구입할 수 있는 정도의 가격이다. 나는 경매 예찬론자다. 신상품이든 중고품이든 아무 때나 팔 수 있고 필요에 따라 적절한 가격에 살 수 있는 편리한 제도가 골동품 경매라고 생각한다. 젊은 사람들 사이에서는 인터넷을 통한 경매가 꽤 활성화 되고 있는 것 같은데, 고미술품의 경매도 같은 맥락에서 보면 좋겠다. 다양한 경매 물건들이 있듯, 그 중에 서 오래되고 조금 특별한 가치를 지닌 물건이라고 생각하면 고미술품에 대한 거리감이 조금은 좁혀지지 않을까.

내가 인사동에 터를 잡고 '명품 옥션'이라는 경매회사를 차린 것도 이런 이유 때문이다. 이 바닥에 발을 들인 35년 동안 외국의 경매시장을 찾아다니며 겪었던 경험이 국내 경매시장 활성화에 작은 불씨가 될 것이라는 생각 때문에서이다. 그렇게 해서 고미술품에 대한 일반인들의 관심이 모아지면 바로 그것이 나아가서는 문화재 보호의 지름길이 된다는 생각에.

실제로 매월 첫째 일요일 오후 2시에 경매 날이 되면 대학생부터 가정주부, 노인들까지 다양한 계층의 사람들이 경매에 참여하는 것을 볼 수 있다. 최근에는 외국인 입찰자도 늘어나는 추세인데, 외국인들은 경매에 대해 우리나라 사람들보다 개방된 시각을 가지고 있으며 수요 품목도 특정 분야에 한정되기보다는 생필품에서부터 미술품, 골동품에 이르기까지 다양한 작품을 찾고 있다. 하지만 문화재급 품목은 해외반출이 금지된 탓에 미리 사전 양해를 구하고 있다.

낙찰 가격도 몇 만 원 수준에서 수십, 수백, 수천만 원까지 다양하다. 회를 거듭할수록 다양한 사람들의 관심이 모이고, 출품되는 경매 작품들 또한 다양해지는 것을 확인할 수 있다. 흔히 골동품이라 하면 수억 원짜리 고가품을 떠올리기 쉽지만 그런 예는 몇몇 보물급에 해당하는 특별한 사례일 뿐이다.

경매의 절차와 가격형성 과정을 간단하게 설명하자면, 경매에 출품할 때 소장자는 자신이 내놓은 소장품이 어느 정도 가격대에서 거래되기를 희망한다는 거래 희망 가격을 제시하게 된다. 〈TV쇼, 진품명품〉에서 소장자가 생각하는 감정 가격을 쓰는 것처럼. 이때 전문 감정인이 물품에 대한 감정을 통해 적정 가격을 제시하고 양측 합의하에 적정한 예상 거래 가격을 산출한다. 이를 토대로 경매 시작가가 결정되는데 대개 예상하는 거래 가격의 절반 정도 수준에서 시작가가 형성된다. 경매가 시작되면 실제 가격이 형성되기 시작하는데 이때부터는 경매를 진행하는 경매사의 역할이 절대적으로 중요하다. 특히 경매 참여자 중 초보자나 일반인이 많을수록 진행자가 얼마나 자세하고 성실하게 작품에 대한 배경 설명을 하느냐에 따라 그들에게는 물건의 가치가 하늘과 땅 차이로 다르게 인식되기 때문이다.

우선 누가 사용하던 것인지, 어떤 용도에 쓰이던 것인지, 또 소장자는 누구인지에 따라 가치가 크게 달라지는 고미술품의 설명을 듣고 나면 그냥 지나칠 물건도 다시 한번 돌아봐지는 것이 인지상정.

적정 거래 가격을 훨씬 웃도는 가격에 최종 낙찰되는 경우도 종종 있는데, 경매가 과열되어 마치 영화에서처럼 최종 응찰자 두 사람이 오기 경쟁을 벌이는 경우가 그렇다. 이럴 때 낙찰자는 원하는 물건을 구입하고도 과도한 비용 지출 때문에 후회하는 수가 있다.

반면, 경쟁이 저조해서 좋은 가격을 받을 수 있는데도 턱없이 낮은 가격에 최종 낙찰이 이뤄지는 경우도 있다. 이때 소장자로서는 아쉬움이 이만저만이 아닐 터. 이렇게 저조한 경쟁에 활기를 불어넣는 일도 과열된 경쟁을 식히는 역할도 모두 유능한 경매사의 몫이다.

이렇게 형성된 가격은 일종의 공개 입찰을 통해 형성된 것이기 때문에 적정 시장가격이라고 볼 수 있다. 즉, 바가지 쓸 위험이 적다고 할 수 있으며 또한 몇 년 후 다시 경매장에 내놓았을 때도 자신이 구입한 가격 이하로 거래되는 일은 거의 없게 된다.

물품이 낙찰되면 물품 소장자는 낙찰가의 11%, 낙찰자는 5.5% 정도 수준의 거래 수수료를 지불해야 한다. 경매장마다 차이가 있기는 하지만 대체로 비슷한 수준이다.

**동자반천과도** 1955년 월전 장우성(1922~)의 作. 1997년 9월 26일 소더비 뉴욕에서 가진 한국 고미술품 경매에 나온 작품.

## 돋보기 미술품 경매시장과 소더비 경매의 역사 Ⅰ

골동품에 대한 거래 유통은 경매로 이루어져야만 매입자나 매도자의 공평성이 이루어진다. 선진국에선 골동품상인들도 골동품을 구입할 때나 판매할 때 주로 경매장을 이용하기 때문에 유통상의 어려움도 덜게 되고 억울하게 싸게 팔거나 너무 비싸게 사는 일이 없으며 돈의 회전도 빠르다.

그러나 우리나라에선 더러 경매가 있긴 했지만 경매 진행자의 자질 부족과 경매가 갖추어야 할 형식과 요건을 갖추지 못해 정착되지 못하고 있다.

미술품 경매 제도의 경험이 미천한 한국의 경우, 국제적인 경매관행에 대한 일반적인 지식 또한 매우 부족해 보인다.

이런 입지를 충분히 감안하더라도 국제화, 개방화의 시기에 대응해야 하고, 또 근년에 와서 상당수의 국제 경매에 참여하는 사람들이 많아지고 있고 앞으로 증가해 갈 추세를 예상할 때, 세계적인 수준의 경매가 어떻게 이뤄지고 있는가에 대한 지식은 필수적인 것으로 보인다.

250년의 역사를 가진 세계적인 경매회사 소더비의 경우를 예로 들어 보자.

소더비 경매의 역사는 1744년 사무엘 베이커라는 서적 판매상이 런던에서 개인 소장 도서들을 한 장소에서 사고 팔 수 있는 방법을 모색하다가 경매를 실시함으로써 출발했다. 그의 이러한 발상은 사업을 크게 번창하게 함으로써 상류사회의 대소 소장품들이 이 경매장에서 팔려나가기 시작하였고 점차 발전해갔다.

1778년 베이커가 사망하면서 조카 존 소더비가 이 사업을 인수받아 그의 이름을 상호로 내걸고 전문 경매와 감정, 시장 자체 내에 예술품을 팔고 사는 사람들을 대상으로 서비스의 전통을 확립하였다.

**소더비 최고가 1,320억 낙찰**
부가세와 경매수수료가 포함된 가격으로 피카소의 그림 '파이프를 든 소년'이 2004년 5월 5일 미국 뉴욕 소더비 경매에서 역대 미술품 경매사상 최고가를 기록했다.

19세기를 거슬러오면서 런던 소더비가 점차 자연스럽게 회화, 프린트, 동전, 가구, 보석류, 시계, 자기류, 고고품 등으로 확장되어 가는 동안, 대서양 건너 파크 베르네가 또 하나의 시장으로 자리잡게 되었다. 수년 동안 서로 대서양을 마주하여 소더비와 파크 베르네는 경매장으로서 최대 명성을 누리면서 양대 산맥으로 커져 나갔다.

그러다가 1964년 런던 소더비가 파크 베르네를 인수하면서 하나의 국제 미술 경매회사가 설립되고, 지구에 존재하는 각종 재원을 바탕으로 막강한 힘을 지닌 전문가들로 새로운 조직이 형성되었다.

오늘날 소더비는 세계 수위의 예술 경매회사로 성장하여 세계 각처의 바이어나 원매자 양측 모두에게 똑같은 상위의 서비스를 제공하고 있다.

경매란 말 그대로 매매행위가 가격경쟁에 의해 결정되는 거래 방식을 뜻한다. 경매는 가격결정이 생산자에 의해 일방적으로 결정되는 방식과는 달리 수요자의 의지가 반영된다는 특징을 가지

1996년 크리스티 경매의 한국 고미술품 경매 도록 표지

고 있다. 특히 예술작품의 가격결정은 여러 가지로 어려운 점이 많기 때문에 서구 선진국에서는 일찍부터 경매를 통해 가격이 결정되어 왔다.

경매는 매매행위와 가격결정이 투명하게 드러남으로써 미술시장 양성화의 절대적인 대안으로 여겨지지만 그 역기능도 만만치는 않다.

경매방식으로는 '보통 경매'와 '더치 경매'로 나누어진다. 보통 경매는 최저치를 설정하고 최고가가 낙찰되는 방식이며, 더치 경매는 반대라고 생각하면 된다. 현재 대부분의 경매는 보통 경매형식을 취하고 있다. 경매품목으로는 회화를 비롯하여 가구, 골동품, 보석, 부동산 등 약 60여가지로 알려져 있는데 수집 가능한 품목은 모두 경매의 대상이 될 수 있다.

경매의 역사를 보면 고대 바빌로니아에서는 신부감을 경매로 매매했다고 한다. 그 후에 악명 높은 노예상인도 경매를 이용했다. 하지만 근대적인 의미의 경매는 18세기 영국에서 확립된다. 경매하면 떠오르는 이름이 소더비와 크리스티이다. 소더비는 서적 경매를 시작함으로써 경매의 '원조'임을 자처하게 된다. 하지만 소더비는 서적 경매에만 매달림으로써 경매의 '본가'를 크리스티에 넘겨주게 된다. 그래서 당연히 미술품 경매는 크리스티가 원조이다. 창립자인 제임스 크리스티는 1770년부터 당시 인기화가였던 게인즈 보로의 조언을 얻어 미술전문 경매인임을 신문에 광고하고 있다.

현재 소더비는 런던과 뉴욕을 중심으로 전 세계 80개소의 사무실을 가지고 있고 일하는 스탭만도 1,600명 정도의 거대기업으로 성장했다. 그들은 위탁받은 상품을 경매로 파는 전통적인 기능에서 벗어나 '부동산' 이나 '금융서비스' 부분으로 확대해 나가고 있다. 크리스티도 런던과 뉴욕을 거점으로 약 85개소의 지점과 1,300명의 인원을 확보하고 있다.

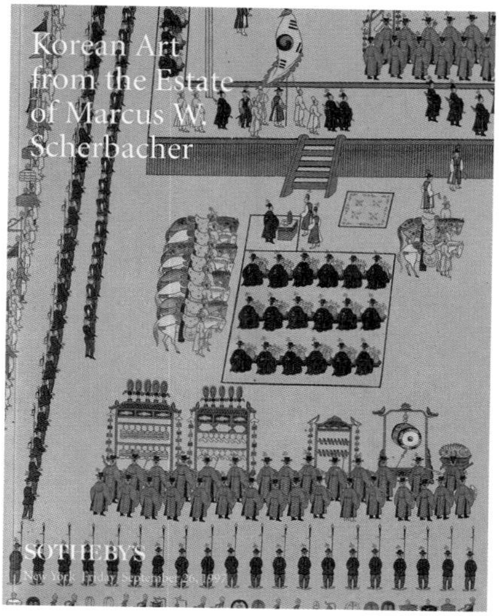

1997년 소더비 경매의 한국 고미술품 경매 도록 표지

프랑스에도 국영옥션장인 '오텔 두르오' 가 1854년에 설립되었고, 미국에서는 '아메리칸 아트 어소시에이션' 이 1885년에 설립되었다. 미국 회사는 72년에 '소더비 파크 바네트' 로 소더비에 흡수되어 현재에는 사명이 '소더비' 로 통일되었다.

경매회사는 유럽에 300여 개, 미국에 300여 개 등 모두 600여 개의 경매회사가 있지만 소더비와 크리스티가 매출의 80% 이상을 차지하고 있다. 한국에서는 1979년 신세계에서 시작하여 신세계 백화점, 송원화랑, 하나로 미술관 등에서 경매가 있어왔으며 최근 그 관심이 급속도로 확산되고 있는 추세다.

경매방식도 시대에 따라 많은 변화과정을 겪어왔다. 단순한 수화에서부터 파들피딩이라는 판넬을 드는 방식, 그리고 옥션장에 참가하지 않고도 경매에 참여하는 전화와 웹을 이용한 방식 등으로 진보하였다. 전화 경매는 이미 일반화되었고 인터넷을 이용하는 웹 경매도 서서히 시도되고 있다.

## 돋보기 청화백자양각진사철채난국초충문병 이야기

세계적으로 가장 유명한 경매회사인 소더비나 크리스티는 250여 년의 유구한 역사를 가지고 있다. 우리나라 예술품 경매의 역사는 일제강점기로 거슬러 올라간다. 1923년 고미술품의 원활한 소통을 위해 법인으로 설립된 '경성 미술구락부'가 그 시초다.

매년 10여 차례 열리는 경매는 거래 금액도 엄청났고(한 회에 현재 화폐 단위로 수십억 원에서 수백억 원에 상당) 항상 장안의 화제가 되었으니 경매의 전성기였다고 볼 수 있다. 현재 간송미술관에 소장돼 있는 보물 〈청화백자 양각진사철채난국초충문병〉에 얽힌 얘기를 하고자 한다.

이 병은 조선 백자 기술의 총화로 청화에다 진사, 철사가 고루 있고 국화 무늬도 양각 부조가 된 명품이다.

1940년 쯤이라 한다. 음력 설날 어느 남루한 차림의 사내가 이 병을 포함한 골동품 4점을 갖고 을지로 3가에 있는 일본인 골동품상 무라노村野의 가게문을 두드렸다.

주인은 4원을 주고 4점을 모두 사 주었다. 며칠 후 안목이 좀 나은 다른 일인 골동품 마에다前田가 4점의 골동품을 60원에 사 갔다며 15배를 받고 판 무라노는 얼마나 기분이 좋았을까?

그러나 그것도 잠시 마에다가 네 개의 물건 중 그 문제의 병만 800원을 받고 당시 조선은행 총재인 마쓰오카松岡에게 전매했다는 소식을 듣고 무라노 부부는 엄청 다퉜다고 한다.

그러나 여기가 얘기의 끝이 아니다. 얼마 후 마쓰오카는 그 병을 경

**청화백자 양각진사철채난국초충문병** 1935년 경성 미술구락부 경매에서 당시 가격으로 14,580원에 낙찰. 보물 제 241호. 18세기 초. 높이 42.1cm. 간송미술관 소장.

성 미술구락부 경매에 올렸다. 이 물건은 치열한 경쟁 끝에 경매장의 한숨과 탄성, 박수 속에 1만8,450원에 간송에게 낙찰되었다.

당시 그 돈이면 경성의 고래등 같은 기와집을 사고도 남을 액수라 경매의 뒷이야기는 장안을 들끓게 했다. 이 소문은 삽시간에 일본까지 퍼져 간송이 이 병을 너무 비싸게 사서 곧 망할 거라는 얘기까지 돌았다. 그러나 이런 풍문은 일본인들이 간송을 시샘해서 나온 것이었다.

얼마 후에 어떤 일본인이 간송에게 그 물건을 10만 원에 팔라고 애걸했으나 간송은 딱 잘라 거절했다. 얼마 전 우리나라 경매에서도 어떤 외국인이 위탁한 김환기의 작품 〈산월〉(30호)이 8,200만 원에 낙찰된 바 있다.

그 외국인은 이 작품을 1년 전 미국의 어느 시골경매장에서 단 50달러(약 6만 원)에 샀다. 요즘도 해외에서는 벼룩시장이나 시골의 경매장에서 소중한 우리 예술품을 조우했다는 얘기가 심심찮게 들려온다. 다시 한 번 말하지만 미술품의 주인은 열정passion과 안목a good eye을 가진 사람이다. 이것이 미술시장이고 경매다.

(자료제공: 김순응 『한 남자의 그림사랑』)

## 〈TV쇼, 진품명품〉의 뒷 이야기

일본에서 고미술 장사를 하며 살던 시절에 즐겨보던 TV 프로그램 중에 〈무엇이든 감정〉이라는 프로가 있었다. 12~13년째 인기를 누리는 장수 프로그램으로 제목 그대로 고미술품의 감정 프로그램이다. 당시 그 프로그램을 빠뜨리지 않고 보면서 늘 생각하곤 했다. '우리나라에도 저런 프로 하나쯤 있으면 일반인들에게 자연스럽게 고미술품을 알릴 수 있을텐데…' 하고.

손꼽아보니 어느새 7년이 넘었다. 뒤늦은 감은 있었지만 얼마 후 우리나라에도 고미술품 감정 프로그램이 생긴다는 소식이 들렸고, 우연찮게 방송사로부터 출연 섭외가 들어왔다.

처음에는 반가운 마음에 흔쾌히 승락을 했지만, 솔직히 매주 고정적으로 하루 이상은 스케줄을 비워야 하는 방송 일이 그리 좋은 것만은 아니다.

그도 그럴 것이, 이 사업이 앉아서 작품 감상만 한다고 되는 것도 아니고 일년 365일 중 절반 이상은 좋은 작품을 찾으러 발품 팔며 국내외로 돌아다녀야 하는 일인데, 방송 스케줄에 묶여 8년이 넘도록 장기 출장 한번 제대로 가 본 적이 없으니 어찌 좋기만 한 일이겠는가.

감정을 받기 위해 사무실을 찾아오는 사람들에게도 방송이 있는 수요일, 금요일은 피해달라고 이야기해야 하는 번거로움은 둘째치고, 경제적인 면에서도 상상할 수 없는 기회비용을 치르는 일이라고 할 수 있다.

그러면서도 처음 프로그램 출연할 때부터 지금까지 거의 빠지지 않고 감정위원 자리를 지키고 있는 이유는, 감히 사명감 때문이라 말하고 싶다. 묻혀져 있는 고미술품들의 가치를 제대로 평가해 주고 싶고, TV를 보는 일반인들에게 우리 고미술품의 아름다움을 직접 전하고 싶은 마음 때문이다. 물론 내가 아니더라도 더 훌륭한 감정가들이 있겠지만, 시간이 허락되는 한은 그 일을 내 손으로 직접 하고 싶은 바람이다.

또 스스로를 위해서도 많은 공부가 되는 것을 위안으로 삼기도 한다. 매주 전국을 누비며 방방곡곡의 숨은 고미술품을 찾아내는 '출장감정'은 시간과 몸의 수고로움을 바쳐야 하는데 당일 새벽에 출발하여 밤 늦게 돌아오려면 무척이나 피로하고 때로는 짜증스럽기도 하다. 게다가 감정의뢰품 중에는 도자기가 유독 많아 일일이 성의껏 감정해 주지 못할 때도 있다. 그래서 서운해 하시는 분들도 있는데 처지에 대한 이해를 구하고 싶다.

**〈에피소드 1〉**

엄앵란 씨가 출연했을 때의 일이다. 한눈에 보기에도 예사로와 보이지 않는 잘 생긴 달 항아리를 들고 나왔다.

"제가요, 결혼하고 1년쯤 됐을 때였는데, 너무 심심하고 무료해서 인사동에 갔어요. 연기 활동하다가 결혼하고 첫 아이를 가지면서 배불러 쉴 때였거든요. 인사동 길을 이 골목 저 골목 기웃거리다가 어느 가게 앞에서 이 항아리를 봤어요. 장미 세 송이가 꽂혀있는데 어찌나 예쁘던지…. 지금도 집에 장미꽃만 들어오면 여기다 꽂아요."

항아리보다는 장미 때문에 30여 년 전에 구입한 백자 달 항아리였다. 그림이 있는 것도 아니고 너무 밋밋해서 아무도 살 것 같지 않아 보여서 그때 가격으로 6만 원 정도에 구입했다고 한다.

엄앵란 씨가 적어낸 예상 감정가는 1백만 원. 추석 즈음이라 특별 출연했던 외국인 패널 세 명도 모두 3백만 원 이하의 감정가를 적어냈다.

전광판에 숫자가 따다다다 소리와 함께 점점 늘어나자 스튜디오 안에 탄성이 쏟아져 나왔다. 최종 감정가는 5천만 원.

"이렇게 못 생긴 항아리를 돈 백만 원에라도 누가 사겠어요?"라고 말하던 엄앵란 씨의 눈이 휘둥그레졌다. 잠시 얼떨떨해 있던 그녀가 놀람과 기쁨에 어쩔 줄을 몰라한다.

작품은 금사리에서 만든 관요였는데, 자세히 살펴보니 금 하나 안 가고 완벽하게 보관되어 있었다. 3백 년 된 항아리가 그 정도로 보관되어 있다는 점에서 일단 상당한 가치를 인정받을 만했다.

그때 나는 달 항아리의 가치를 설명하기 위해 그 얼마 전 소더비 경매에서 8억 원에 낙찰되었던 달 항아리 사진을 들고 나갔었는데, 사진 속의 항아리와 엄앵란 씨의 항아리는 크기 면에서만 차이가 날 뿐, 거의 흡사한 모양을 하고 있었다.

구연부와 아랫부분의 넓이가 같아서 뒤집어도 아래위가 똑 같은 모양을 하고 있는 달 항아리는 원래가 비싼 물건인데, 만약 구연부에 비해 아래가 넓었으면 가격이 떨어졌을 것이다. 반대로 굽보다 구연부가 넓어도 그때 감정가의 3분의 1정도밖에는 평가를 못했을 것이다.

"선생님, 감정 잘 해 주셔서 감사합니다."

방송이 끝나고 엄앵란 씨는 몇 번이고 감사하다는 말을 반복했다.

백자 달항아리

6만 원에 산 항아리가 5천만 원이라니. 가지고 있는 골동품 있으면 방송에 한번 나와보라는 제안에 아무 생각없이 들고 나왔던 항아리가 그토록 귀한 문화재였다니. 식구들조차 아무도 귀하게 생각하지 않고 그저 장식장 위에 놓아둔 채 꽃병으로나 사용했던 것이 세월이 흘러 그토록 효자 노릇을 할 줄이야….

방송을 위해 스튜디오로 들어올 때는 알몸에 싸구려 나일론 보자기에 싸여 들어왔던 달 항아리가 나갈 때는 애지중지 주인의 품에 안겨 돌아갔다.

〈에피소드 2〉

반대로 이런 경우도 있었다. 친정 할아버지의 소장품인 청화백자 기름병을 가지고 나왔던 아나운서 오유경 씨의 이야기다.

소박한 곡선에 주둥이 부분이 술잔을 올려 놓은 것처럼 특이하게 생긴 병이었다. 친정 할아버지께서 20여 년 전에 지금 돈으로 30만 원 가량을 주고 사셨다는 이 병의 희망 감정가격은 50만 원. 최종 감정가격은 20만 원이었다.

소장자들은 누구나 혹시나 하는 기대를 갖기 마련이다. 또 누구나 집에 있는 골동품을 보며 혹시 고가의 문화재는 아닐까하는 기대를 갖는 것이 당연하다. 오유경 아나운서도 20년 전 30만 원에 구입한 물건이니 지금

**청화백자초화문각병** 조선 17세기. 1996년 10월 31일 크리스티 경매에 나온 작품. 추정가 600,000~800,000달러.

쯤 못되어도 50만 원은 되지 않을까 생각했던 것 같다.

그러나 당시 패널로 출연했던 김학래 씨는 "병에 들어 있는 12년산 양주를 5년간 보관한다고 해서 17년산이 되는 것이 아니다. 오크통 속에서의 숙성 기간이 중요하지, 오래 보관하고 있으면 오히려 값이 떨어진다"는 의견을 냈었다. 그의 말처럼 세월이 흐른다고 해서 모든 골동품의 가치가 다 상승하지는 않는다.

이 백자 병은 황해도 해주 가마에서 구워진 도자기로 오유경 아나운서의 할아버지가 구입하셨을 당시만 해도 실제로 꽤 값이 나가던 작품이었다. 그러나 최근 몇 년 사이 북한 유물들이 많이 들어오면서 희소가치가 떨어져 북한 황해도산 도자기의 가격이 많이 하락되었고, 공교롭게도 이 병이 바로 황해도 해주 가마의 작품이었던 것이다. 도자기의 그림 역시 유명 화가가 그린 것이 아니라 도공이 대량생산을 위해 대충 그렸던 것으로 일종의 생활자기에 해당된다. 술잔 모양으로 예각이 진 특이한 주둥이는 황해도 가마의 전형적인 모양이며, 연대는 약 1백년 전쯤으로 보였다.

20년 전 가격보다 못한 감정 가격을 받았으니 겉으로는 웃어도 속으로 실망한 마음이야 말할 것도 없었을 터다. 방송을 오래 하다보니 종종 이렇게 상대적인 희소가치가 떨어져 감가상각되는 작품도 접하게 된다.

엄앵란 씨의 경우처럼 예상치 못한 높은 가격이나 기존의 기록을 깨는 감정가가 나올 때는 몇 주 동안 사람들의 입에서 진품명품 프로그램이 화제처럼 회자되곤 한다. 그렇다면 지금까지 방송 중에 최고 감정가를 받은 작품은 어떤 것이었을까.

많은 사람들이 기억하는 그림의 최고 감정가는 조선시대 영의정을 지낸 김재로의 영정으로 감정가는 2억5천만 원. 도자기는 진사투각용문백자 필통이 5억 원이었다.

한편 최저 감정가는 인쇄 상태가 이상하다는 이유로 출품되었던 1천원권 지폐가 그 주인공이다. 인쇄가 잘못된 우표나 지폐의 경우 수천만 원대를 호가하기도 하는데, 그 점을 노려 혹 하는 마음으로 출품했던 것이다. 그러나 예상은 보기좋게 빗나갔고, 이 지폐의 감정가는 액면 그대로 1천 원이었다. 감정 결과 세탁할 때 지폐의 잉크가 탈색된 것으로 확인되었기 때문이다.

그런가 하면 우리 감정위원도 자칫하면 속을 뻔한 모조품들도 상당수 있었는데, 어느 유명화가가 자신이 애장하고 있던 조선 말기 화가 소치 허련 선생의 그림과 맞바꿨다며 들고 나온 '청화백자 매조문병'의 경우가 대표적이다. 예심 때만 해도 제작진 모두 진품으로 믿어 의심치 않았는데, 자세히 감정해 본 결과 너무나 정교한 모조품이었다.

이럴 때 소장자의 실망은 이루 말할 수 없을 정도다. 방송중임에도 표정 관리가 안 될 만큼 충격이 심한 경우도 있다. 모두가 더 나은 평가를 받고 싶어 출품한 작품들이 모조품으로 밝혀졌을 때의 심적 충격과 경제적 손실은 간단치 않은 마음의 상처가 되곤 한다. 이런 분들을 위해 위로 삼아, 수없이 속으면서 눈이 뜨인 내 경험을 이야기하기도 하는데 그 어떤 말로도 사실은 위로가 안 되는 일임을 알고 있다.

방송중  한 번은 이런 일도 있었다.

의뢰품을 감정 평가하고 나서 마음이 영 좋지 않아 며칠 동안 뇌리에서 떠나지 않던 일이 있었다.

30대 초반의 젊은 의뢰인이 조그만 백자연적 한 점을 들고 방송에 출연했는데 자신이 가지고 나온 연적이 시댁에서 선대로부터 가보로 물려 내려오는 것이라 했다.

하지만 막상 감정을 해 본 결과 연적은 재현품도 아니고 옛날 물건처럼 보이게 하려고 때를 묻혀 놓은 가짜 연적으로 밝혀졌다.

이런 경우 관례상 5,000원으로 평가하기 때문에 의뢰된 연적 역시 5,000원의 감정가를 받았다.

촬영을 마치고 의뢰인이 집에 돌아가 녹화했던 사실을 이야기했던 모양이었다. 그러자 시아버지가 방송국으로 전화를 걸어 그날 녹화한 부분을 빼달라며 통사정을 하는 것이었다.

자초지종을 들어본 결과 며느리가 가지고 나온 연적은 사실, 시아버지가 며느리에게 가문 자랑을 하면서 그 연적이 대물림되어 내려오는 것이라고 이야기했던 것이다.

대대로 가보로 내려온 연적이란 소리에 며느리는 시아버지 몰래 사진을 찍어 방송국에 보냈는데 사진상으로 보아 진품인 것으로 생각되어 방송 채택을 하게 된 것이다. 하지만 촬영이 시작되어 감정한 결과 가짜였지만 어쩔 수 없이 녹화를 마쳤다.

시아버지는 며느리가 자신 때문에 방송에서 망신을 당해서야 되겠느냐며 통사정을 했지만 이미 녹화가 끝난 상태라 어쩔 수 없는 일이었다.

방송은 한 번에 3점을 찍어 시간 안배를 하기 때문에 어느 하나를 빼면 시간상 메울 수 없는 일이다. 사정이 딱하고 안타까운 일 중의 하나였다.

어쨌든 8년이 넘는 세월 동안 매회 방송 때마다 작품이 깨지기라도 할까, 조금이라도 훼손될까 제작진과 감정위원 모두는 노심초사다. 문화재 관련 보험이라도 있다면 당장이라도 들고 싶은 심정이라고 담당 PD는 항상 말하고 있다.

**소를 탄 아이** 1997년 9월 30일 소더비뉴욕에서 가진 한국 고미술품 경매에 나온 운보 김기창(1914~2001) 작품. 1955년 作.

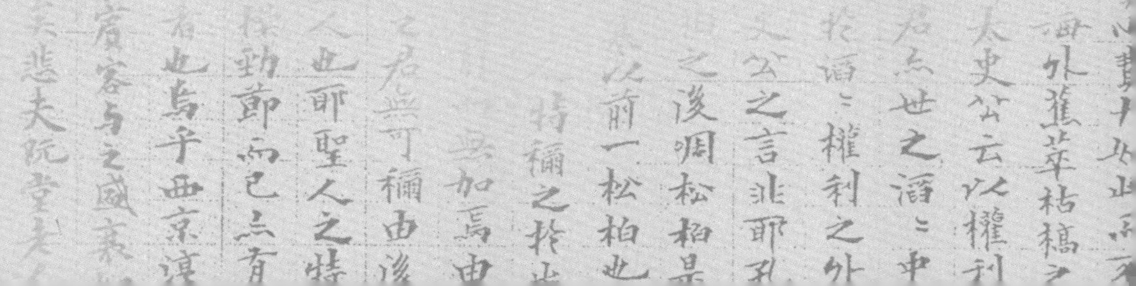

# 5

# 문화적 가치와 가격의 관계

**이도井戸 다완** 울퉁불퉁하여 거칠기 짝이 없는 이 백자사발은 조선 전기에 남해안의 지방 가마에서 만든 것인데 지금 일본의 국보로 지정되어 신격화된 명품으로 1999년도 「당시 환율로 120억 엔(1,400억 원대)」의 재화가치를 부여, 장시간 TV로 방영하였다. 높이 9.1cm. 입지름 15.3cm. 일본 다이토쿠지(大德寺) 소장. 기자애몽이라고도 부른다.

## 문화적 가치와 가격의 관계 - 잘못 알고 있는 이도 찻잔

우리가 막사발이라고 부르는 조선 초기 그릇을 일본인들은 '이도자완'이라 부르며 국보로까지 지정해 놓고 있다. 진주 지역 지리산 자락 부근에서 만들어져 서민들이 막 사용했다하여 막사발이라 불리었는데, 이 시기에 전국에서 막사발을 만들던 가마는 숱하게 많았다. 그러나 진주 지역에서 출토되고 있는 직경 15㎝ 정도의 이 막사발은 다른 지역의 것들과는 조금 다르다.

우선 크기 면에서도 다른 지역의 막사발은 직경이 17㎝ 정도로 말찻잔으로 쓰기에는 조금 큰데 비해 적당하고, 높이 또한 타 지역에서 만든 것보다 2㎝ 정도가 낮다. 굽의 모양도 손으로 잡을 정도로 높고 구연부도 밖으로 눕지 않아 차를 마시면 옆으로 새지 않는 특징이 있다. 바닥은 달걀을 세우면 세워질 정도로 움푹하게 들어가 있고 크기에 비해서 가벼워 말찻잔으로는 더없이 좋은 잔이다. 사용하면 할수록 찻물의 색이 잔의 몸체에 배여 찻잔에 그림을 그린 듯 아름다운 경치를 이룬다하여 차를 하는 사람이면 누구나 선호한다.

그러나 단지 그런 이유만으로 이런 막사발이 일본의 국보로 지정된 것은 아니다. 임진왜란 때 일본군인들이 가져간 이 찻잔은 지금까지 사용되면서 찻잔에 얽힌 내력부터 시작하여 수백 년 동안의 역사를 기록한 족보를 가지고 있다. 오늘은 이 찻잔에 누구와 무슨 차를 마시며 무슨 이야기를 했다는 내용까지 그 족보에 고스란히 담겨져 있다. 찻잔 하나가 간직하고 있는 이러한 역사와 내력이 바로 이 기자애몽이란 명칭의 찻잔을 국보로 지정되게 만든 것이다.

이런 이유로, 지금 이 찻잔과 똑같은 말찻잔이 출토된다해도 큰 값이 나가지는 않을 것이다. 족보가 있는 이도 찻잔은 수억 원에 팔리고 있지만 족보가 없는 똑같은 말찻잔은 일본돈 100만 엔 정도밖에 되지 않는다.

일본에서 가격이 많이 나가는 고미술품은 이처럼 그에 합당한 이유가 있다. 반면 우리나라에서는 아직도 가격을 책정하는 데 있어서 합리적이거나 논리적이지 못한 경우가 많다.

한 마디로 고미술을 보는 안목이 떨어진다. 감정 또한 엉망진창에 가깝다. 감정은 이론으로 배울 수 없는 것이 많기 때문에 더 그럴지도 모른다. 직접 돈을 주고 사서 큰 손해를 본 뼈아픈 경험들이 축적되어야만 비로소 감정에 눈이 뜨이게 된다. 손해를 보아가며 발굴한 물건을 직접 현장에서 만져보고, 각 지방 가마터도 파보고 그 지역 물건의 특징을 찾아내고…. 그림도 마찬가지다. 큰 손해를 볼수록 정확한 감정을 할 수 있게 되고 합리적이고 논리적인 마음가짐도 생기게 된다.

## 고려청자, 조선백자는 있어도 한국 자기는 없다

오래된 물건을 시대별로 분류하여 연구하면 그 시대의 생활상과 그 시대의 정치, 경제를 잘 알 수 있다. 정치적으로 혼란기에 쓰던 물건들은 퇴보되어 유치할 정도로 보여지고 정치가 안정되고 경제적으로 풍요로울 때는 모든 기물이 뛰어난 예술성를 갖추고 있다.

그림이나 글씨 또한 마찬가지다. 그리고 모든 분야에 걸쳐 시대적으로 유행이 있었다. 그 시대적 유행 때문에 지금에 와서 연대를 감정할 수 있는 것이다. 가끔 신문에 고려청자를 똑같이 재현했다는 칭찬의 찬사가 큼직하게 실린 기사를 볼 때 참으로 황당함을 느낀다. 재현한 것이 뭐 그리 대단하다고 저렇게 요란한 것일까. 새로운 것을 창조했을 때 뉴스거리가 되어야지, 구시대의 물건을 그대로 흉내낸 것은 결코 대단할 이유가 없다. 외국 사람들이 '한국에는 고려청자가 있고 조선백자가 있으나 한국 자기는 없다' 고 한다. 도자기를 만드는 사람들의 80%가 재현에 매달리다 보니 도자기에 발전이 없었던 것이다. 1천도, 2천도를 잴 수 있는 온도계가 없었고 요즘같이 가스가마나 전기가마 같은 좋은 가마가 없던 시기에 그만한 그릇을 만들었기에 어떻게 그런 명품을 만들었을까 연구하기 위하여 재현하는 것은 중요한 일이나 너도 나도 재현에 매달린다는 것은 도자기 발전에 바람직하지 못하다고 본다. 고려청자나

**청자상감합** 고려 13세기. 1996년 10월 31일 크리스티 한국 고미술품 경매에 나온 작품.

**현대 도예작품의 아름다움** 토흔- 생명력, 2007년 이종능 作, 폭 35 높이 48.2, 장작가마 소성 1270도
토흔이란 이종능 도예가의 독창적인 흙의 세계이다. 비대칭의 소박미를 추구하는 토흔은 흙의 흔적, 세월의 느낌, 간절한 기도로 그 의미를 함축하고 있다. 모든 흙은 높은 고열(1250도이상)에서 원래의 색깔을 잃어버리고 유약의 색에 의존하지만 토흔은 태초의 그 색감을 불속에서 그대로 간직하면서 우리에게 자연의 아름다움을 보여주는 도예세계이다. 이러한 작품은 후대에 한국의 훌륭한 문화재가 될 수 있으며 나아가 세계어디에서도 당당할 수 있을 것이다.

조선백자는 역사와 세월을 견디며 그시대를 알려주는 유물로서 대단하게 평가하는 것이지 지금 고려청자와 똑같은 그릇을 못 만들어서 고려청자를 높이 평가하는 것은 결코 아니라는 사실을 알아야 한다.

현재 북한에서 만드는 청자는 고려청자와 너무나 똑같아 감정하는 내 자신도 구별하기가 너무 어려워 걱정을 많이 하고 있을 정도다.

그러나 고려청자는 고려시대에 끝이 났고 조선백자도 조선시대에 끝이 났다. 지금 아무리 똑같이 재현했다 하더라도 고려청자가 될 수 없고 조선백자가 될 수 없고 오백 년, 천 년이 지나도 재현품이나 토산품 또는 모조품이지 문화재가 될 수 없다. 재현품을 고가로 사는 사람을 바보라고까지 이야기 하는 것은 그런 이유다.

이제라도 도자기를 만드는 사람들이 더 이상 구시대의 재현에 에너지와 재능을 낭비하지 말고, 지금 이 시대 현재의 기술과 재료로 만들 수 있는 최고의 한국 자기를 만들기를 진심으로 바란다.

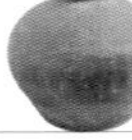

사람들에게 왜 돈을 버느냐고 물어 보면 자식 혹은 후손에게 더 나은 미래를 물려주기 위해서라고 답한다. 특히 요즘처럼 먹고살기 힘든 때는 부모가 물려준 재산이 자식의 인생을 풍족하게 해 줄 수 있을테니 아주 틀린 생각은 아니다. 그런데 왜 사람들은 금전이나 부동산만이 물려줄 재산의 전부라고 생각할까.

아등바등 벌어서 재산 물려줘도 인플레이션이나 화폐가치의 변화에 따라 한때 큰돈이 보잘 것 없는 재산이 될 수도 있고, 부동산 역시 도시계획에 따라 점점 가치 없는 땅으로 변해가는 것을 가까운 일본에서는 흔히 볼 수 있다. 앞으로 우리나라에서도 이런 현상이 틀림없이 일어날 것이다. 물론 그렇더라도 물려줄 재산이 없는 것보다야 한 푼이든 두 푼이든 유산이 있는 편이 훨씬 좋을 것이다.

그런데 그 조차도 물려줄 것이 없는 사람들은 또 말한다. 자식들에게 미안하다고. 왜 자신이 학창시절에 썼던 모자나 교과서 같은 것들을 물려줄 생각은 하지 않는 걸까. 그런 것들은 세월이 갈수록 금전적인 가치나 문화적인 가치가 점점 올라가는 물건들이다.

지금 시중에서는 50년대 만화책 한 권이 몇백만 원에 거래되고 40년대부터 70년대까지의 초, 중, 고등학교 교과서 한 권이 몇만 원에 거래되고 있는가 하면, 금성사 최초의 진공관 라디오 한 대가 2천5백만 원 정도에, 2004년 6월 13일 방영된 진품명품에 나온 70년된 영화(임자없는 나룻배)의 스틸사진과 유리필름 12장이 3,500만 원에 평가

되었다. 우리가 마시던 서울우유 병 하나가 20만 원에서 100만 원까지 팔리고 있다. 새로운 디자인에 밀려나면 쓰레기나 고물이 되지만 잘 보관하면 귀중한 문화재가 될 수도 있는 것이다.

당장 자신이 사용하고 있는 핸드폰이 10년 20년 후에는 고물이 되어 있을지 유물이 되어 있을지를 생각해 보자. 현재는 흔하고 평범한 것이지만 세월이 흘러 세상에 하나밖에 남지 않았을 때는 최고의 희소가치를 지닌 문화적 유물이 되는 것이다.

자손들에게 재산 물려줄 생각 말고, 옛것을 소중하게 생각하는 마음을 물려주는 것은 어떨까. 그 마음 하나면 몇십 년 후 하나 둘 꺼내 볼 보물을 물려주는 것과 다름없다.

외국에는 근대사 박물관이 많이 있어 좋은 구경거리로 향수를 느끼게 하고, 재미있는 추억을 되살리게 하며 문화재의 중요성을 알리고 있다. 가까운 일본만 해도 근대사 박물관이 잘 만들어져 있고, 요즘에 와서는 세계 어느 나라에도 없는 모든 분야의 실패자료들만 모아서 진열하는 '실패 박물관'을 만든다고 한다. 얼마나 대단한 발상인가. 로켓 추락에서부터 원전사고까지 실패 경험을 부활전략으로 활용하기 위하여 일본 전역에 흩어져 있는 실패 사례와 그 원인 분석표까지 진열한다 하니 실패한 것을 구경하기 위해 몰려올 관광객 숫자는 상상을 초월할 것으로 짐작된다. 우리는 '실패 박물관'은 못 만들더라도 근대사 또는 근대 유통사 박물관만이라도 빨리 생겼으면 하는 바람이다.

# 대영박물관에 코리아방을 만들자

해외에 유출된 문화재의 경우도 무조건 국내에 들여오는 것만이 능사가 아니다. 15여년 전 유럽 여행 중에 런던에 있는 대영박물관을 관람할 기회가 있었다. 들어서는 입구에 우리나라 문화재가 진열되어 있는 곳이 있어 자세히 살펴보았다. 하지만 너무나 보잘 것 없는 우리의 유물들이 전시된 것을 보고 마음이 씁쓸했다. 세계 각국에서 온 관광객에게 흥미거리가 되지 못하여 구경하는 사람조차 없었다. 우리나라 3류급 지방 박물관의 유물보다 못하게 꾸며져 있었던 것이다. 그것을 보는 세계의 관광객들은 우리의 옛 문화를 어떻게 평가할까? 우리는 우리의 옛 문화를 대단하다고 떠들어대지만 이런 초라한 진열방을 보면서 외국인들은 형편없는 문화의 민족으로밖에 보지 않을 것이란 생각에 우울했던 기억이 지금도 아쉽다.

한 예로 미국 내 한국 문화재들은 그 가치가 형편없이 평가절하되고 있다. 같은 아시아 3국 중에서도 중국에 대해서는 미국인들의 자발적인 관심 때문에, 일본에 대해서는 일본 정부와 기업의 끊임없는 홍보 때문에 그들의 문화는 상대적으로 높이 평가되는 데 비해 우리는 그렇지 못한 것이다.

특히 일본의 경우 백 년 전부터 해외 박물관에 유물을 기증하고 일본실 설치를 지원하고 있다. 또 문부성이 기증하는 문화재의 보호 도구까지도 싸서 보내는 정성과 기업들의 악착 같은 후원으로 이미 미국 내에서는 '문화 대국'으로 뿌리 내리고 있다. 동양 3국 중에서 문화적으로 엄연히 우리가 한 수 위인데, 마치 우리나라가 일본한테 문

**뚜껑있는 짧은 목항아리 · 그릇받침(有蓋短頸壺 · 器臺)** 지산동45호, 높이 15.0cm, 대가야

**천마총 금관** 높이 32.5cm, 6세기, 국보 188호

화를 배워 간 나라처럼 서양인들에게 인식되고 있는 것이다.

비취가 주렁주렁 달린 삼국시대의 우리 금관들은 영국이 자랑하는 왕관보다 월등히 높은 평가를 받을 수 있다. 고려청자가 대영박물관에 있다고 해서 영국청자가 되는 건 아니다. 그런 우수한 문화재들을 몇 점 정도씩 빌려주고 엄청난 관광객이 오는 대영박물관 속에 멋진 코리아 방을 하나 만들어 놓는다면 그보다 훌륭한 홍보와 국위선양은 없을 것이다. 가지고 있는 것만이 능사가 아니고 국보, 보물, 중요 문화재 이외의 것은 해외에서 국위선양할 수 있도록 해외로 내보내 주어야 한다. 국내에서 흔히 볼 수 있는 몇 만 원짜리 아름다운 토기라든가 청자, 백자를 볼 때 안타까움을 금할 수 없다. 가까운 일본은 자국 문화재의 국제적 보존을 실천하고 있으며 국보, 보물로 지정된 것 외에는 별도의 감정절차 없이 해외반출이 자유롭다. 그렇다고 일본이 보유하고 있는 문화재가 형편없는 것은 아니다. 일본 스스로도 대단한 문화재를 보유하고 있다. 일본보다 나은 우리는 왜 그런 실천을 하지 못할까 마음이 편치 못하다.

중국 문화재 전문가의 이야기를 들어 보니 중국도 올해 문화재 보호법을 대폭 수정하여 국보, 보물, 중요문화재로 지정된 것 외에는 해외 반출을 자유롭게 만든다고 한다.

문화재는 지극히 타산적이다. 그 시대 조상의 우월성을 타민족에 자랑하며 우리가 문화국가였음을 후손에게 알리어 긍지와 자부심을 심어주고 나아가 국가의 발전에 기여하기 때문이다. 고미술품은 아름답고 기이하게 생겨 만들기 어려워야 하며 과학적인 데

**조선시대 민화-까치와 호랑이** 우리만의 독특한 호랑이 그림이다. 이 호랑이를 보고 누가 무섭다고 하겠는가 호랑이를 이렇게 귀엽고 친근감있게 그리는 민족은 세계 어디에도 없다. 까치와 소나무, 해가 잘 어우러져 어디에 걸어 놓아도 어울릴 수 있는 해학적이면서도 좋은 일만  불러들이는 일종의 부적 역할을 하는 예술성이 듬뿍 담긴 그림이다.

가 있어야 한다. 예술성이 없고 아름답지 못하면 타민족의 자랑거리가 되겠는가.

해외에 우리의 문화재를 전시하는 것도 외국에서는 그 시대의 우리 조상들처럼 만들지 못했기 때문에 자랑스럽게 전시하는 것이 아닌가. 글씨, 그림, 금속, 민속품도 위에 서술한 내용과 별 차이가 없다.

우리의 우수한 문화재들이 보다 많은 세계인들에게 보여지고 그 가치를 진정으로 인정받을 수 있는 날이 오기를 진심으로 기대해 본다.

## 콘돔시(市)와 고인돌 정책

프랑스의 한적한 중세풍 도시인 콘돔 시에서는 안전한 섹스를 위한 다양한 정보와 각종 콘돔을 전시하는 박물관 건설을 추진 중이라는 기사를 읽었다. 이 도시에서 이 같은 일을 추진하는 이유는 단 하나. 도시의 이름이 '콘돔'이라는 사소하고도 시시한 이유 때문이다. 도시 이름을 활용해 관광객을 유치하려는, 어찌 보면 얄팍한 상술로까지 보이는 시도다. 시의 발표에 따라 그 도시의 현지 기업인은 초콜릿 안에 크림이 든 콘돔 모양의 사탕을 생산하는가 하면, 한 주민은 자신의 차고를 콘돔 포장 공장으로 개조하는 등 자신이 살고있는 도시의 부가가치를 높이기 위해 열심이라고 한다.

그저 웃어넘기기에는 조금 씁쓸한 소식이다. 별것 아닌 도시 이름 하나로도 관광객을 유치할 수 있다니…. 명색이 동방예의지국에서 도시 이름 하나로 관광객을 유치하는 문화정책을 부러워하는 것이 아니다. 우리는 지금 이 순간도 고속도로 건설이니 아파트 건설로 땅속에 파묻힌 소중한 유물을 파손하고 있는데…. 그토록 소중하고 가치 있는 것조차도 제대로 살리지 못하는 우리의 문화 정책과, 사소한 것으로도 문화 사업을 할 수 있는 그들의 사고 방식. 생각할수록 씁쓸한 일이다.

건설의 경우도 건설이 시작되고 나서 문화재를 처리하지 말고 건설 시작 전에 과학적으로 최대한 빠른 시일 내에 발굴하는 등의 조치를 취해 문화재가 훼손되지 않고 또 건설에 방해가 되지 않도록 배려해야 한다.

유물이 건설현장에서 공사 중에 발견되는 것은 문화재보호법상 건설 중단을 가져오므로 건설회사는 엄청난 손해를 입을 수 있다. 때문에 현장에서는 발굴된 유물이 알려질까봐 즉시 파손하여 땅속 깊이 묻어 버리는 일이 생겨 문화재는 영원히 사라지게 된다. 오히려 문화재의 손실이 크다는 점을 새겨야 한다. 이런 경직된 법령은 문화재의 손실을 줄이고 건설 등에도 손실을 줄이는 방향으로 법이 신축적으로 개정되어야 할 것으로 본다.

고인돌을 예로 들어보자. 유럽에는 기원전 5천 년~2천 년 사이에 형성된 거대한 지석묘와 선돌 유적이 남아있다. 특히 프랑스 부르타뉴 지방의 지석묘는 3백50톤이나 되는 암석을 지하에서 캐내 만든 것으로 밝혀졌다.

**강화도 화점면 고인돌 무덤** 사적 제 137호인 우리나라에서 가장 유명한 북방식 고인돌 무덤으로, 비스듬히 경사진 굄돌 위에 50톤이 넘는 화강암 덮개돌을 올려 놓았다.

우리나라 역시 고인돌이 발견되었다. 청동기시대에 만들어진 이 고인돌들은 북방식, 남방식 등으로 다양하고 많은 형태의 분묘들로 현재 2만여 개가 남아 있다.

그러나 이토록 가치 있는 거석문화재를 보존하는 방식에 있어서는 많은 차이가 있다. 프랑스는 공원을 만들어 놓고 수만 명의 관광객을 불러들이는 데 반해 우리는 논 밭 가운데 이정표 하나 없이 방치되어 있는 것이 대부분. 세계적인 석학들은 세계에서 가장 아름다운 고인돌 지역으로 우리나라의 고창 지역을 꼽고 있는데, 정작 우리는 이 사실을 알고나 있는지. 왜 프랑스처럼 안 되는 것일까.

한때 인천시가 강화도에 '고인돌 공원'을 조성한다는 이유로 섬 곳곳에 산재한 150여 기의 고인돌을 한 곳으로 모으려 하다가 주민과 지역 문화계로부터 거센 반발을 산 적이 있다. 청동기시대 유물인 고인돌이 밀집해 있는 강화군 하점면 부근리 일대 1만여 평을 고인돌 공원으로 조성키로 한 것. 계획은 원대했다. 공원 부지 안에 있는 국내 최대 규모의 북방식 고인돌 외에도 섬의 다른 곳에 있는 고인돌 중에서 보존 상태가 양호하고 복원이 가능한 것들을 이곳으로 옮겨와 선사시대의 조형물이나 유물 등과 함께 전시한다는 것.

문제는 인천지역 문화단체들로부터 제기되었다. 청동기시대에 우리 민족의 장례예식 등 생활 풍속과 취락 형성 과정 등을 연구할 수 있는 귀중한 유물인 고인돌을 학술연구도 마치지 않은 상태에서 한 군데로 모아 전시하는 것은 있을 수 없는 일이라며 반발하고 나선 것이다. 고인돌은 지리적 위치와 분포를 통해서만 학술적 연구와 가치를 지닐 수 있는 것인데 관광효과만을 노려 공원을 만들어 전시하려는 계획은 탁상행정의 표본이라는 것이 이유였다.

공원으로 만들려는 계획 자체는 긍정적인 발상임에 틀림없다. 하지만 흉내를 내더라도 제대로 내야지, 그때까지 거의 방치하다시피 하던 고인돌들에 대한 학술적 연구와 현장 보존, 정비작업은 건너뛰고, 단지 필요하면 고인돌을 옮겨서라도 대규모 공원을 만들겠다는 발상은 도대체 누구의 머리에서 나온 것인지…. 유적을 파괴하면서까지 관광 사업을 하자는 생각은 아니 하느니만 못한 생각이다. 문화재의 참뜻을 뭘로 알고 있는지 개탄할 일이다.

## 역사기념관이 무슨 말

〈진품명품〉 출장 감정을 촬영하기 위해 서대문 형무소를 다녀왔다. 촬영을 마치고 내친 김에 서대문 형무소의 역사기념관 이곳저곳을 둘러보게 되었다. 사실 서울 시내에 살아도 웬만해서는 그곳을 가자고 시간 내기도 쉽지 않고 또 무슨 관광지도 아닌데 일부러 찾을 일은 없었던 곳. 해서 이 기회에 작정하고 한번 둘러보자 싶었던 것이다.

옛 형무소 감방 안에는 애국지사들이 갖가지 고문을 당하는 모습을 그대로 재현한 모형들이 있었다. 실제 크기의 모형들은 방방마다 빠지지 않고 진짜 사람처럼 피 흘리고 고통스러워하고 있었다. 순간, 온몸의 피가 얼굴로 몰리는 듯한 창피함과 굴욕감을 느꼈다. 왜 이런 모형을 만들어 놓았을까. 도대체 무엇을 말하고자 이런 모형을 만들어 놓았나. 깊이 생각하고 또 생각해도 나로서는 이해할 수가 없었다.

일본 학생들이 수학여행을 올 때마다 빼먹지 않고 견학하는 곳이 서대문 형무소라고 하는데, 그들이 무엇을 느끼고 갔단 말인가. 일본 총리 고이즈미가 다녀갔다고도 하는데(고이즈미는 우리가 그렇게도 반대하는 신사참배를 당연하다고 생각하는 사람이다) 그가 우리 애국지사들의 고문당하는 모형을 보고 무슨 생각을 했을까. 겉으로는 미안한 듯 사과의 말을 했으나 속으로는 통쾌함을 느꼈을지도 모른다. 일본 민족에 대한 우월감을 느꼈을 것이다. 국가 대 국가의 이야기를 하자니 너무 범위가 넓어 선뜻 이해가 가지 않을 수도 있을 것이다.

그럼 이렇게 좁혀서 비교하면 어떨까. 옆집 친구 아버지가 우리 집에 쳐들어와 아무 죄 없는 우리 아버지를 죽도록 때렸다.

**서대문 형무소** 독립공원내 옛 서대문 형무소 건물. 지금은 서대문 형무소 역사관으로 사용하고 있다.

이런 치욕적인 사건을 자식들은 피투성이가 된 아버지의 사진을 찍어서 자식들에게 보여주며 "옛날에 너희 할아버지가 아무 잘못도 없는데 경우 없는 옆집 너의 친구 할아버지한테 힘이 없어서 이렇게 죽도록 얻어 맞았단다. 잘 기억하고 너희들은 힘을 길러 이렇게 당하지 말아라"고 말하는 것이 과연 옳은 일일까.

옆집 손자들에게까지 그 사진을 보여주며 "너희 할아버지가 이렇게 경우 없이 우리 할아버지를 때렸으니 사과하고, 너희들은 절대 이런 짓 하지 마라"고 하면 옆집 아이들이 진정으로 미안해 할까. 앞에서는 사과를 할 수도 있다. 지금 당장 일어난 일도 아니고, 내가 직접 한 일도 아니며 이미 과거의 일이니 그깟 입으로 하는 사과쯤이야 얼마든지 할 수 있다. 그러나 그 사과가 진정한 사과가 아니라는 것은 우리 모두가 알고 있다. 그런 사과를 받아서 무슨의미가 있겠는가. 우리에게 치욕스러운 역사는 상대 후손들에게 자랑거리인 동시에 우월감을 줄 수 있다는 생각은 왜 못하는가. 세월이 흐른 후 받아내는 억지사과는 강자의 거드름을 확인시켜 줄 뿐이다.

이 일에 대해 나는 우리 모두가 좀더 냉정하고 심각하게 생각할 필요가 있다고 생각한다.

입장 바꿔 생각해 보자. 우리가 자랑스럽게 생각하는 장보고 역시 일본 민족들에게는 해적일 뿐이다. 해적 짓을 했든 안 했든 우리에게 중요한 것은 '어떻게' 에 해당하는 그의 행적보다는 영토를 넓히고 해상을 장악한 '자랑스러운 업적' 일 뿐이다.

또 광개토대왕비는 어떤가. 만주 벌판에 서 있기 때문에 확실하게 여기까지가 우리 땅이었다는 자랑스러운 역사를 배워왔다. 어느 전투에서든 이기기만 하면 역사 교과서에 자랑스럽게 오른다. 우리는 이러면서 일본에게는 역사를 왜곡한다고 항의하는 일이 과연 창피한 일은 아닐까.

물론 역사 왜곡 문제는 반드시 해결되어야 할 과제이지만 한편으로는 창피하고 가슴 아픈 역사를 일본 젊은이들에게 다시 보여주는 것 같아 개운치 않은 마음이다.

우리가 일제강점에서 벗어났으니 망정이지 우리 애국지사들의 재판기록을 보면 모두가 살인방화범으로 재판을 받은 기록이 지금까지 남아 있다. 만약 일제강점에서 벗어나지 못했다면 우리는 흉악범의 후손들밖에는 되지 못하였을 것이다. 지금 우리는 해외 파병을 하는 나라에 서 있고 예전과는 파병의 의미가 많이 달라지기도 한 지금시대에 와서도 우리와 일본의 관계는 시대가 지나 당한 쪽의 후손들은 수치스

**광개토대왕비(廣開土大王碑)**
비문탁본 내용 중 태왕이란 글씨가 보인다.

러워 해야하고 점령했던 후손들은 오만을 떠는 왜곡된 현상이 여전히 남아있는 듯하다.

반대로 우리가 일본을 36년 동안 강점했었다면 지금의 우리 후손들 역시 일본을 얕잡아 보고 있을까. 그럴 가능성이 커 보인다. 지금의 일본처럼 그것이 인간의 마음이다. 만약 우리가 세계를 다 삼키려는 야심으로 전쟁을 일으켰다면 후손인 우리가 약소국가에 대해 어떤 마음으로 얼마만큼의 배려를 할 수 있을까.

서대문 형무소에서 우리 애국지사들이 고문당하는 장면을 본 일본 학생들이, "정말로 불쌍하구나"라고 생각한다면…. 나는 이 일이야말로 다시 한번 창피를 당하는, 스스로 정말 불쌍한 민족임을 자처하는 일과 다름 아니라고 생각한다.

그 조형물이 있는 한 두고두고 창피를 당해야 하며 일본 사람들은 더욱더 오만 불순해질 것으로 확신한다. 이 조형물들을 볼 때마다 일본 사람들은 반성은커녕 스릴 넘치는 통쾌한 영화 한 편 본 것처럼 즐거워 할 수도 있다. 조직폭력배들을 나쁘다 말하면서도 조폭 영화에 관객이 미어터지는 것이 현실이며, 전쟁이 나쁘다고 생각하면서도 힘만 생기면 침략하는 것이 인간의 심리다. 그러기에 전쟁을 싫어하면서도 전쟁영화는 즐겁게 본다. 죄수가 되어 고문당하고 있는 애국지사들의 표정에서는 더욱 굴욕감을 금할 수 없었다. 참다운 애국지사의 표정이 아니었기 때문이다.

어떤 필요에 의해서였는지는 몰라도 조형물을 만드는 것까지는 그렇다고 치자. 그러면 아무리 무섭고 악랄한 고문을 당하더라도 당당히 두 눈 부릅뜨고 고문을 견디고 있는 표정으로 만들 수는 없었을까. 묶여 있을지언정 이를 부득부득 갈며 우리가 무슨 잘못이 있느냐고 왜병에게 덤벼드는 모습이었다면, 그래서 오히려 고문하는 사람이 두려워 움츠려드는 모습이었다면…. 그랬다면 견학하는 우리 학생들이 수치심보다는 강한 자부심을 가질 수 있고 더 많은 생각을 할 수 있을 것이다. 일본 학생들 역시 애국지사의 강한 눈빛과 당당함에서 우월감보다는 두려움을 느낄 것이다.

고문당하는 모습 자체가 수동적인 모형이 아니라 하나의 강렬한 전투 장면이 되어야 한다.

그 시기는 일제에 의한 식민기가 아니라 강점당하지 않기 위해 강렬히 저항한 시기였으므로 그러한 저항 모습과 모형도 만들어 두어야 한다. 안중근 열사가 하얼빈 역에서 이등박문 일당들을 권총으로 쏘아 죽이는 멋진 장면도 만들어야 한다. 유관순 열사 역시 만세만 불렀겠는가. 몸으로 저항하며 서로가 치고 받기도 했을 것 아닌가. 만세 부르는 교과서적인 장면뿐 아니라 한 손에는 태극기를 들고 한 손으로는 왜병의 턱을 후려치는 드라마틱한 장면도 충분히 만들 수 있지 않겠는가 말이다. 윤봉길 열사가 봉천 역에서 도시락 폭탄을 던지는 장면, 전국 각처에서 일본군과 전투하는 장면, 만주 벌판에서 전투하는 장면…, 후세에 귀감이 될 만한 장면들이 얼마나 많은가.

그런데 하필이면 애국지사답지 않고 큰죄를 지은 죄수처럼 비굴하고 처절한 모습의 모형은 후세에 귀감은커녕 다시 그러한 시련이 온다면 독립 운동할 마음이 안 생길 정도이다. 그런 모습을 보여주는 것으로 일본인들에게 경각심을 줄 수는 더더욱 없다.

독립이란 어디엔가 속해 있다가 승인을 받아 나온다는 뜻이다. 이는 서로 주종관계가 양해되어 있을 때 쓰이는 말이다. 우리가 일본으로부터 독립을 했다면 일본에 종속되어 있다가 일본이 승인을 해 주어서 벗어났다는 뜻이 되는 것이다.

하지만 우리는 일본의 종속국이었던 적도 없었고 강제로 점령을 당했던 사실밖에는 없다. 독립이란 말도 이럴진대 한일합방이라는 말을 아무 거리낌 없이 쓰는 사람들도 있다. 기가 찰 노릇이 아닐 수 없다. 일본과 관련하여 특히 일제강점기를 말할 때는 언어와 그 의미에 신중을 기해야 한다.

한 · 일 합방이라면 한국이 일본을 합했다는 뉘앙스를 풍겨 일제강점기를 역설적으로 표현하고자, 그런 의도로 쓰는 것이라면 몰라도 우리가 쓸 단어가 아니라고 본다. 합방은 나중에 다시 갈라져 나가는 분방도 있을 수 있는데 한 · 일 합방이라면 우리가 분방을 한 것도 아니고 일본의 강제점령에서 벗어난 것 뿐인데 너무 어불성설이지 않은가. 특히 일본이 우리를 강제 통치하기 위해 자국중심에서 우리에게 적용했던 용어나 단어들을 쓸 때는 특히 더 조심해야 할 것이다.

꼭 그 시기를 겪어봐야 역사를 알 수 있는 것은 아니지 않은가. 일제강점시기 전까지 최소한 우리는 그들보다 우월한 문화민족이었다. 서대문 형무소에 대한 또 하나 서러운 것은 서대문 형무소 앞에 있는

독립문

독립문이다.

독립문에 들어서면 바로 형무소를 가게 된다고 하는 일본의 철저한 계산에 의해 세워진 것이 서대문 형무소라는 것은 잘 알려진 일이다.

그런데 우리가 애국심의 표출이며 상징이라고 알아오던 그 독립문의 편액을 일본에 나라를 팔아먹은 이완용이 썼다는 주장이 설득력을 얻고 있다. 당대 이완용은 힘 있고 패기 있는 글씨체로 유명한 명필이기는 했다. 그러나 아무리 명필이면 무엇 하나 말이다. 글씨의 잘 쓰고 못씀을 떠나 이완용이 상징하는 의미가 바로 매국인 것을.

애국의 상징물에 매국의 상징인 이완용의 글씨가 새겨져 있다니,

그리고 우리는 그것을 보고 선조들이 나라를 사랑했던 고통이라며 자랑스러워했다니. 진품명품 감정위원들이 일제시대란 단어를 썼다가는 시청자들의 항의가 빗발친다. 일제강점기라고 하지 않는가.

경부선을 타고 가다 보면 독립기념관 현판이 붙어 있는 건물을 보게 된다. 우리가 누구에게서 독립을 했단 말인지. 앞에서도 설명했듯이 독립이 아닌데, 이런 수치스러운 현판을 걸어 놓아 100년, 1,000년 후에 양국의 후손들에게 보여주며 자손만대 식민지로 자처하자는 말인가. 이는 분명 잘못된 것이니 하루 빨리 이 현판을 떼어 버려야 한다.

그리고 독립기념관이 아닌 일본과의 전쟁기념관이 되든가 용산의 전쟁기념관의 연장선 내지는 확대된 개념의 기념관이 되어야 한다.

독립기념관

그래서 이 기념관 앞 광장에 '안중근 열사가 이또를 향하여 총을 쏘고, 이또는 안중근이 쏜 총에 맞아 쓰러지고…' 이처럼 그 때의 상황을 그대로 재현해 놓는다면 후손들에게 귀감이 되는 산교육장이 되지 않겠는가.

또 그 기념관에 가면 안중근 의사가 권총을 든 멋진 캐릭터 인형도 살 수 있고, 열사들의 당당함도 가슴에 새길 수 있어야 한다. 확실한 국가관과 주체성을 심어 줄 수 있는 장소로 후손들에게 물려주어야 한다. 골동품, 고미술 문화재를 만지다 보니 애국심도 더 높아지고 역사 평론도 할 수 있는 계기가 되었다.

## 돋보기 | 본이름 잃은 문화유산들 |

남대문, 동대문, 비원, 수원성, 경판고, 에밀레종, 덕수궁…. 본명을 잃어버린 우리의 문화유산들.

국보 1호는 남대문이 아니라 숭례문崇禮門, 보물 1호는 동대문이 아니라 흥인지문興仁之門이다. 조선시대 때부터 남대문 동대문이라 불리기도 했지만 이것은 단순히 방향을 나타내는 이름일 뿐. 문화재위원회는 그래서 96년 이름을 숭례문, 흥인지문으로 공식 개정했다.

세계 문화유산 창덕궁의 비원秘苑도 잘못된 이름. 후원後苑이 옳다. 조선시대에는 창덕궁의 뒤뜰이라 해서 후원, 북쪽의 뜰이라 해서 북원北苑, 함부로 출입할 수 없다 해서 금원禁苑 등으로 불렀고 이중 후원이 가장 일반적인 명칭이었다.

비원이란 이름은 1904년경 일제가 붙인 것이다. 당시 일제는 후원을 비밀스럽고 음흉한 공간이라는 부정적 의미로 비하시키기 위해 '비秘' 자를 넣어 비원이라 했다. 일제가 창경궁에 벚꽃을 심고 동물원 식물원을 만들어 이름까지 창경원으로 고쳐가며 한낱 공원으로 전락시킨 것과 같은 맥락이다.

해인사 팔만대장경을 보관하고 있는, 세계문화유산이자 국보 52호인 목조건축물도 경판고經板庫나 장경각藏經閣이 아니라 경판전經板殿이다. 경판고 역시 일제가 붙인 이름. '고庫'는 창고를 의미하는 것으로, 대장경의 가치를 떨어뜨리기 위한 일제의 속셈이었다. 아무런 문제의식 없이 이 이름을 사용해 오다 96년 '경판전經板殿'으로 바꿔 부르기로 했다.

그러면 왜 '전' 일까. '전' 은 왕과 왕비가 업무를 보거나 생활하는 건물 또는 부처님을 모시는 건물에 사용하는 명칭이다. 경복궁의 근정전이나 보통 사찰의 대웅전이 그 예다. 따라서 경판전이란 이름은 팔만대장경의 높은 가치를 상징적으로 보여주기 위한 것이다. 장경각의 '각閣' 도 '전' 과 같은 큰 건물의 부속 건물을 칭하는 것으로, '전' 보다 그 격이 떨어지기는 마찬가지이다.

1894년 무렵의 숭례문

또 다른 세계문화유산이자 조선 후기 성곽건축물의 최고 걸작인 수원성. 18세기 말, 신도시를 만들어 조선 개혁과 근대화의 터전으로 만들려던 정조의 꿈이 서린 이 곳도 본래 이름은 화성華城이다.

국보 29호 에밀레종은 전설에서 비롯된 속칭이 본명을 압도해 버린 경우다. 통일신라 때 가난한 부인이 시주한 아기를 구리와 함께 녹여 종을 만들었기 때문에 종을 칠 때마다 에밀레 에밀레('엄마 때문에' 라는 뜻)하는 울음 소리가 들렸다는 슬픈 전설이 담긴 이 종의 본명은 엄연히 성덕대왕신종聖德大王神鐘이다.

덕수궁德壽宮도 이전 이름은 경운궁慶運宮이었다. 아관파천俄館播遷이후 1897년부터 경운궁에서 생활하던 고종이 다음 해 순종에게 왕위를 물려주면서 이름을 덕수궁으로 바꿨다는 것이 정설이다. 조선시

조선시대 생활모습

대에는 왕위에서 물러난 선왕의 만수무강을 비는 뜻에서 그가 기거하던 궁궐을 '덕수궁', '수강궁'이라 부르곤 했다. 그래서 덕수궁이란 이름 역시 남대문 동대문처럼 일반명사이기 때문에 경운궁으로 바꿔야 한다는 주장도 있다.

(자료제공: 98. 7. 26 동아일보)

## 돋보기 | 사무라이 정신과 안중근의 글씨 |

일본은 일본정신 때문에 강대국이었고 지금의 경제대국이 된 것 역시 그 발판은 모두 일본정신 때문이라고 본다.

일본은 어린아이들에게 주문을 외듯 일본 정신을 가르친다. 일본 정신은 사무라이 정신이다.

사무라이 정신이 무엇인가. 국가와 민족을 위하여 목숨 바칠 수 있는 정신, 그것이 바로 일본 사무라이 정신이다. 모든 것은 국가가 우선이며 국가가 있어야 내가 있다는 정신이다.

우리에게도 일본 정신에 못지 않은 화랑도의 정신을 이은 조선의 정신이 있다. 그러나 조선의 정신이 어떤 정신인지 아는 사람은 별로 없다. 가르침을 받은 적 없으니 모르는 것도 어쩌면 당연한 일이다.

조선의 정신은 '안중근 정신' 이다. 그의 정신과 사상을 후손들에게 알리고 가르친다면 우리도 부러울 것 없는 민족이 될 수 있다. 장렬한 최후를 앞둔 애국지사의 충혼과 강인한 의지는 어느 민족의 정신 못지 않은 숭고한 가치를 지닌다. 안중근 열사의 선친은 과거에 급제한 진사였고 조부께서는 진해 현감을 지내신 대단한 가문의 후손으로, 선대 어른들로부터 조선의 정신을 배워왔기 때문에 이렇게 대단한 일을 했던 것이다. 우리는 이제라도 조선의 정신을 후학들에게 가르쳐야 한다고 생각한다.

1909년 10월 26일, 러시아 검찰관의 예비 심문에서 31세의 한국 용병 참모 중장 안중근은 말했다. 이토 히로부미는 대한 주권을 침탈한 원흉이며 동양 평화의 교란자이므로 거사를 도모했다고 당당하게 말했다. 이는 대한민국의 의용군 사령관 자격으로 총살한 것이지 안중근 개인의 자격으로 사살한 것이 아니라고 했던 것이다. 관동도독부 지방 법원에서 있었던 여섯 차례의 재판에서도 안중근은 자신을 일반살인 피고로 취급하지 말고 전쟁포로로 취급해 달라고 주장했다.

재판 과정에서 보여준 그의 태도와 정연하고 당당한 논술에 일본인 재판장과 검찰관들도 내심 탄복하지 않을 수 없었다. 특히 관선 변호인 미즈노는 검찰관에 대한 안중근의 답변 태도에 감복하여, 그 범죄 동기는 오해에서 나왔다고 할지라도 이토를 죽이지 않으면 조선은 독립할 수 없다는 조국에 대한 충정에서 나온 것임을 의심할 여지가 없다며 그를 변론하였다.

사형을 앞둔 안중근 의사가 정근, 공근 두 아우에게 유언했다.

"내가 죽거든 시체는 우리나라가 독립하기 전에는 반장返葬하지 말라. 대한 독립의 소리가 천국에 들려오면 나는 마땅히 춤을 추며 만세를 부를 것이다."

1910년 3월 26일 오전 10시, 여순 감옥 형장에서 사라져간 그의 일생은 애국심으로 응집된 인간상으로 총칼을 앞세운 일제의 폭력적인 침략에 대한 살신의 항거였다.

일본 사람들은 비록 적일지라도 그 사람의 사상이 일본 정신과 같으면 국적에 관계 없이 좋아하는 민족이다. 국가와 민족을 위해 목숨 바칠 수 있는 사무라이 정신이 있는 사람이면 마음속 깊이 존경하고 그 가치를 높이 평가하는 사람들이다.

현재 발견되고 있는 안중근 열사의 글씨 중 80%는 일본 사람이 소장하고 있다가 우리에게 되돌아 온 것이다. 안중근 열사가 이토를 사살하고 여순 감옥에 갇혀 있을 때 일본 헌병들이 먹과 종이를 감방 안에 넣어

주면서 글씨 한 자라도 써 달라고 사정하여 받아간 것들이 다시 한국으로 돌아 온 것들. 그런 이유로 아직 일본에는 안중근 열사의 글씨가 많이 남아 있다.

당시 여순 감옥에서는 간수나 경찰들이 안중근 열사의 글씨를 받으려고 난리였다고 한다. 감옥에서 쓴 안중근의 글씨가 그토록 많은 이유도 이처럼 일본인들이 안중근을 좋아하고 존경했기에 가능했던 일이다. 또 감옥 안에서 낙관을 구할 수는 없는 노릇이니 손바닥으로 낙관을 대신했던 것이 우리가 기억하는 안중근의 글씨와 손바닥 낙관이다.

고미술품의 가격은 여러 가지 요소에 의해 결정되는데, 그 중에서도 그 작품에 녹아있는 정신과 역사는 무시할 수 없는 무형의 가치로

**안중근 의사**
(1879. 9. 2~1910. 3. 26)
"丈夫가 세상에 처함이여 '그 뜻이 크도다'"
사형 집행 전에 두 동생과 홍석구(조셉빌렘) 신부에게 유언하는 안중근 의사

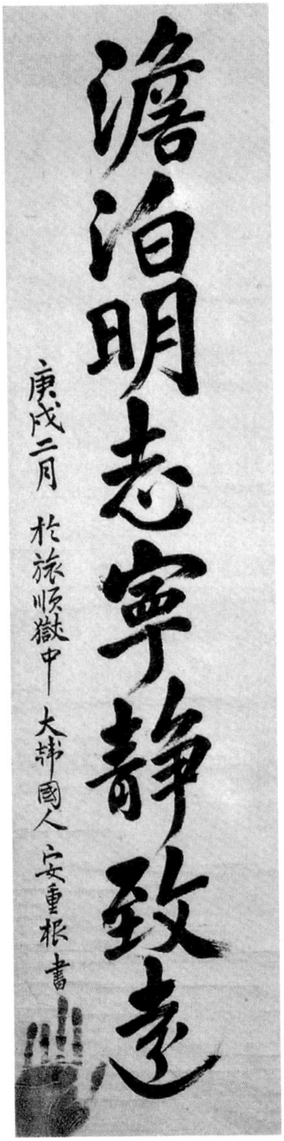


작용한다. 특히 글씨에 있어서는 잘 쓰고 못 쓰고를 떠나 글을 쓴 사람의 정신, 사상, 지조, 업적에 따라 가치와 가격이 평가된다. 이완용의 글씨는 당대의 명필이지만 그의 친일 행적 때문에 현재 20만 원~30만 원 정도밖에는 가치가 평가되지 않는다. 그나마 찾는 사람이 있을 때의 이야기지만.

반대로 안중근의 글씨는 그 정신과 사상이 고려되어 가격이 높이 책정되는 좋은 예다. 실제로 〈진품명품〉 프로그램에 안중근 의사의 글씨가 출품된 적이 있었는데 그때 나와 김선원, 진동만, 양의숙 위원 4인이 숙의한 끝에 당시 1억 시가이던 글씨를 2억으로 평가한 적이 있다. 세월이 갈수록, 역사의 평가가 더해질수록, 가치가 더해가는 고미술품이기 때문이었다.

진품명품이 방영된 이후 예상대로 현재 고미술 거래에 있어서 안중근 열사의 글씨는 글씨로서는 제일 비싸게 거래되고 이제는 2억 원 이상 주지 않으면 구할 수가 없는 명품이 되었다.

앞으로 피카소의 그림처럼 1300억 원 이상 간다면 우리의 정신을 세계인들이 어떻게 평가할까.

**안중근 의사 글씨** 「담박명지영정치원 : 욕심이 없고 마음이 깨끗해야 뜻을 밝게 가질 수 있고, 마음이 편안하고 고요해야 원대한 포부를 이룰 수 있다」 134×32cm. 2002년 5월 23일 서울옥션 경매. 2억 1,870만 원 낙찰.

# 혼자만 보는 고미술품은 고물일 뿐이다

인류가 있는 한 개척지는 계속해서 개간을 기다리고 있다. 고미술품 역시 마찬가지이다. 수집하는 사람과 판매하는 상인이 있는 한 문화재는 어떤 형태로든 보호되며 그 가치는 높아지기 마련이다. 그러나 수집하는 사람이 단순한 수집으로 끝이 나면 수집한 물건은 다시 빛을 잃고 퇴적물과 다름이 없어진다.

수집한 물건이 자기만의 것이라고 생각하여 사장하게 되면 은닉에 지나지 않는다. 고미술은 사유물이 되어서는 절대 안 된다. 물론 수집한 사람의 것이지만 혼자만의 감상에 즐거움을 느껴서도 안되고 느껴지지도 않는다. 무인도에서 혼자 무엇을 보고 감상하여도 즐거움을 느낄 수가 없는 이치와 같다. 수집의 즐거움이란 남이 인정해 주고 부러워하고 정당성으로 찬사를 받을 때 진정한 보람을 느끼고 더 좋은 물건을 수집할 의욕이 생기는 것이다.

수집한 물건이 빛이 날려면 수집한 물건에 애정을 가지고 연구해야 한다. 수집한 물건에 대해서는 수집한 사람보다 더 많이 아는 사람이 없어야 한다. 얼마나 오래된 것이며, 어느 계층에서 사용한 것이며, 어느 정도의 예술성을 갖추고 있나, 세상에 이보다 나은 것이 있나 없나, 지금 사용한다면 어떨까…. 이런 정도는 알아야 물건도 빛이 나고 수집한 사람도 따라서 빛이 나는 것이지 좋은 물건 갖고 있으면서 물건에 대한 가치, 즉 내용을 모르면 오히려 가지지 않은 것만 못하다.

최근에는 우리나라에서도 하나 둘 고미술 전문 경매회사가 생겨나고 있지만, 일본의 경우 이미 오래전부터 고미술품 경매가 활성화되

**묵란도** 김정희(1786~1856) 作. 지본수묵 30.1×25.5cm. 간송미술관 소장.

어 동경도내에만 50여 군데의 경매장이 있다. 일본에 갈 때마다 반드시 이곳저곳의 경매회사를 들르기 마련인데, 그럴 때마다 느끼는 것은 경매를 진행하는 사람의 박식한 지식에 대한 놀라움이다. 대부분 그 회사 사장에 의해 경매가 진행되는데 물건 하나하나마다 어찌나 해박한 지식을 가지고 설명하는지, 그 이야기만 들어도 시간가는 줄을 모를 정도다. 진행자가 물건에 대한 배경 설명을 얼마나 잘 하느냐에 따라 똑 같은 물건이라도 그 가치는 하늘과 땅 차이가 된다. 그도 그럴 것이 경매에 참가하는 사람들이 물건에 대한 내력을 알고나면 그냥 지나칠 물건도 다시 보게 되고 자연히 탐나는 마음이 동하게 되니 경매가가 올라가는 것은 당연한 이치다.

이처럼 자기가 수집한 물건에 대한 끝없는 애정으로 물건을 손질하고 연구하는 마음은 수집가에게 있어 으뜸이라 할 만큼 중요한 자세다. 단순히 물건 값을 올리기 위한 연구가 아니고, 좋은 작품을 함께 느끼고 공유할 수 있는 가이드 역할, 그것 역시 수집가의 몫이기 때문이다.

혼자만 보는 고미술품은 골동품이기 전에 고물에 지나지 않지만 시대가 함께 공유하는 고미술품은 작품으로 거듭난다.

**아이를 업은 소녀** 국내 경매에서 5억 5백만 원에 낙찰. 박수근朴壽根(1914~1965)의 1962년 作 「앉아 있는 아낙과 항아리」가 한국 현대미술품 경매 사상 최고가인 14억 6천만 원에 뉴욕 크리스티에서 낙찰되었다.

# 문화재 보험료 낮은 산정 스스로 평가 낮추는 일

## - 고흐 그림 30년 전 1천 5백억 우리나라 국보 지금 300억 원

우리나라는 전 국토가 박물관이라고 해도 틀린 말이 아니다. 어느 곳을 어떻게 보든 사연이 없는 곳이 없고 역사가 들어 있지 않은 곳이 없다. 문화재도 마찬가지로 어디서든 출토될 수 있는 잠재력을 안고 있다. 하지만 우리의 이런 의식은 역사 시간에만 갇혀 있다. 현실은 땅을 파서 그 위에 건축하고 나중에 프리미엄이 붙는 것을 더 선호하기 때문이다.

유물이나 명품 문화재들은 박물관에만 있는 것들일뿐 우리와는 전혀 상관없는 것들로 치부되기 일쑤다. 그러나 선조들이 남긴 문화재나 유물들은 그 자체가 역사요 우리들의 또 다른 자신이기에 보관에 있어서도 엄청난 공을 들여야 하는 것은 당연지사다.

그러나 우리나라의 문화재는 제대로 그 값어치를 평가받지 못하고 있다. 특히 우리가 감성적으로 내리는 엄청난 평가와는 달리 구체적인 대우에 있어서는 형편없는 이중 잣대를 가지고 있다. 이는 문화재의 생명과도 같은 안전과 보관에 있어서 산정되는 보험료에서 극명하게 드러난다. 이 같은 사실은 국립박물관 같은 곳에 잘 보관된 문화재라고 예외는 아니다.

지난 2004년 4월 19일 그동안 경복궁 한편에서 잠자던 국보급 전체 소장품 9만 9,622점의 용산박물관 이전 작업이 시작됐다. 그리고 언론의 초점은 두 가지에 맞춰졌다. 한 가지는 특이한 이송방법과 새 둥지로 옮기는 과정에서 있을지도 모르는 사고에 대비한 손해보험을 들었다는 내용이 그것이다.

이송방법이야 최첨단을 동원하였으니 그렇다 치더라도 손해보험 부분에 있어서는 전혀 흡족한 모습이 아니었다. 보험 내용은 국보급 유물 396점에 대해 3,074억 원, 나머지 유물 9만 여 점에 대해 3,889억 원이 매겨져 총 보험평가액이 6,963억 원이라고 되어 있었다. 그리고 이중에서 최고평가액이 나온 국보 제 78호와 83호 금동미륵보살반가사유상은 각각 300억 원이라고 덧붙였다.

금동미륵보살반가사유상 삼국시대, 국보 제83호, 국립중앙박물관 소장

아마 일반인들은 국보 한 점에 매겨진 보험료가 300억이 많다고 여길지도 모르겠지만 조금만 더 생각해 보면 문화재를 아주 하찮게 평가하고 있음을 알 수 있다. 유럽의 경우 전시회에 나서는 고흐의 그림 한 점은 30년 전에 이미 1,500억 원이 넘는 보험금이 걸렸다. 그것은 그들이 그림을 대하는 최소한의 안전장치이며 그만큼 그들 스스로 그림을 명품으로 평가하고 있음을 나타내는 것이었다. 그런데 우리나라 국보는 그 5분의 1수준인 300억 원이라니, 국보인 금동미륵보살반가사유상이

고흐의 그림 한 점보다 못해서인가?

물론 문화재는 보험이전에 보관과 안전이 문화재의 존재와 궤를 같이 하기 때문에 가장 중요한 일임은 재삼 설명할 필요조차 없다. 하지만 그렇다하더라도 우리는 문화재를 대하는 보험산정이 아직까지 실망스러운 수준인 것만은 틀림없다. 옛 유물들을 가까이 해 온 사람의 입장에서는 더더욱 이해 못할 노릇이며 안타까운 노릇이다.

보험료대로 청구하자면 국립박물관으로 이사를 가는 국보 금동미륵반가상이 만의 하나 옮기다가 손상을 입을 경우 잘해야 300억 원만을 보상받는다는 이야기가 된다. 문화재를 옮기는 과정에서 혹은 해외전시를 위해 불상을 옮기다가 손가락 하나가 부러졌다고 해보자. 그것이 300억 원 가지고 해결이 될 수 있을 것이라고 보는가.

이는 우리나라 국보가 고흐의 그림 한 점보다 몇 배나 값어치가 없다는 형편없는 평가를 스스로 하고 있는 것과 무엇이 다르단 말인가. 이런 점에서 우리는 아직 우리 문화재를 대하는 태도에서 너무 낮은 수준의 평가를 하고 있다는 생각이다.

일반적으로 외국의 경우 유명화가의 그림전시회를 한 번 하는 것만으로도 보험금이 몇 조 원에서 몇 십조 원까지 천문학적으로 매겨지는 것이 보통이다. 그만큼 문화재에 대한 혹은 명품에 대한 최소한의 안전장치가 엄청나다. 그런데 우리는 우리 문화재의 우월감만 내세웠지 보호장치에 대해서는 이처럼 소홀하기 짝이 없다. 보통 국보급이 해외에 나가 전시를 하게 되는 경우에 우리나라가 문화재에 쏟는 보험금도 참으로 형편없는 수준이다. 심지어는 굴욕감마저 드는 경우도 많다. 61년 멕시코 올림픽이 열리던 해 우리의 도자기가 해외전시에 나섰다가 도자기 뚜껑이 깨지는 사고를 당하고서도 겨우 5백 달러만을 배상받은 적도 있다. 40여 년이 더 지난 오늘날에도 이는 별반 크게 달라진 것이 없어 보인다. 이런 국제적인 행사에서조차 우리가 그 정도의 대접밖에 받지 못했던 것은 우리 스스로 우리 것에 대한 평가를 제대로 하지 못했기 때문이다. 왜 우리는 우리의 위상을 높이고 얼마든지 자긍심을 가질 수 있는 훌륭한 문화재를 가지고도 그렇게 얄팍한 평가를 하고 있는 것일까. 문화재에 드는 보험을 아끼는 것이 능사가 아니다. 제대로 된 보험금액이 우리 스스로의 위상을 높이는 일이라는 것도 알아야 한다. 우리 집 강아지를 내가 발로 차면 남도 우리 집 강아지를 발로 찬다는 이치를 왜 모르나.

그렇다면 지금부터라도 문화재를 제대로 평가하고 그에 걸맞은 보험료 산정이 이루어져야 하는 것은 당연한 일이다. 더구나 해외에 나가는 문화재는 그 나라에 가서 우리의 전통과 역사를 알리는 기대효과 못지않게 일어날 수 있는 유·무형의 모든 손해를 충분히 가상하여 산정하는 것이 마땅하다. 문화재가 조금이라도 손상을 입는다면 그것이 돈의 가치로 따질 수 있는 것이 아니기 때문이다. 그런데도 아직까지 문화재의 형편없는 보험수준을 보노라면 서글프기 그지없다. 우리가 우리의 빛나는 전통이나 역사에 대해 최소한의 평가도 못하고 있다는 자괴감이 들기 때문이다.

많은 나라들이 전시회에서 자국의 명품 한 점을 보호하기 위해 도난과 상해에 대비한 철저한 경비와 보험이 엄청나게 책정되는 해외토픽을 보면 더 그렇다는 생각이 든다. 문화재는 단지 우월감만으로 값어치를 나타내 주지 못한다. 구체적인 선에서 보호와 안전망을 하나 더 확충하는 것이 바로 보험인 것이다. 그런 보험이 될수록 낮게 책정되는 것은 바람직하지 못한 일이다.

이제부터라도 재산과 생명을 보호하고 안전을 보장받는 보험만 천문학적인 숫자로 불릴 것이 아니라 문화재에 매기는 보험도 제대로 평가가 될 수 있도록 투자해야 할 것이라고 본다.

문화재에 대한 제대로 된 안전장치는 바로 우리 스스로를 높게 평가하는 것이며 긍지를 갖는 것이기 때문이다. 배로 혹은 비행기로 문화재를 옮기는 경우 당연히 따르는 불안과 위험에 대한 가능성에만 평가를 할 것이 아니라 테러, 지진, 습기 등 다양한 보이지 않는 훼손에 대해서도 대비해야 한다. 문화재는 보호하고 아낄수록 빛나는 존재라는 점을 명심하자.

우리나라의 국보급 문화재들의 해외 나들이에 책정되는 보험료가 수천억 원 이상이 된다면 외국 언론에서 다뤄지는 논설만으로도 홍보 효과와 우리 문화의 위상에 대한 부가가치는 상상못할 이득을 볼 수 있음을 알아야 한다. 높은 보험료의 지불은 절대 사치가 아니다. 수천억, 조를 들여도 일단 파손된 문화재는 500년 전, 1,000년 전으로 거슬러 올라가 다시 만들 수 없다. 어떤 대가를 치르더라도 되돌릴 수 없으며, 파손되면 그것으로 끝이다.

**청화백자 매조죽문 항아리** 높이 27.8㎝, 입지름 10.3㎝, 조선 15C. 이대박물관 소장. 당시 이 항아리를 아는 사람은 모두가 가짜라고 하여 사장될 뻔한 조선 초기에 만들어진 청화백자로 회화사의 자료로서도 중요한 보물급 유물이다.

골동품에 관한 비화 중 가장 많은 얘기가 '가짜냐 진짜냐' 하는 문제다. 사연도 많고 그 기기묘묘한 방법과 수법을 듣고 얘기하다 보면 그 누구라도 나중에는 판단이 흐려져서 어리둥절하게 마련이다. 그래서 골동업계에 오래 종사하고 진위 문제에 관여했던 사람들의 결론은 '진짜는 가짜같이 생겼고 가짜는 꼭 진짜같이 보인다' 고 술회하기도 한다. 그리고 제일 중요한 것은 '욕심이 앞서면 보이지가 않는다' 는 것이다. 모든 것이 돈과 연결된다는 얘기다.

이런 얘기는 그래도 골동품의 진위를 규명하려는 노력의 일환에서 생긴 일이기에 충분한 설명만 있으면 결론은 쉽게 이뤄지고 수긍이 가게 마련이다. 그런데 틀림없는 물건을 의도적으로 왜곡해서 자기들이 노린 반사 이익을 얻으려는 악의적인 경우도 더러 있다.

그 좋은 사례가 현재 이화여자대학교 박물관에 소장된 청화백자매조죽문梅鳥竹文항아리에 얽힌 사연이다.

이 백자항아리는 청화로 매화나무와 대나무, 그리고 새 두 마리를 그린 조선조 초기(15C) 청화백자 중 최상급으로 명품 중의 명품으로 평가받고 있다. 특히 그 생김새는 물론 문양, 즉 그림에 더 많은 의미를 부여하고 있다. 작품의 구성면에서 볼 때 시원한 여백을 남긴 문인화적인 멋을 풍기고 있는가 하면 조선조 전기 화풍인 수지법을 따르고 있으며, 그 운필법이 도공의 작품이 아닌 전문 화원의 솜씨를 여실히 보여주고 있다는 점이다. 때문에 우리나라 회화사에서 조선조 초기 연구 자료에도 꼭 필요한 유물이라는 것이다.

또 이 항아리는 중국의 영향권에서 벗어나 한국적인 정체성을 보여주는 좋은 예라고 평가하기도 한다.

최근에는 문화재청에서 문화재로 지정받기를 권유하기도 했으나 이대 박물관에서는 귀중한 유물을 문화재위원들에게 보이기 위해 들고 다녀야 하는 위험 때문에 정중히 사양했다는 후문도 들리고 있다. 하여튼 이 항아리가 이화여자대학의 품에 안긴 것은 6·25전쟁이 끝나기 직전인 1950년대 초다.

모든 사람들이 먹고 살기에도 정신이 없었던 이 시기에 이대 총장인 김활란 박사는 필승각(이대박물관의 전신)을 염두에 두고 당시 높은 안목에 정직하기로 소문난 장규서蔣奎緖 씨와 손잡고 많은 유물들을 수집하고 있었다.

현재 이화여자대학교 박물관에서 명품으로 알려진 많은 유물들이 당시 두 사람의 의기투합으로 모아졌다고 해도 과언이 아닐 정도다.

그런데 문제의 항아리 역시 장규서 씨가 자신있게 추천한 물건이었다. 그리고 장규서 씨는 이 항아리를 김종성金鍾成 씨로부터 추천 받은 것이었다. 김종성 씨 또한 당대에서는 소문난 도자기와 금속 부문의 유명 감식가였다. 그런데 김종성 씨가 이 명품을 입수하게 된 것부터가 의문의 드라마가 시작한 도입부였는지도 모른다. 김종성 씨는 일제 때부터 회현동에 살면서 고미술에 관여했고 해방 후에는 동원 이홍근, 동창 원충희 씨 등 당대 업계 대표적인 인물 5명이 한국고미술협회를 운영하고 있었다. 그런데 김종성 씨에게 하루는 골동 중계인 정복남 씨가 찾아와 인사동에서 일어난 사건을 알려주는 것이었다.

인사동에 마포에 사는 한 아마추어가 조선조 초기 청화백자항아리를 가지고 나와서 팔려고 했으나 가게에서 가짜라고 툇자를 놓았다는 것이다. 정복남 씨는 아무리 보아도 진짜 같아서 그 사람 주소를 알아 놨다고 쪽지를 내밀었다. 대충의 이야기를 들은 김종성 씨는 느낌이 있어 바로 마포 그 가정집을 찾아 갔다.

마음이 컴컴한 상인들 중에는 아마추어가 가지고 나온 물건을 싸게 사기 위해 일단 가짜라고 퇴자를 놓는 수가 더러 있었다. 도착한 마포의 가정집은 마침 제삿날이어서 음식준비에 집안이 어수선했다. 주인은 찾아온 뜻을 전하자 선뜻 문제의 항아리를 내 보였다. 김종성 씨는 예감대로 진품임을 확인하고 안도의 한숨을 쉬었다. 더구나 주인은 가짜라고 기가 죽어 있을 상태니 가격면에서도 우위를 선점하고 있는 셈이어서 흥정을 시작했다. 그러나 주인은 의외로 확신에 차 있는 듯 만만찮은 가격을 불렀다. 60만 환은 꼭 받아야 한다는 것이다. 당시 60만 환은 한옥 기와집 몇 채 값이었다. 현재 그 같은 유물이 있다면 80억 원이상 호가할 수 있는 것이라니 가히 짐작이 간다.

김종성 씨는 이럴 때 최선의 방법은 가장 정직한 것이 상대를 움직인다고 믿어 왔다.

"물건은 틀림없는 진품입니다. 60만 환 그 이상이라도 사고 싶으나 제가 가진 것이라고는 50만 환밖에 없습니다. 양보해 주시면 고맙겠습니다."

물건을 사가는 장사꾼의 태도가 아니라 돈 주면서 얻어가는 태도다. 일순간이 지나는 순간이었다. 밖에서 이 거래를 몰래 지켜보고 있던 가족들이 겸손한 상인들의 태도에 안도했던지 "엄마, 이제 부자가 됐어요"라며 감격에 찬 그러나 흐느낌에 가까운 여자의 목소리가 들려왔다. 김종성 씨도 속으로 안도의 한숨을 쉬고 있었다.

거래는 순조롭게 이뤄지고, 안내한 정복남 씨에게도 5만환을 따로 챙겨 준 것은 말할 것도 없다.

이때부터 골동계에서는 가짜를 터무니없는 비싼 가격에 샀다고 수군댔다. 모두가 가짜라고 입방아를 찧어도 김종성 씨는 그 백자항아리를 의심하지 않았다. 이 물건을 한번도 보지도 않은 사람들까지 모두 가짜라고 헛소문을 내고 다니니 본인도 의심스러워 집에 들어와 다시 꺼내보았으나 역시 의심의 여지가 없는 진짜였다.

이 물건을 본 장규서 씨 역시 확신에 찬 어조로 이대 박물관에 전시할 수 있도록 도와달라고 김종성 씨에게 부탁하게 된 것이다. 장규서 씨는 고려청자 감식에 관해서는 사계의 권위자였고 그 정도의 안목이라면 백자감식에도 나서지만 않을 뿐 누구 못지않은 실력자로 평가받고 있었다.

김종성 씨가 이 백자항아리를 80만 환에 넘겨 장규서 씨를 거쳐 이화여대 김활란 총장 품으로 들어갔다.

이때부터 김활란 총장은 많은 투서와 모략에 시달려야 했다. 물론 가짜를 학교공금으로 비싸게 샀다는 것이었다.

이 중에는 이화여자대학교 강단에 선 여 교수님도 있었다. 동생이 골동계에 있었으나 장규서 씨 때문에 이대와 인연을 맺지 못하고 있었기 때문이다.

또 한 상인은 죽을 때까지 김종성 씨를 만나면 "김 선생은 가짜를 진짜로 팔았으니 재주가 좋으신 분"이라고 놀리기도 했다.

비방에 담긴 투서 거의가 장규서 씨와 김종성 씨가 짜고 골동계에서 팔리지도 않는 가짜를 싼 가격에 사서 비싼 가격에 이대에 팔았다는 내용이었다.

학교 예산으로 물건을 구입한 김 총장은 만약 그 물건이 가짜로 판명되면 입장이 곤란할 수밖에 없었다. 그러나 장규서 씨를 굳게 믿었던 김 총장은 만약 가짜라면 개인이 인수하겠다는 각오로 장규서 씨에게 사실 여부를 묻기로 했다. 장규서 씨 또한 가짜로 결론지어지면 김종성 씨가 환불해 주겠다는 언약을 이미 받아 놓은 터라 떳떳하기만 했다.

그런데 이 물건을 어디 가서 감정을 받는다는 말인가? 업계에 나왔다면 모두가 가짜라고 할 판이니까 말이다.

김 총장은 한 아이디어를 생각했다. 백자항아리는 바로 총장 공관으로 옮겨갔다. 물건이 학교에서 총장 공관으로 옮겨졌으니 개인이 샀는지 공금으로 샀는지 알 수가 없었다. 투서 비방도 잠잠할 수밖에 없었다. 그리고 얼마 지나서였다. 이대 개교기념 축하 파티가 총장 공관에서 열리게 됐다. 여기 초대된 유명인사 중에 장택상 씨도 있었다. 장택상 씨는 알려진대로 수도경찰청장을 지낸 거물 정치인이기도 했지만 골동계에서는 콜렉터로도 유명했다.

그 백자항아리는 이 파티장에서 가장 자연스럽게 잘 보이도록 배치되고 진열된 것은 말할 것도 없다. 총장 공관 객실에 들어선 장택상 씨는 무엇에 홀린 듯 백자항아리 쪽으로 끌려가 한참 동안이나 정신없이 들여다보고는 김 총장 앞으로 다가서며 말했다.

“김 총장님! 이 백자항아리는 처음 보는 유물입니다만 고려상감청자매병보다도 더 멋진 명품입니다.”

조선백자에 대한 감식안으로 당대 최고로 꼽히는 콜렉터의 절찬을 받자 김 총장은 그 동안 응어리진 가슴의 답답함이 봄눈 녹듯 풀렸다. 그 다음 날 김 총장은 장규서 씨를 불러 파티장에서 일어난 이야기를 하면서 장규서 씨를 위로했다.

장택상 씨가 손을 들어주지 않았다면, 지금 그토록이나 명품으로 칭송받는 유물이 가짜로 기울어져 혹시나 세상에서 사라지기라도 했더라면, 생각만 해도 끔찍한 일이었다. 이 방면에 종사하는 사람들이라면 자기가 모른다고 “아니다”라는 고집을 부려서는 안될 것이다. 멀쩡한 진품을 가짜라고 소문을 내 자기의 반사이익을 챙기려고 조상의 유물을 흠집내서도 안 될 것이다. 언젠가는 틀림없이 그 악의가 스스로를 해치는 비수가 될 수 있기 때문이다.

# 조선조 청화백자의 발상

조선왕조에서 청화문 백자가 언제 어디서 시작되었는가에 대해서는 확실치 않다. 역대 왕조가 편찬해서 정사로 기록한 왕조실록에도 정확하게 기재되어 있지 않아 확실한 것은 알 수 없다. 그러나 악학궤범 등을 저술하여, 제9대 성종成宗 때에 문명을 날린, 성현成俔이 쓴 용재총화慵齋叢話라는 문집에 "조선왕조 제4대 세종世宗(1397~1450) 때는 왕궁에서 오로지 백자만을 사용하였고, 제7대 세조世祖(1417~1468) 때는 청화백자를 겸용하였다"라고 기록한 점이 있는 것으로 보아서, 아마 그 무렵 즉, 15세기의 거의 중반쯤부터 청화백자가 조선조에서 처음으로 경기도 광주군의 중앙 관요官窯 같은 곳에서 만든 것이 아닌가 하고 추찰하고 있을 뿐이다.

한글을 제정하고, 『조선조 실록』, 『지리지』 등을 편찬하였으며, 도자기 문화 흥륭興隆의 근원을 확립시킨 세종대왕 때와 청화백자를 쓰기 시작한 세조왕 때와는 년수로는 겨우 수년의 격차밖에 없다. 그런데 세종대왕의 측근으로서 충성스런 맹장 김종서 장군이 "귀현의 사기는 매우 좋아. 매우 좋아"라고 재삼 소리를 높여 오래오래 찬탄하였다고 『점필재집佔畢齋集』에 써서 남겨 둘 정도의 명품을 만들어 낸 세종조의 품격 높은 백자가 완성되고 나서 거의 때를 같이 하여, 그 차분하고 기품이 있는 백자의 유약을 칠하기 전에 남색이 빛나는 산뜻한 회청으로 밑그림을 그려 넣은 청화백자가 출현한 것이다. 그러나 조선왕조 창건과 동일한 무렵에 이미 조선조 백자가 개발되어 있었으므로 그 시점부터 계산해 보면 순백자에서 청화백자로 발전하는

이 글은 조선청화백자에 대해 엄청난 연구를 하였던 일본인 佐藤武久가 일본에서 발간하는 골동품 월간지「지사나쓰보미」(1984년 10월호, 적은 꽃봉우리)에 쓴 글을 저자가 입수하여 월간지 한국고미술지에 자료를 제공하여 발행인 김호년 씨가 재편집하여 실은 글이다.

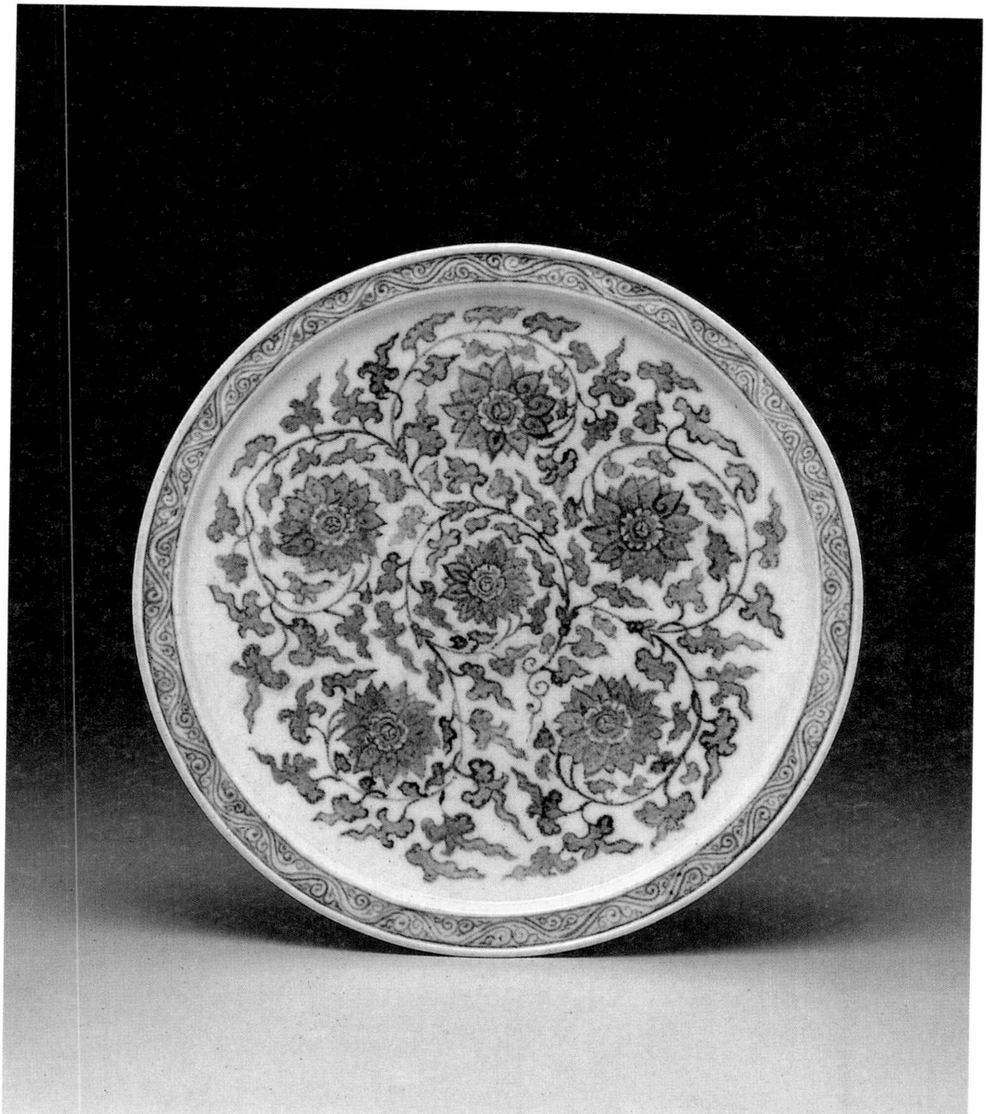

**청화백자보상당초문 접시** 15세기 초. 지름 21.9cm. 1994년 3월 27일 미국 뉴욕 크리스티 경매에서 당시 세계 도자기 경매 사상 최고가인 3백 8만 달러(24억 6천만 원)에 낙찰됨.

데 반세기 이상이나 되는 세월을 소비했다는 것이 된다. 이러한 점이 역시 조선 왕조 청화문백자 발상에 대한 하나의 수수께끼로서 남을 것이다.

그런데 용재慵齋란 뜻은 게으름뱅이라는 말이고 점필재佔畢齋란 경전을 읽어도 교의를 이해하지 못하는 당달봉사라는 의미의 익살스런 펜네임이므로 신국가 건설의 망치소리도 아직 사라지지 않은 당시의 조선왕조의 문인 고관들은 짐짓 점잔빼고 있는 얼굴과는 달리 상당히 얄미울 정도로 모두 다 유머리스트가 아닌가 여겨지기도 한다.

성현은 세종 21년(1439)에 태어났는데, 수재로서 명성이 높았으며, 예조 판서의 자리에까지 올랐다. 현재의 직위로 치면 외무부 겸 교육부 장관급의 고관이다.

어느 시대나 어떤 나라도 대궐 안 깊숙한 곳에서의 여자의 싸움만큼 참으로 무섭고 무시무시한 것도 없다. 갑자사화의 이야기는 조선왕조 사상 공전절후의 참극으로서 유명하지만, 성종의 아들 제10대 연산군燕山君(1476~1506)의 생모 윤씨는 억울하게 왕비의 자리를 빼앗기고 난 뒤 궁을 쫓겨나서 성종으로부터 사약을 받아 원통한 죽음을 당했다. 그런데 왕위에 오른 연산군은 무참한 생모의 최후를 알고나서 복수에 혈안이 되어 이 사건과 관련된 자는 직접, 간접의 구별없이 그 일족과 후예에 이르기까지 모조리 주살하였다. 이 같은 포악한 갑자사화에 연결되어 성현은 아깝게도 66세(1504)로 사망했다.

조선왕조사를 펴서 읽어보면 역대 왕의 칭호가 말년의 고종황제를 제외하고는 모두 종宗 · 조祖 · 군君의 세 가지 형태로 분류돼 있는 것을 깨닫게 된다. 그런데 평화스러운 시대의 왕을 종宗, 전란이 있던 시대의 왕을 조祖, 재위 중에 인륜에 벗어난 행동을 한 왕은 연산군과 같이 왕이라는 시호를 하지 않고 왕자라는 칭호 그대로 부르는 관습이었다.

국립중앙박물관장을 역임한 조선조 도자기의 권위자인 정양모 씨는 청화백자의 발상은 세조 초기를 거슬러 올라간 세종 말기쯤에 중국에서 도래한 회청으로 처음으로 구워 만들어졌다는 새로운 견해를 발표했다. 그리고 세조 9년(1464)에는 국내에서 발표된 토청土靑도 시도되었는데 전체적인 그 양은 아주 적으며, 구워 만드는 가마는 경기도 광주군 초월면 번천리 그리고 퇴촌면의 도마리와 우산리 등인데 번천리와 우산리에서는 회청으로 표면 전체를 덮는 공예 의장적인 중국을 본뜬 문양을 성실하게 그렸고, 도마리에서는 회청과 토청의 두 가지가 있는데 그릇 모양, 문양, 구워낸 수법 등이 그런 데 반해 조금 다른 것이 있었다고 한다. 조선왕조 청화무늬 자기의 발상을 한층 더 명확하게 말해주고 있다.

지금부터 5백수십 년 전의 옛날 세종 장헌대왕 실록, 지리지에서 전해오는 환상의 벌을천伐乙川의 냇가에서 가마 연기를 올려 구운 튼튼한 조선조 백자와 아름다운 청화와의 최초의 만남은 어떤 얘기로 꾸며져 있었을까?

그 무렵의 조선왕조 청화문 자기는 드물다. 아마 중국의 일품 명기보다도 유례가 적을 것이다. 일본 아타가安宅 콜렉션이나 우리나라의 호암미술관, 국립중앙박물관에서 몇 점밖에 볼 수 없는 초기의 청화문 자기는 엄격한 형식과 빈틈없이 꽉 차 있는 문양 등으로 인해 원元나라와 명나라 초기의 청화백자라고 오인할 정도다.

성종成宗(1457~1494) 무렵부터 16세기의 그릇 모양은 어깨의 둥근 맛이 더하고 구연부분도 약간 작게 만들었으며 문양도 매조梅鳥·매죽梅竹·시명산수詩銘山水 등 전체에 온화한 조선왕조다운 맛이 감돌게 했다. 그리고 궁중의 연회나 의례용에는 용존龍尊(일본에서 말하는 龍紋大壺) 등의 청화백자가 쓰이게 되니 왕궁의 주역인 백자에 대한 보좌역으로서의 생산이 점차로 확대되어 갔다.

세월의 흐름은 화살처럼 빨랐다. 조선왕조 건국 이래 2백 년이 지나갔다. 오랫동안 평화스런 잠에서 깨지 않은 제14대 선조(1552~1608) 26년 4월 12일, 일본의 도요토미 히데요시豊臣秀吉휘하의 대군 15만 8천 명(조선왕조 측에서 21만 명으로 산정함)이 돌연 바다를 건너 침입해 왔다. 싸우기에 이골이 난 일본군은 요원의 불처럼 한반도를 점령해 갔다. 5월에는 일찍이 수도 한성(서울의 옛 이름)을 점령하고 경기도 광주를 비롯한 전국의 가마는 전화를 입고 거의 회진으로 변했으며, 솜씨가 뛰어난 도공들은 포로로서 일본으로 끌려갔다.

1598년 도요토미 히데요시의 사망으로 전쟁이 끝날 때까지 전후 7년간에 걸친 이 전쟁을 한국에서는 임진壬辰·정유왜란丁酉倭亂이라고 부르고 있다.

조선왕조 5백년의 도자기 문화에 최초로 아름다운 청화의 꽃을 피운 전기의 유명한 도요지 도마리 일대의 중앙 관요군도인 광주가 일본군 진격의 주요 싸움터로 변했기 때문에 이후 수백 년이 지난 오늘까지 그 옛 도요지에 청화백자 발상의 수수께끼와 얘기를 깊이 묻어 둔 채로 황폐되고 말았다. 편안하고 한가로운 도마리 고개의 도요지를 찾아가도 풀만 무성할 뿐 언덕과 땅바닥에는 옛 도자기 조각만이 겨우 옛날을 말하고 있을 뿐이다.

**분청사기편병** 조선 15세기(왼쪽) 16세기(오른쪽). 1994년 12월 3일 뉴욕 소더비경매. 낙찰가 17,250달러(왼쪽) 92,700달러(오른쪽).

## 조선조 청화백자 뒷 이야기 – 황야의 가을 풀

일본에서는 조선의 싸움 또는 도요토미 히데요시의 고려 침입, 드디어는 도자기(찻잔)전쟁이라고도 부르는 임진 · 정유왜란이 끝난 뒤에 등극한 제15대 왕 광해군光海君은 동생을 살해하는 등 조정은 더욱 더 어지러워지고 있었다. 이어서 인조仁祖(1595~1649)가 조선왕조 제16대의 왕위에 올랐다. 인조 초기인 1625년경에 파괴된 도요지 도마리를 중심으로 중앙 관요와 전국의 지방 관요군 대신에 국내에 오직 하나인 사항원司饔院(일본의 大膳所에 해당하는 관청)의 분원으로서의 관요의 이전과 개요開窯가 품의되어 조선왕조의 도자기는 왕조가 시작된 이래로 전쟁의 파괴와 심한 타격에서 겨우 다시 일어서서 부흥의 제일보를 내딛는 것처럼 보였다.

그러나 역사의 운명은 아직도 조선왕조의 백성들에게는 가혹하였다. 인조 5년(1627) 여진 이래 한민족과 숙명의 대결을 되풀이해 온 북방의 만주족滿洲族(후금後金-나중의 清나라)이 명나라를 정벌한 후 중원을 장악하고 다시 인조 14년(1636)부터 10만의 정예로써 조선왕국을 침공하였다. 인조는 수도를 버리고 광주의 남한산성에 굳게 버티었고 광주, 척령 등에서 격전이 전개 되어서 도자기의 마을 광주, 일대는 또 다시 쌍방이 서로 싸우는 전화의 불꽃과 철기의 말발굽에 유린되었다. 패전한 조선왕조는 이후 대청황제大清皇帝에게 항복하게 되고 전사자는 10만을 헤아리며, 국민은 피폐해서 다수의 유능한 일꾼을 잃었다.

두 차례에 걸친 청군의 국내 침략을 조선왕조에서 정묘丁卯 · 병자

호란丙子胡亂이라고 부르고 있다.

계속되는 전란으로 중국으로부터의 회청의 수입은 중지되고 임진왜란 후에는 궁중연회에 사용할 용존龍尊에 그릴 회청조차 없어서 이후 잠시 동안은 순백자와 청화백자 대용으로 철사鐵砂가 만들어졌다. 철사의 유례遺例 대부분이 17세기에 제작된 것도 이 때문이다. 한 번도 자진해서 타국을 침략한 일이 없는 평화의 나라 조선왕조의 선조宣祖도 그 손자인 인조도 각각 일본군과 청군의 침략을 받아서 선량하고 경건한 국민과 함께 유랑의 고통을 맛보았다. 이 16세기부터 17세기 전반에 걸쳐서 조선 전국이 전쟁으로 나날을 보내고 있던 수십년간은 조선조 도자기, 그 중에서도 특히 조선왕조 청화백자에 있어서는 사상 최대의 암흑 시대였다.

조선왕조 도자기 사상, 중기를 대표하는 유명한 도요지 금사리金沙里의 이름은 진작 알려져 있다. 금이란 훌륭하다는 뜻이라고 생각하며, 사리란 사기沙器의 마을 즉, 금사리란 훌륭한 도자기의 마을이라는 뜻일 것이다. 그러나 전기부터 중기로 옮아 간 단지(항아리)나 병의 입구 만들기, 허리의 부풀음 따위에 있어서 완전히 17세기 전반의 관요에서 만든 청화백자라고 생각되는 것이 전혀 없는 것은 마침 그 동안이 전술한 암흑시대에 해당하기 때문일 것이다. 그리고 최근의 한국 연구에서 금사리에 선행하는 중기의 관요로서 궁평리宮坪里와 관음리觀音里 등의 이름이 있으며, 금사리의 활동 기간은 1720년부터 1751년까지라는 설이 발표되고 있는 것은 주목할 만 하다.

계속되는 외침과 조선왕조의 권신간의 내분으로 오랜 고난의 길을 걸어온 조선왕조의 도공들은 황폐한 국토에 피는 한 떨기의 가련한

들꽃에서 영감을 얻는 지혜를 발휘한다. 그런 까닭에 더더욱 밝고 씩씩한 생명의 입김을 느껴서 기쁨에 넘치고 정취가 있는 우천리牛川里 관요의 백자가 나왔는지 모른다. 우천리 백자의 특징은 백자의 바탕에 당시 귀하기만 한 코발트(청화)를 절제해 사용하기 위해 붓끝에 묻혀 살짝살짝 그림을 그린 것이다. 일본에서는 추초秋草라고 부르면서 높이 평가하는 난초와 패랭이꽃 등의 초화문草花紋, 원창, 제수자문祭需字紋 등의 조선풍의 간결하고 우아한 청화문 백자가 등장한 것은 17세기 말에 가까워져서부터이다. 제19대 숙종肅宗(1661~1720)의 중간 이후가 조선왕조의 백미라고 찬양하는 중기 청화백자의 전성시대이고, 분원의 이름이 비로소 정사의 기록인 숙종실록에 기록된 것도 이 무렵(숙종 44년)의 일이다. 이 17세기 말부터 18세기 초에 걸친 숙종 대는 당시의 조선왕조로서는 진기하게 평온한 시대였다.

도예로써 정치를 알수 있다고 하는데, 마음을 사로잡을 정도로 온아하고 마음 따뜻한 중기의 관요, 독특한 눈처럼 흰 백자의 바탕에 질 좋은 코발트를 사용해서 전아한 청화백자의 문양이 한층 깊은 정취를 돋보이게 하고 있는 것도 이 세대가 아니면 볼 수 없는 것이다. 소박하고 평화스러운 풍토의 반영인지도 모른다.

일본에도 격동의 메이지明治시대가 끝나고, 겨우 유럽 수준의 민주주의 바람이 불기 시작하려고 한 다이쇼大正 초기의 어느 날, 지바현 아비코에 사는 결혼해서 얼마 안 된 유종렬柳宗悅 씨 댁을 당돌하게 방문한 백면의 청년이 있었다. 청년의 이름은 아사카와 하큐쿄라 하여 조선(해방 전의 한국)에서 교사로 근무하는 한편, 조선왕조 도자기에 깊은 관심을 가졌고, 망해서 없어진 옛날의 요업의 발자취를 더듬어서

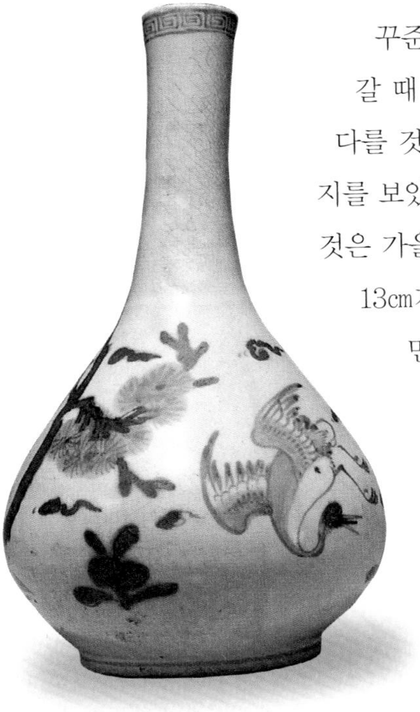

**청화백자진사장생문병** 조선 19세기. 1994년 12월 3일 뉴욕 소더비 한국 고미술품 경매에 나온 작품.

꾸준히 연구를 계속하고 있던 족지가다. 청년이 돌아갈 때 갖고 온 간단한 선물 대신으로 놓고 간 아무런 색다를 것이 없는 평범하고 낡아빠진 청화백자인 조선조 단지를 보았을 때 유종열 씨의 가슴은 깊은 감동을 받았다. 그것은 가을 바람에 흔들리는 들꽃을 살짝 그린 것 같은 높이 13㎝가량의 모서리를 깎아 새 면을 낸 작은 단지였다. 8면으로 된 단지의 앞뒤에 들국화와 난초처럼 보이는 가을 화초가 미세하고 엷게, 간결하지만 우아한 필치로 그려져 있다. 비가 샌 모양 같은 얼룩으로 그릇 몸체는 군데군데 더럽혀져 있으나 본 바탕은 틀림없는 중기 관요에서 구운 백자 바탕이다. 이 가을 풀의 단지와 미美의 선각자 유종렬 씨와의 만남은 일본의 관상도자觀賞陶瓷의 세계를 크게 바꾸어 갔다. 공백을 크게 잡고 가는 붓으로 소박하게 그려진 조선왕조의 청화백자가 왜 이토록 깊게 일본인의 심금을 계속 울리게 하는 것일까?

반대로 일본의 자기 창성의 스타트는 사표로 삼았던 조선왕조의 그것보다 2백년이나 늦게 출발했지만 성급한 일본은 그 후 급속하게 따라잡고 앞질러서 경기도 광주의 마을에서 굽고 있던 우아하고 단아한 도자기보다 색이 많이 들어간 화려한 도자기를 굽게 되었다. 1700년경에는 일본 열도는 실로 『겐로쿠元祿』 문화의 전성시대로서, 히젠 아리타 마을(九州 佐賀縣에 있음)에서는 일찍이도 화려한 적색 그림이나 녹색·자색·황색 등 다채로운 모양을 그린 금란金蘭 자기를 유럽 등으로 왕성하게 수출하고 있었다. 그리고 이웃인 청나라는 강희康熙·옹정擁正에서 건륭乾隆으로 강대한 대청제국의 최성기를 맞이하려고 하고 있어서 그 완성된 현란한 기법이 간신히 조용한 조선왕조 도자기의 마을로도 침투하려 하고 있었다.

금사리 마을 조용하고 한가로운 산골짜기의 밭에는 길가에 이르기까지 자잘한 도자기 조각이 굴러다니고 있다. 원문円文속에 제祭·수壽라는 글자를 미세하게 그린 청화백자의 조각도 수는 적지만 모서리를 깎아 각을 낸 부분 등의 백자 조각에 섞여서 여기 저기 보인다. 이것들을 보노라면 그 옛날 회청回靑을 아껴서 근근이 청화백자를 계속 만들어 이어 온 가마의 흥망과 파란 많던 근세 조선조의 성쇄를 조용히 말해 주는 것 같다.

**청화백자화충문대호** 18~19세기. 1994년 10월 3일 소더비 뉴욕에서 가진 한국 고미술품 경매에 나온 작품.

# 청화백자와 만다라

만다라란, 曼荼羅 또는 曼陀羅라고도 쓰며, 본래는 고대 인도의 산스크리스트어인 MANDALA의 취음자로서, MANDA(본질)를 소유하는 LA(사물), 즉 우주의 진실의 모습을 나타낸 것이란 뜻인데 일반적으로 대일여래大日如來를 중심으로 밀교의 여러 존귀한 많은 상像을 정연하게 늘어놓은 그림 등을 가리킨다. 하지만 지금 쓰고 있는 만다라의 뜻은 불어가 변해서, 속세의 말로 수가 많고 흥청거리는 것을 일컫는 말이 되었다. 그 동안 곡절이 많았던 조선시대의 청화백자가 어느덧 번성의 극치에 이른 것은 후기인 19세기가 되어서부터다. 그 피안에 도달하기까지 조선왕조의 청화백자는 아직도 산이 있고 골짜기가 있는 험난한 길이었다.

조선왕조 21대 영조英祖(1694~1776)는 영명한 왕으로 재위 52년간에 이르러 그 동안에 일부의 반란과 왜구倭寇의 횡행이 있었으나 선정에 힘써서 조선왕조 최상의 치세를 기록하였다. 18세기 중반의 영조 28년(1752)에 영단을 내려 분원을 금사리에서 조금 더 수운水運의 편이 좋은 분원리分院里로 이전하였다. 영조 30년(1754)에는 전례도 없는 대왕의 어명으로 "자기의 그림은 옛날에는 철사鐵砂를 썼는데 지금은 회청을 쓰고 있는 것은 사치스러운 풍습이다."라 하여 용존龍尊 이외에 도자기 그림에 회청을 사용하는 것을 일절 엄금하였다. 이는 영조실록에 전하고 있다. 다음 제22대 정조正祖(1752~1800)도 "기교한 제도는 일절 엄금한다."하여 검소를 장려하였다. 모처럼 금사리에서 부흥을 성취한 직후인 조선왕조의 청화백자는 이로써 또 다시 타격을 받

**청화백자봉황문호**
19세기 조선백자.
1997년 9월 26일 소더비 뉴욕에서 가진 한국 고미술품 경매에 나온 작품.
높이 30cm 기준으로 현재 시가 500만 원 정도.

게 된 것이다.

그러나 여기서 조선왕조 왕실이 어째서 이렇게도 계속적으로 까다롭게 사치한다면서 회청 사용을 억제했는지 그 이유를 일단 생각해 볼 필요가 있을 것이다. 이웃인 청나라에서는 바야흐로 현란한 건륭대제조乾隆大帝朝의 황금기이고, 일본에서는 에도江戸문화의 난숙기爛熟期에 해당하는 이 시대는 아마도 근직한 조선왕조의 국풍이라 할지라도 오랜 무문無文의 백자 주류의 도풍陶風에서 화려한 채화의 청화백자시대로 생활 기호도, 필요성도 옮아가기 시작하는 추세에 있었던 것은 아닐까? 막지 않으면 멈추지 않을 정도로 당시는 값비싼 회청을 흥청망청 쓰고도 반성하지 않는 청화백자가 남조되기 시작한 것이 틀림없다.

조선왕조 도자사상의 후기(분원리 시대)는 1752년의 분원리 개요開窯부터 1883년 폐요閉窯까지의 132년간인데 이 중에 초기인 18세기 후반의 대부분은 청화백자가 엄하게 제한되었던 시기로서 중기에 다음가는 제2의 「청화백자 침체시대」였다. 동네에 나돌고 있는 조선왕조 청화백자 중에서 분원리 초기(18세기 후반)라고 생각되는 큰항아리(단지)나 큰 병 등이 좀처럼 눈에 띄지 않는 것은 이후의 것보다 시대가 오래되었다고 할뿐만 아니라 아마도 18세기 후반의 상당기간이 사서에 있는 청화백자의 제약시기에 해당하기 때문일 것이다. 물론 일부에는 그러한 금령을 어긴 경향도 있을 것이고 때로는 특례나 묵인한 것도 다소는 있었을 것이 틀림없지만…….

중국에서의 회청의 수입이 윤택하게 되고 토청의 산출도 늘어나서 청화백자가 남을 꺼리지 않고 범람하여 명실공히 청화백자의 전성시대가 되는 것은 19세기로의 고개를 넘는 제23대 순조純祖(1790~1834) 때부터인 것 같다. 백자에 대하여 항상 보좌역과 같은 존재에 만족하고 때로는 회청을 입수할 수 없게 되거나 사용을 제한 당하거나 해서 몹시 고통을 겪었던 조선왕조의 청화백자가 여기에 이르러서 단번에 둑을 터뜨린 것처럼 범람하기 시작했고 기종器鍾·문양·장식도 아주 다양다종하게 생산되면서 청화백자의 중심지인 분원리에서는 그릇 전면에 회청을 듬뿍 솔로 마구 칠한 유리유琉璃釉 따위까지 많이 생산되었다. 회청을 아껴서 근근이 창 그림이나 화초 등을 그리고 있던 금사리 시대와는 참으로 금석지간이 아닐 수 없다. 조선왕조에서는 접시는 작고, 항아리(단지)·병·문구文具 등 주머니 모양의 자기가 많은데 조선왕조 후기를 통해서 구워 만든 청화백자의 수는 거의 같은 시기에 자기 양산시대를 맞이했던 에도江戶 후기의 일본의 청화백자의 그런 종류의 수와 비교해서 어느 쪽이 많았을까할 정도였다.

그런데 순조시대 이후의 청화백자는 후기 특유의 연한 푸른 기를 띤 영롱한 백자의 바탕에 질 좋은 회청도 풍족하게 써서 그려져 있는데 중기 무렵의 여백을 듬뿍 잡은 여운이 있는 조그맣게 그린 것과는 달리 같은 화초문을 그려도 굵은 붓으로 그릇 전면에 가득히 그려 넣은 것이 많아서 아깝게도 깊은 정취가 감소되어 일본적인 관점에서는 도리어 복잡하고 번거롭다는 비방을 받기도 한다. 그러나 한편 한국에서는 분원리 제품은 갑번甲燔(왕실에 바치려고 구운 도자기)이라고 하여 가장 값비싼 그릇의 하나로서 올라와 있으므로 일본에서 역수입도 많아 지금에 와서는 일본의 점두에도 뛰어난 것이 상당히 동이 나기 시작하고 있다는 것을 알아둘 필요가 있다.

성업을 구가하던 분원리 관요의 절정시대의 인원 구성은 감관監官이하 29역役이라고도 하여 민간의 고원雇員을 뺀 화장火匠(불을 때는 사람)과 화청장火青匠(陶畫師)등 전속의 역장役匠만도 380명 내외의 대진용이었으므로 거대한 가마를 병용하여 전문적인 화원畵員이 회청으로 청화를 그려 넣은 자기가 성업을 이루었다는 추정이 가능하다. 수년전 정양모鄭良模 씨의 연구실에서 관요지대의 가마터가 3백에 달한다고 듣고 경탄한 적이 있는데, 왕궁으로의 진헌용의 주된 가마 이외에 보조 가마도 쓰이고 있던 것을 추측할 수 있겠다. 이 사실을 일본 유일의 대규모 관요인 나베시마난鍋島藩 가마의 최성기의 주 구성원이 31명이었다는 것과 비교하면 국영國營과 번영藩營 또는 정조精粗의 차이는 있을망정  너무나도 양자의 규모가 동떨어지고 있는 점에 깜짝 놀란다. 조선왕조 분원이 얼마나 방대한 조직으로 운영되고 도자문화 국가인 조선왕조의 여망과 영광을 짊어지고 활약했는가를 알 만하다.

조선왕조에 호감을 갖는 사람 대부분이 그렇듯이 나도 오랫동안 가을 풀의 단지를 갖고 싶다고 생각했었는데 이렇듯 고명한 수집가가 오래 소장하고 있는 입부분이 없는 단지(항아리)가 집 한 채 정도의 값이라고 듣고 체념하였다. 이것을 사게 되면 마누라와 피투성이가 되게 싸우게 되고 집 뜰에는 가을 풀이 아닌 냉이가 돋아나기 때문이다(집안이 황폐해지고 만다는 비유이다). 그 대신에 후기의 것인데 운문雲紋이 그다지 번거롭지 않은 용문대호龍紋大壺를 손에 넣었다. 분원리 가마에서는 단지(항아리)의 입구를 점점 높여서 목 부분에도 운문 등의 청화백자 문양을 그리는 것을 정기精器라고 하게 되었다. 이 단지(항아리)는 그 무렵의 물건일 것이다. 용의 그림은 익숙한 필치인데 박력이 있어 전문적인 도화사陶畫師가 그렸다는 것이 엿보인다. 말기에 가까워짐에 따라 웬일인지 서 있는 단지의 입과 목 부분이 불필요할 정도로 높아져 있다.

한양에서 가깝고 강을 두른 분원리에는 문인 묵객이나 고관들이 한강을 거슬러 올라와서 사철 그때 그때의 경관을 즐겨 구경하면서 찾았고 때로는 한양의 높은 자리에 있는 기녀 일행이 뱃놀이 가는 도중에 들러서 품위있고 아름다운 앉은자리 주변을 꾸미기에 알맞은 소일거리에 쓰는 연적硯滴 등을 도공들에게 주문하고 돌아가는 화려했던 하루도 있었다고 한다. 고상하고 우아한 미녀의 부탁을 받은 산마을의 도공은 어떤 아취 넘치는 연적을 만들어 냈을까? 아름다운 모양을 따라 저절로 움직이는 도공의 섬세한 손이 떠오르는 듯하다.

조선왕조 최후의 대요업지로서 번영을 추구했던 분원리 관요의 옛 가마터도 지금은 다만 바람과 하늘과 물이 있는 언덕 위의 학교 마당이 되어 버렸다.

세월은 가도 도자기는 남고….

之言非耶孔子曰歲寒然後
後凋松柏是毋四時而不凋
前一松柏也歲寒以後一松
稱之於歲寒之後今君之
加焉由後而無損焉然由
無可稱由後之君亦可見稱
耶聖人之特稱非徒爲後凋
節而已亦有所感發於歲
烏乎西京淳厚之世
客與之盛衰如下邳
夫阮堂

# 6

# 경매 낙찰가

# 1. 경성미술구락부(京城美術俱樂部) 경매

故森悟一氏遺愛品
書畵并ニ朝鮮陶器賣立
日時 十一月 二十日二十一日下見
二十二日午後正一時競賣開始
場所 京城府南山町二丁目
札元 株式會社 京城美術倶樂部
電話本局②一三六〇番

▲ 1935년(소화11년) 11월, 경성미술구락부가 주최하고 경성구락부 남산정 2정목에서 열린 경매도록 내지이다.

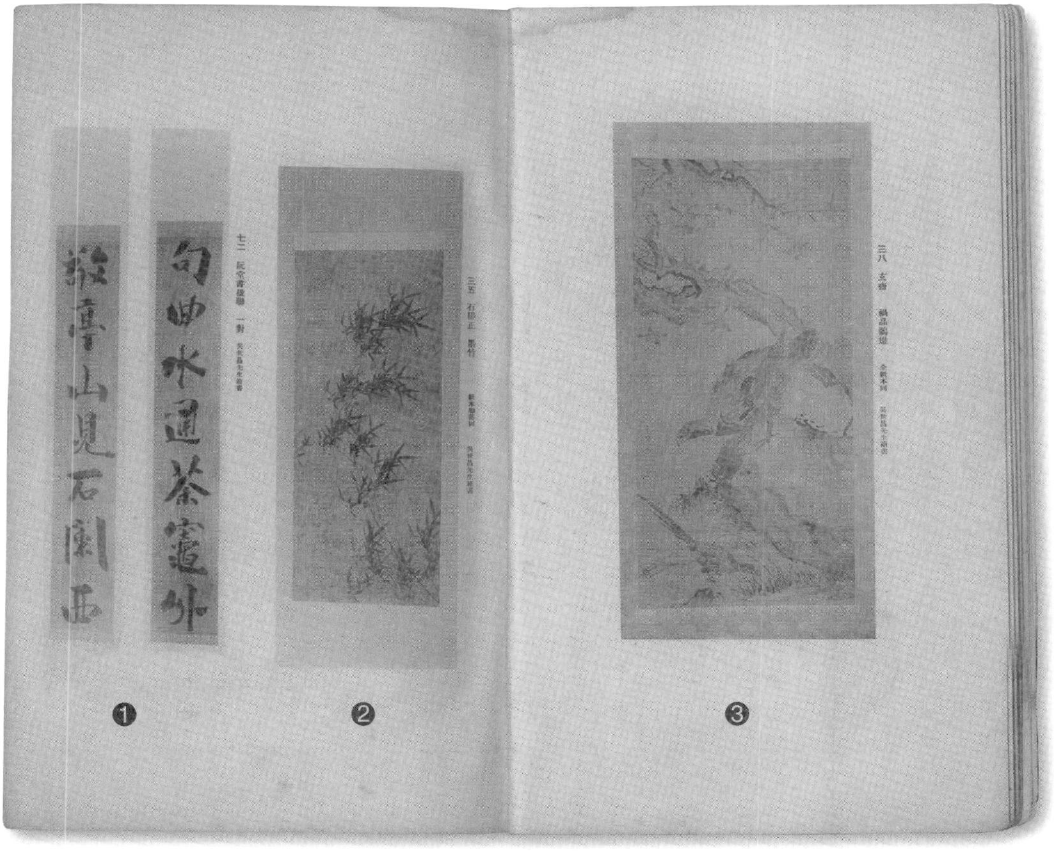

❶ 완당글씨영련(楹聯)
165원

❷ 석양정 묵죽
150원

❸ 현재 화품골치
760원

# 1935년 소화 11년

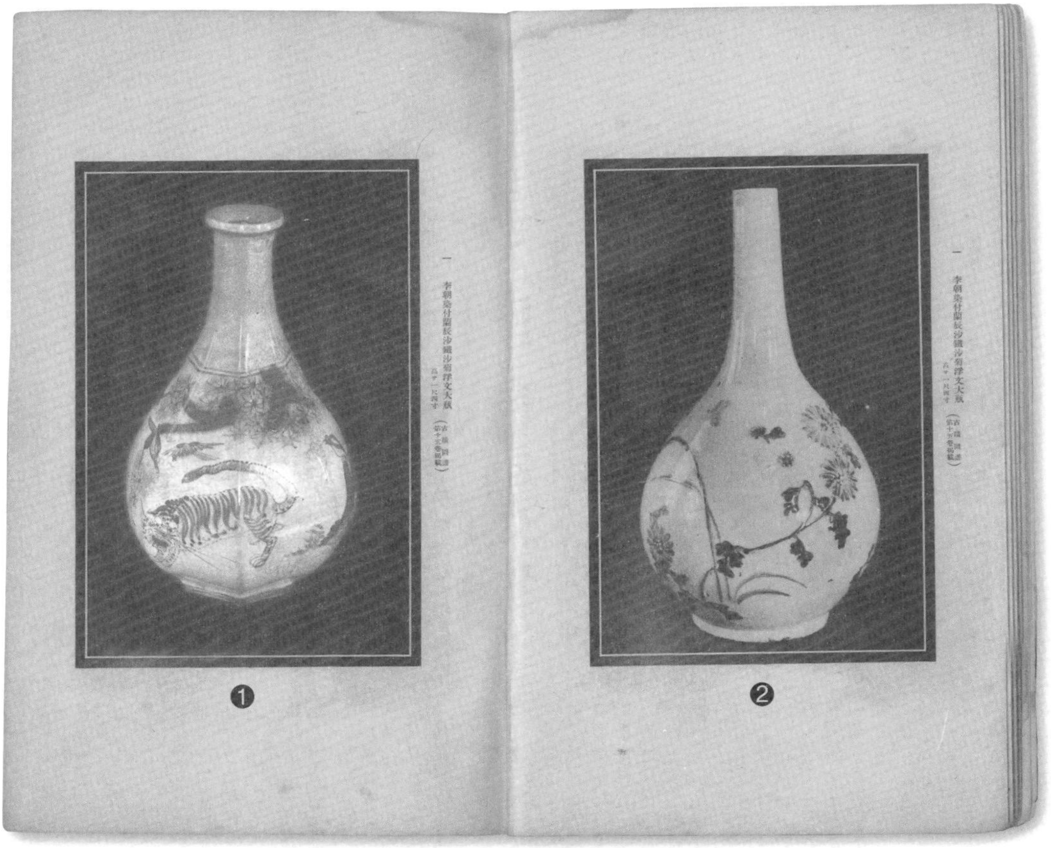

❶ 청화백자진사송죽조쌍호문
1,200원

❷ 청화백자양각진사철채난국초충문병(현재 보물 제241호)
14,580원

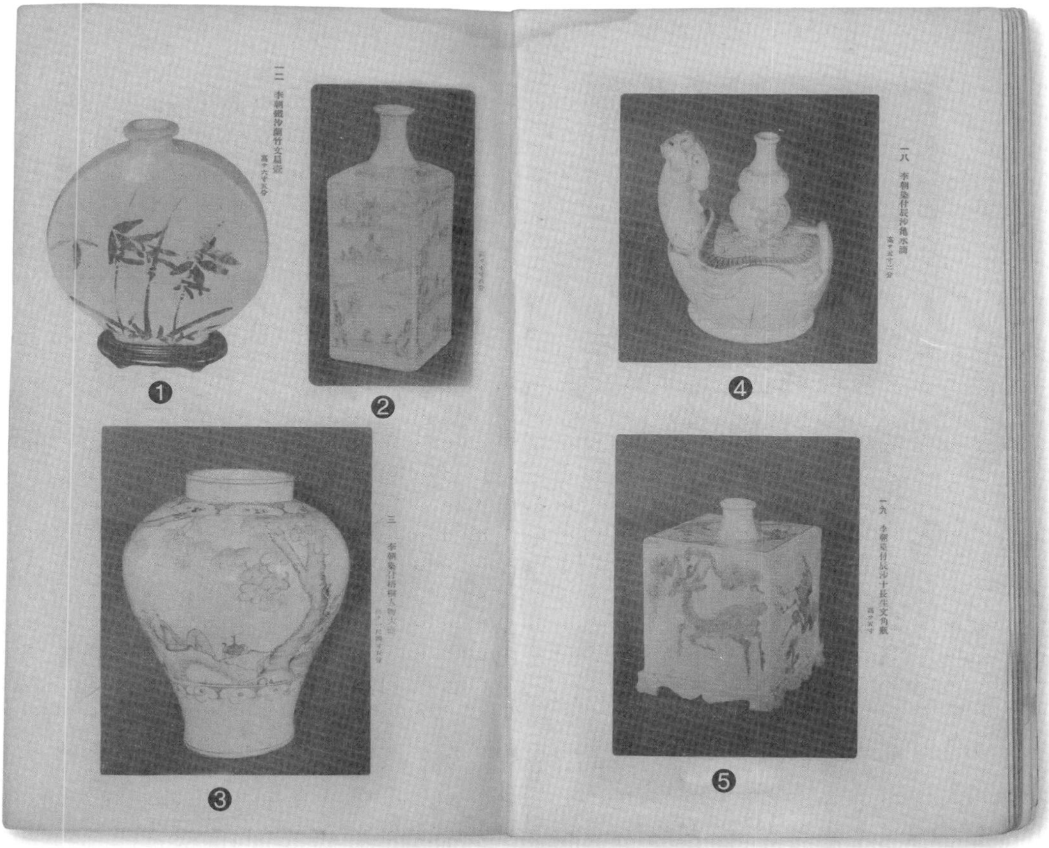


❶ 조선철사란죽문호편호
360원

❷ 조선염부(染付)산수문각병
170원

❸ 조선염부오동인물대호
1,000원

❹ 조선염부진사구(龜)수적
2,100원

❺ 조선염부진사십장생문각병
1,150원

# 1935년 소화 11년

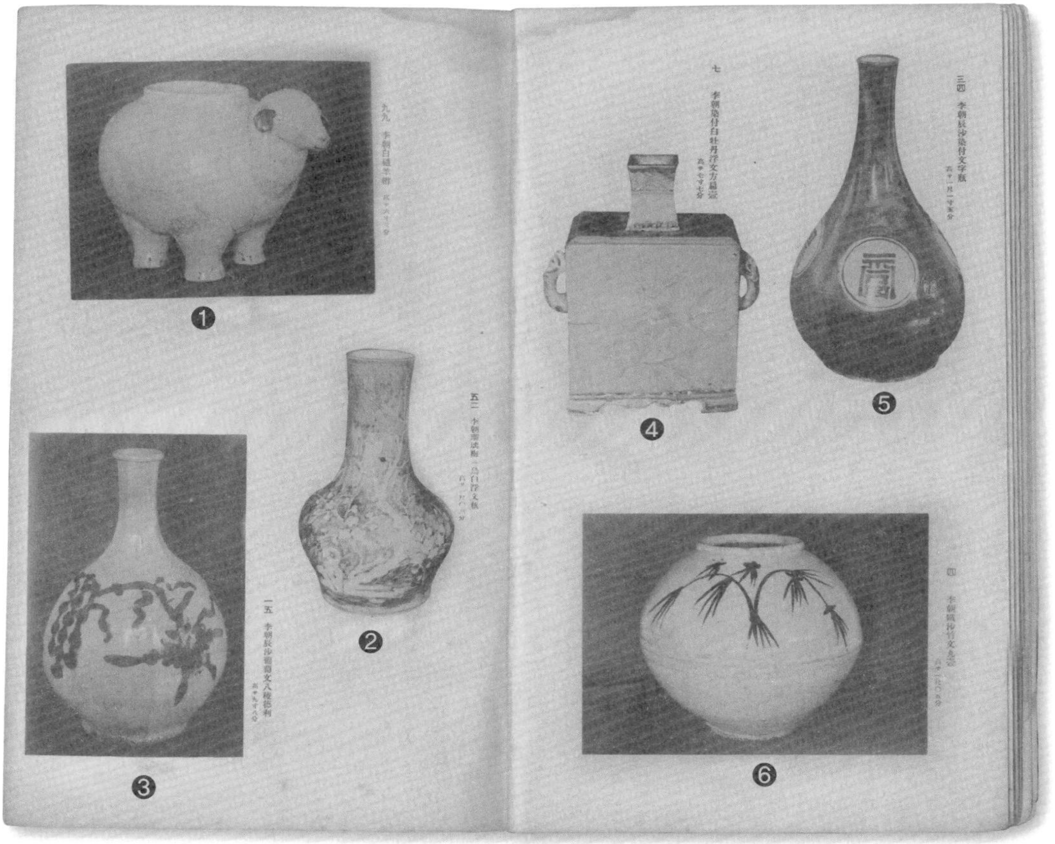

❶ 조선백자양준(洋樽)
500원

❷ 조선유리매이(梅二)조백부문병
1,000원

❸ 진사포도문팔각릉덕리(稜德利)
350원

❹ 조선염부백목단부(浮)문방편호
310원

❺ 조선진사염부문자병
750원

❻ 조선철사죽문환(丸)호
250원

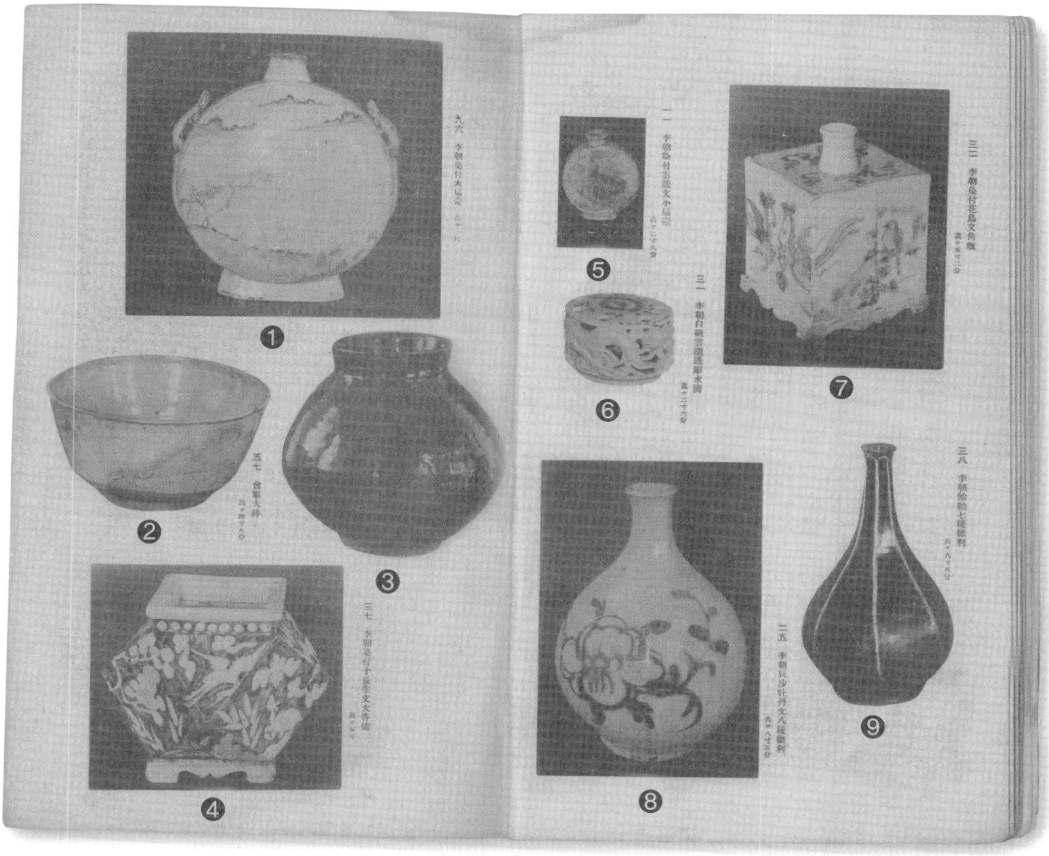

❶ 조선염부대편호(扁壺)
230원

❷ 회녕대발(會寧大鉢)
25원

❸ 회녕대호
15원

❹ 조선염부십장생문향로
210원

❺ 조선염부운용문소편호
160원

❻ 조선백자운용문투각수적
415원

❼ 조선염부화조문각병
270원

❽ 조선진사목단문팔각병
200원

❾ 조선태유칠각병
135원

# 1935년 소화 11년

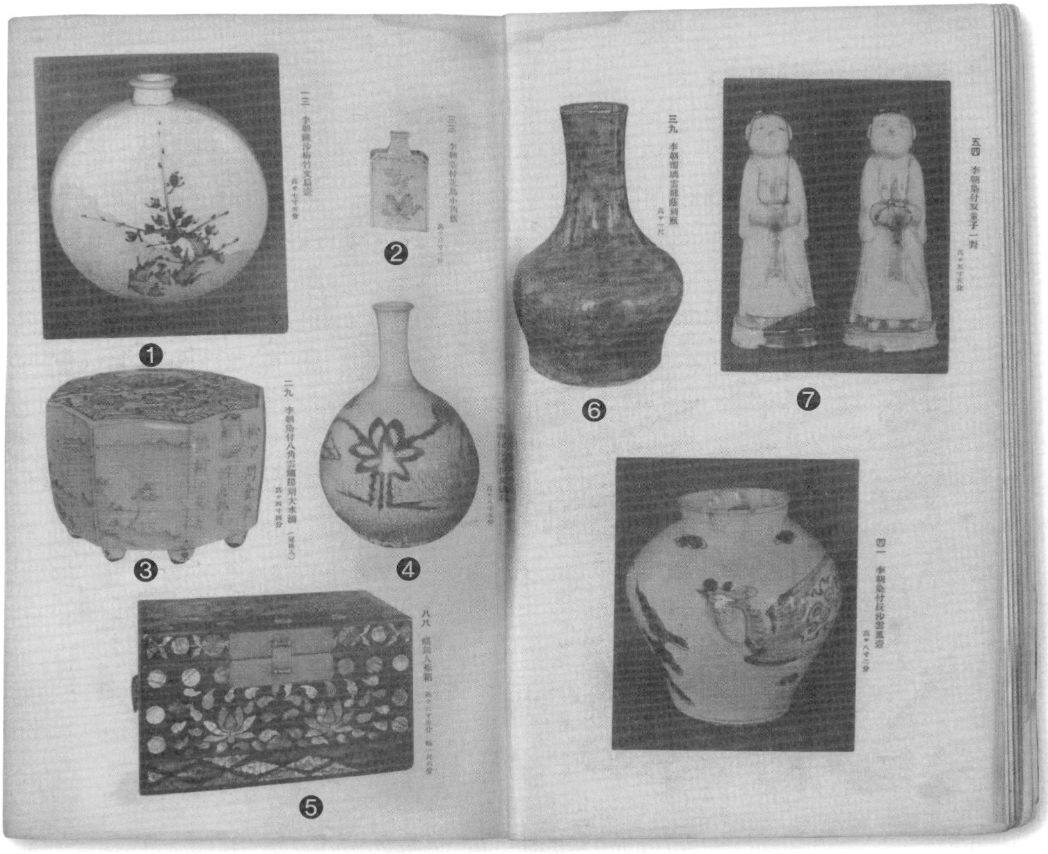

❶ 조선철사매죽문편호
300원

❷ 조선염부화조문소각병
120원

❸ 조선염부팔각운용양각대수적
1,400원

❹ 조선진사연화문덕리
1,600원

❺ 나전(螺鈿)人蔘箱
700원

❻ 조선유리운용음각병
60원

❼ 조선염부쌍동자
400원

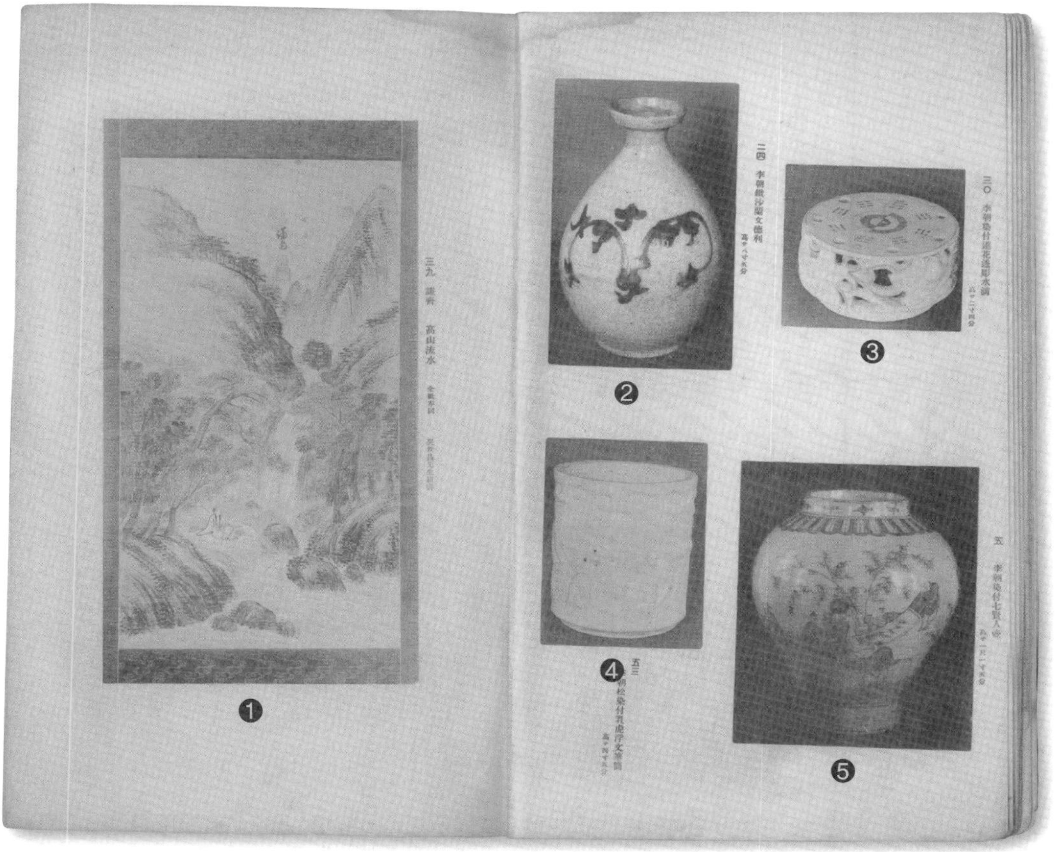

❶ 겸재(謙齋)고산유수
410원

❷ 조선철사란문덕리
100원

❸ 조선염부연화툭각형수적
270원

❹ 조선송염부유호(乳虎)浮문필통
1,000원

❺ 조선염부칠현인호(七賢人壺)
1,150원

# 1936년 소화 12년

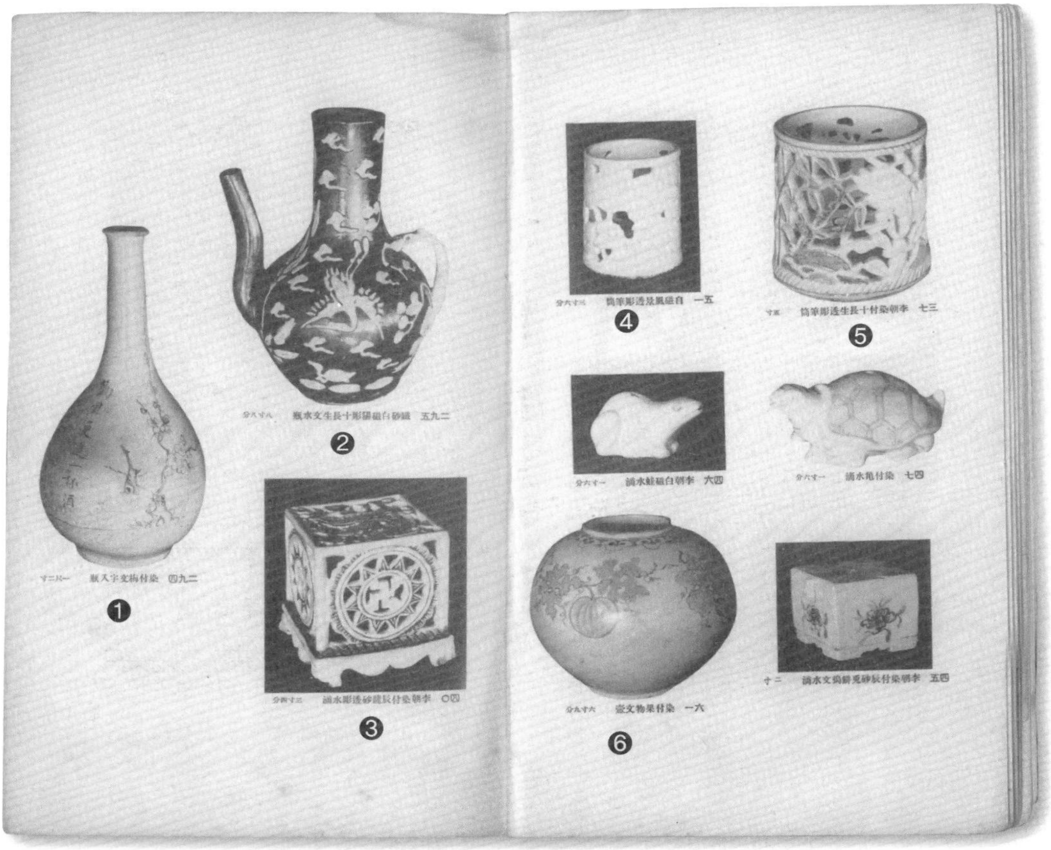

❶ 염부매문자입병
800원

❷ 철사백자양조(陽彫)십장생수병
700원

❸ 조선염부진사용사투각수적
300원

❹ 백자풍경투조필통
600원

❺ 조선염부부십장생투조필통
900원

❻ 염부과물(果物)문호
800원

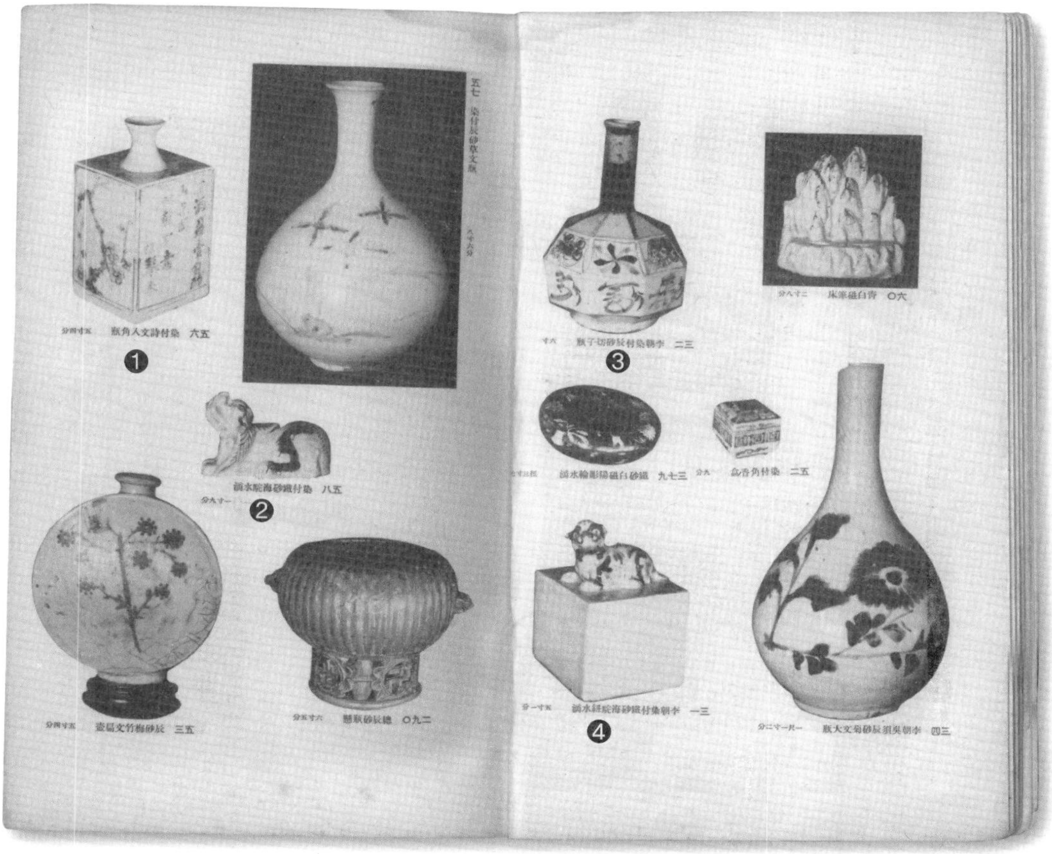

❶ 염부시문팔각병
500원

❷ 염부철사해타(海駝)수적
80원

❸ 조선염부진사절자(切字)병
70원

❹ 조선염부철사해타뉴(紐)수적
250원

# 1936년 소화 12년

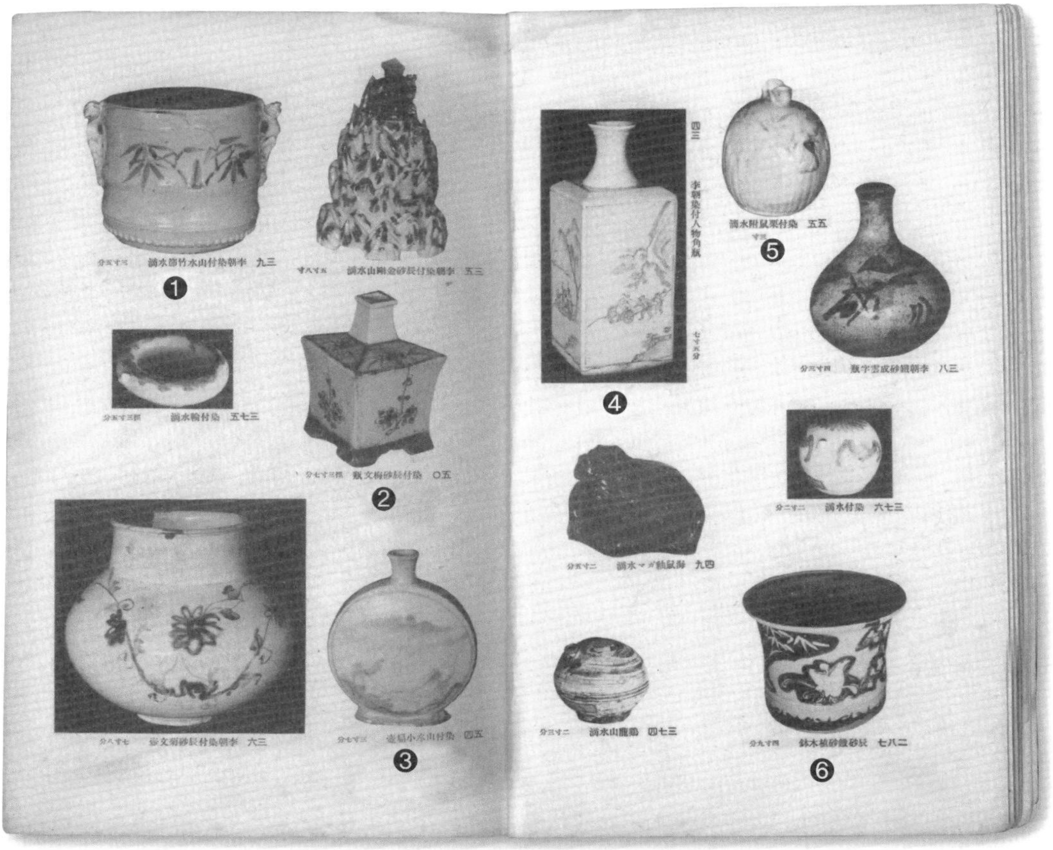


❶ 조선염부산수죽절(山水竹節)수적(水滴)
400원

❷ 조선염부진사매문병
250원

❸ 조선염부산수소편호
500원

❹ 조선염부인물각병
600원

❺ 조선염부율서(栗鼠)부수적
300원

❻ 진사철사식목발(植木鉢)
700원

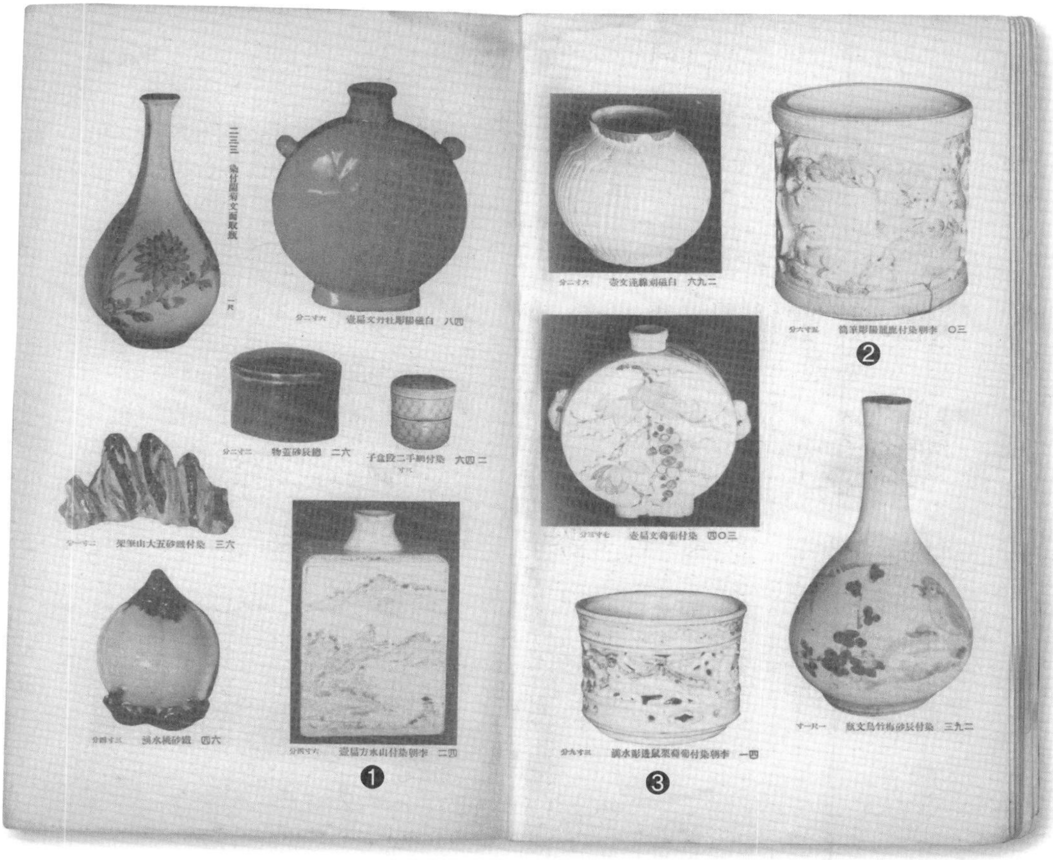

❶ 조선염부산수방편호
500원

❷ 조선염부녹용각(鹿龍刻)양조필통
600원

❸ 조선염부포도율서투조수적
800원

# 1938년 소화 14년

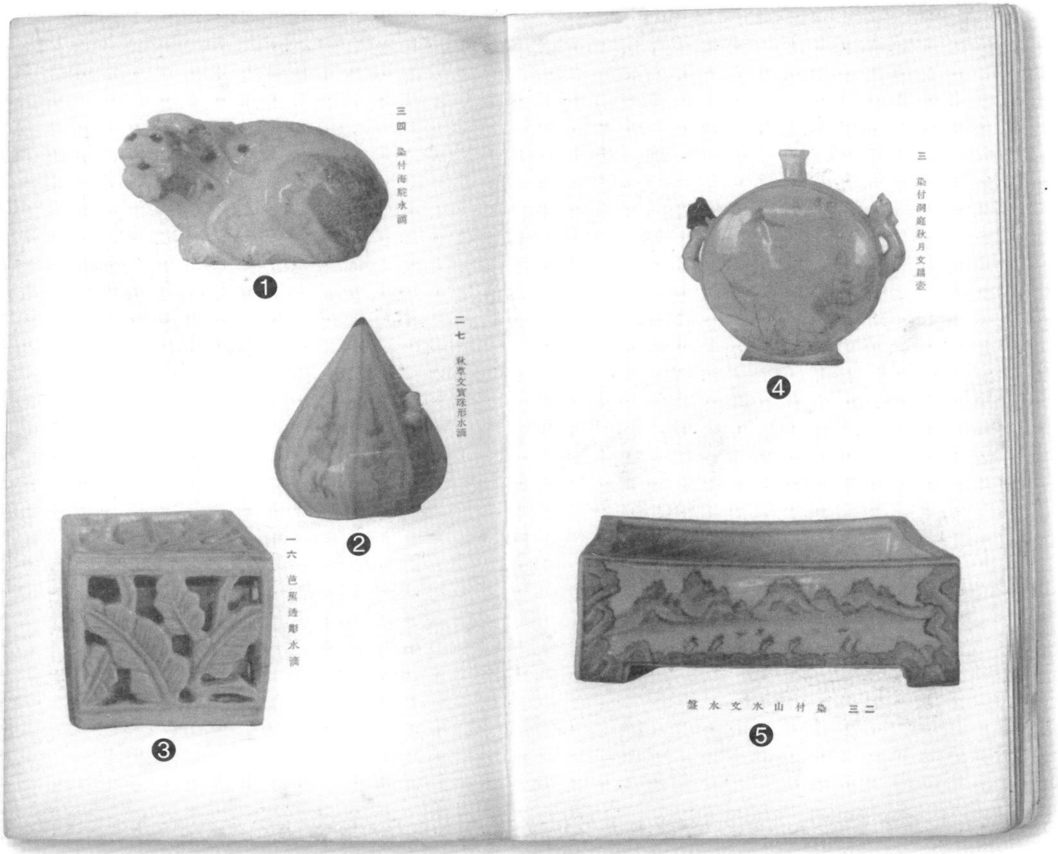


❶ 염부해타수적
20원

❷ 추초(秋草)문보주형수적
70원

❸ 파초(芭蕉)투조수적
400원

❹ 염부동정추월(洞庭秋月)문편호
200원

❺ 염부산수문수반
150원

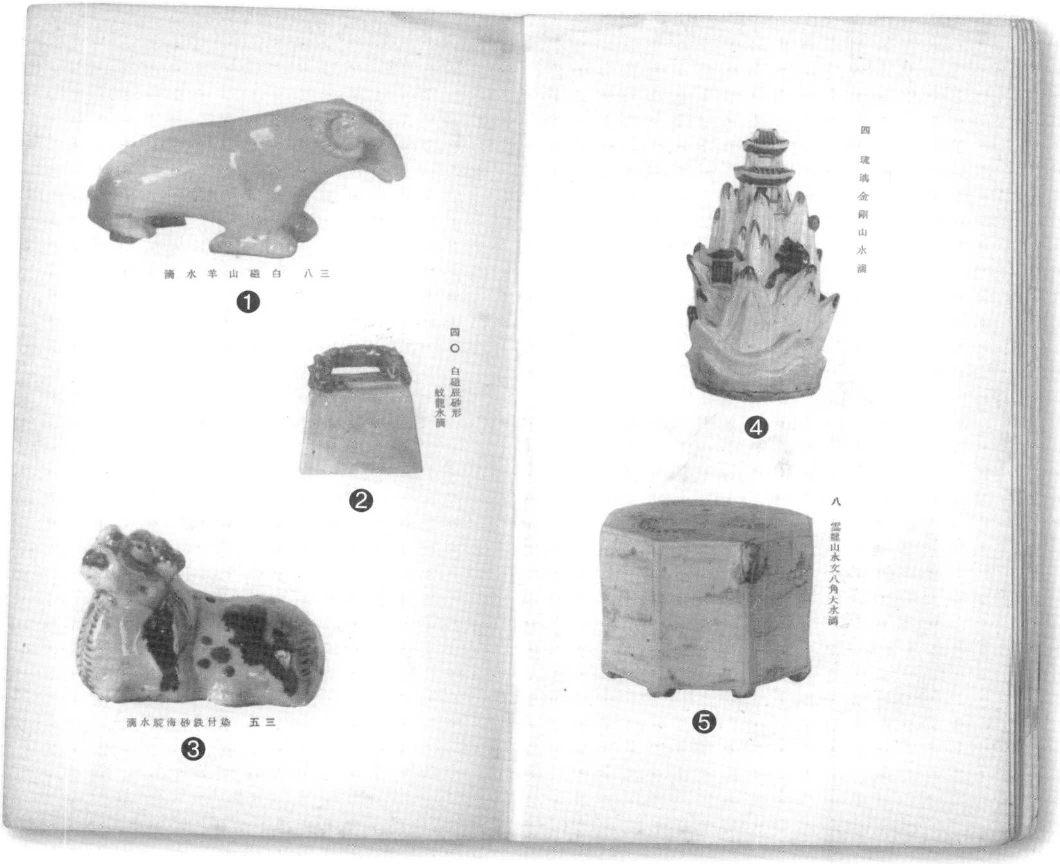


❶ 백자산양수적
80원

❷ 백자진사형문용수적
70원

❸ 염부철사해타수적
110원

❹ 유리금강산수적
1,500원

❺ 운용산수문팔각대수적
900원

# 1938년 소화 14년

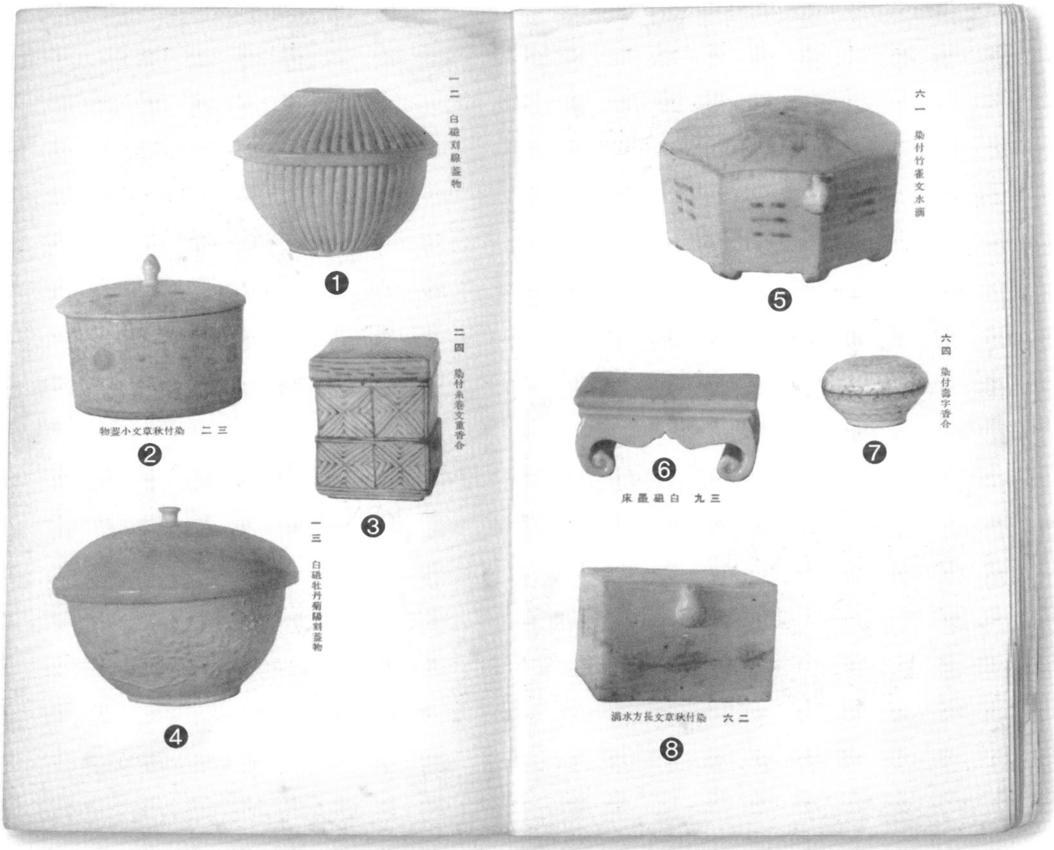


❶ 백자각선합
800원

❷ 염부추초문소합
750원

❸ 염부사군문중(重)향합
140원

❹ 백자목단국양각합
200원

❺ 염부죽작(竹雀)문수적
20원

❻ 백자묵상(墨床)
100원

❼ 염부수자향합
75원

❽ 염부추초문장방수적
30원

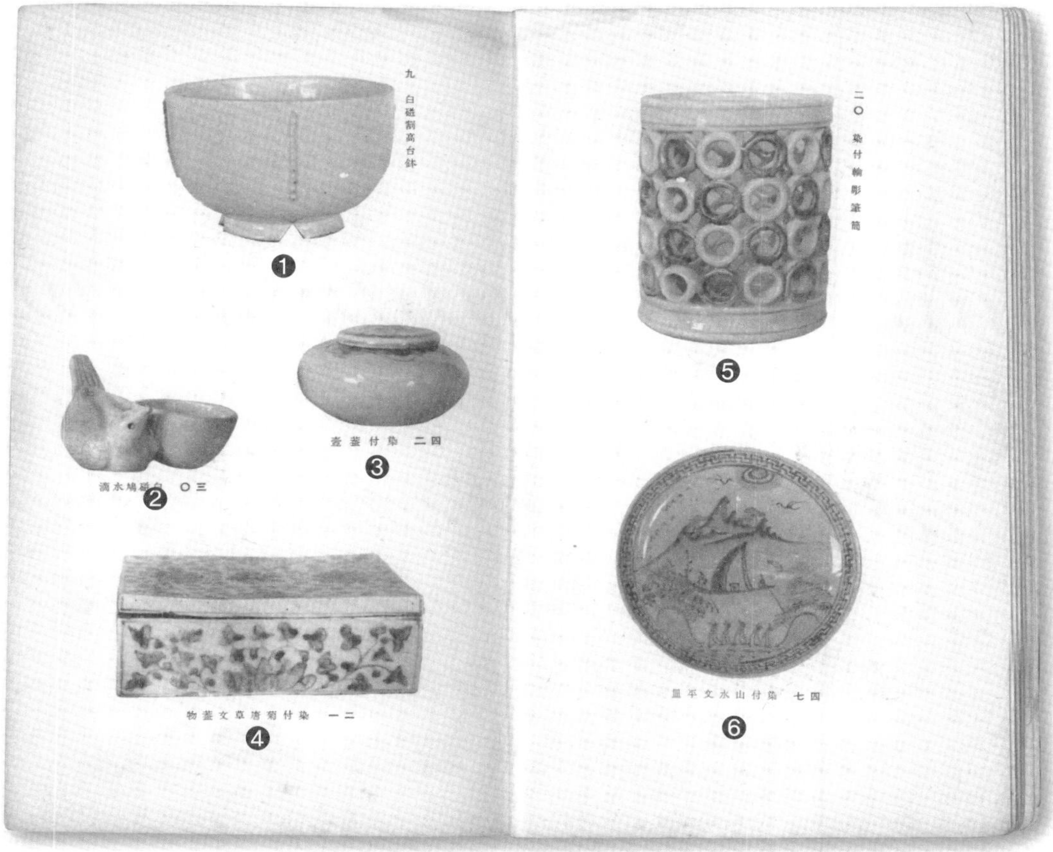


❶ 백자할고(割高)대발
75원

❷ 백자구(鳩)수적
200원

❸ 염부합호
80원

❹ 염부국당초문합
280원

❺ 염부륜조(輪彫)필통
250원

❻ 염부산수문평명(平皿)
60원

# 1938년 소화 14년

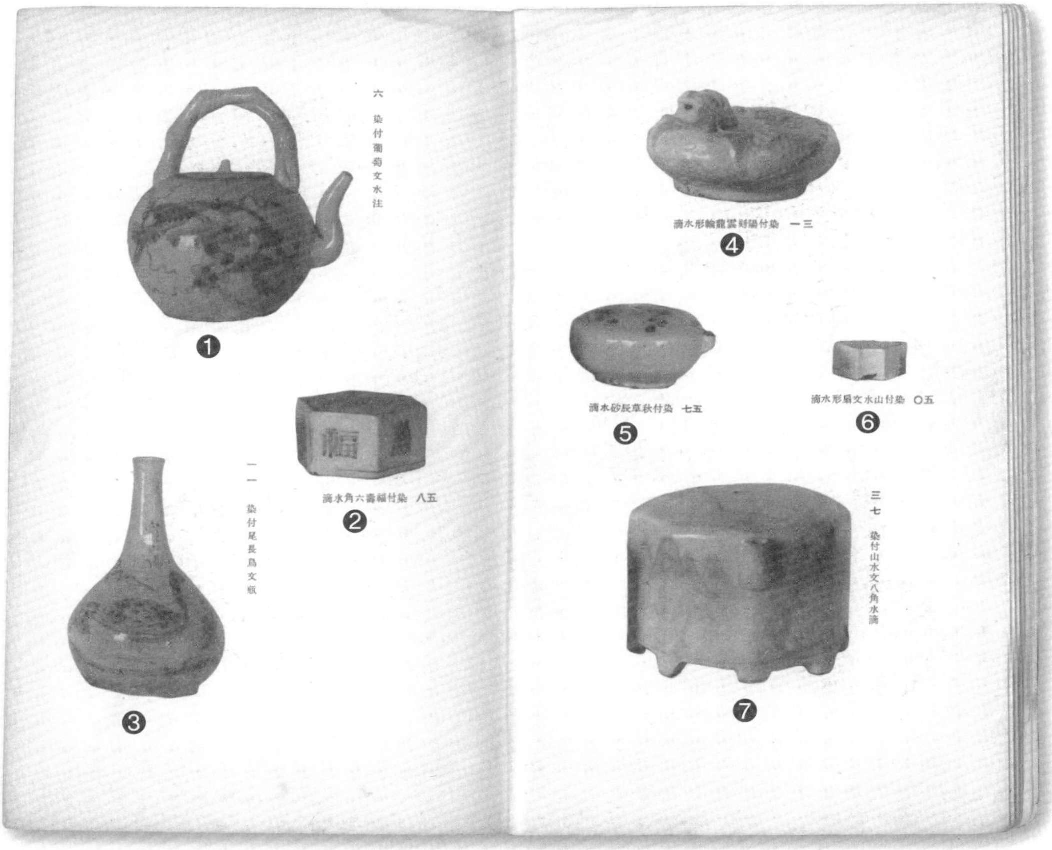


❶ 염부포도문수주
150원

❷ 염부복수(福壽)육각수적
15원

❸ 염부미장(尾長)조문병
100원

❹ 염부양각운용륜형수적
100원

❺ 염부추초진사수적
150원

❻ 염부산수문형수적
50원

❼ 염부산수문팔각수적
70원

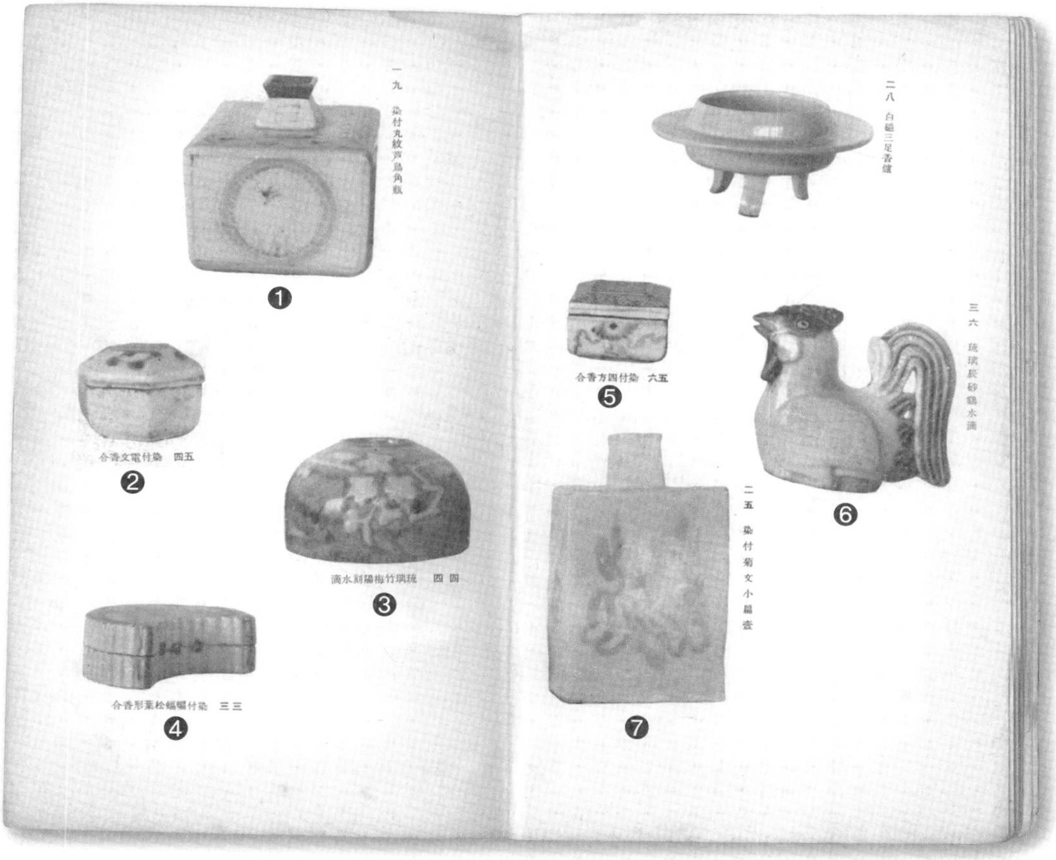

❶ 염부환문조각병
80원

❷ 염부전문(電文)향합
20원

❸ 유리죽매양각수적
35원

❹ 염부편복송엽형향합
150원

❺ 염부사방향합
20원

❻ 유리진사계(鷄)수적
200원

❼ 염부국문소편호
150원

# 1938년 소화 14년

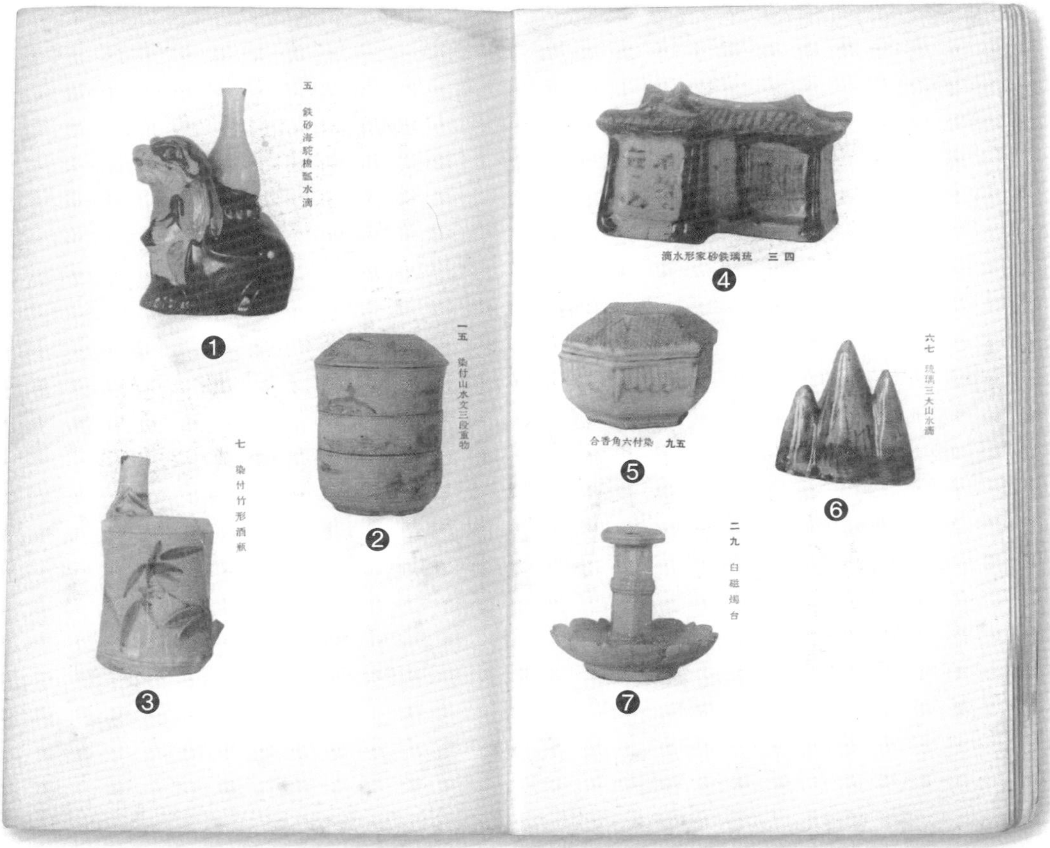


❶ 철사해타(海駝)첨표수적
150원

❷ 염부산수문삼단중물
250원

❸ 염부죽형주병
720원

❹ 유리철사가(家)형수적
100원

❺ 염부육각향합
15원

❻ 유리삼대산수적
30원

❼ 백자촉(燭)대
200원

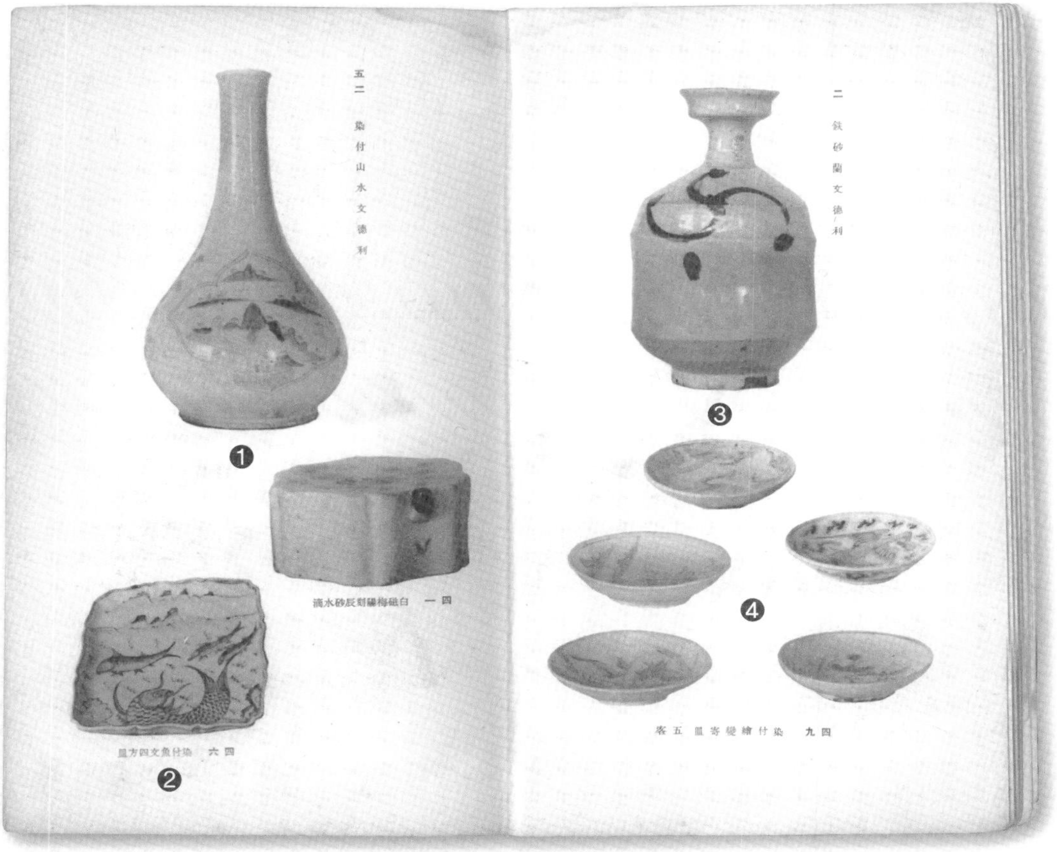


❶ 염부산수문덕리
150원

❷ 염부어문사방명
100원

❸ 철사난문덕리
100원

❹ 염부회변기명(繪變寄皿)오객(五客)
360원

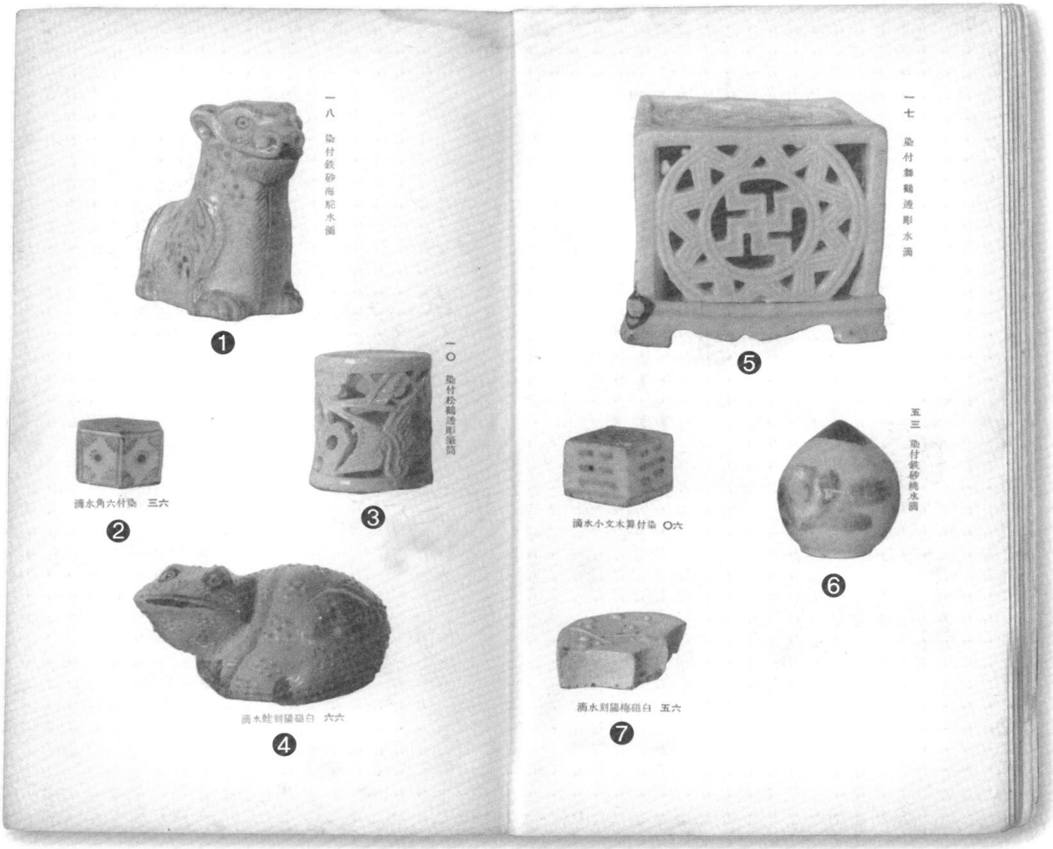


❶ 염부철사해타(海駝)수적
30원

❷ 염부육각수적
15원

❸ 염부송학(松鶴)투조필통
350원

❹ 백자양각와(蛙)주적
150원

❺ 염부무학(舞鶴)투조수적
100원

❻ 염부철사도(桃)수적
30원

❼ 백자매양각수적
15원

# 2. 한국고미술협회(韓國古美術協會) 경매

# 1971년

▶ 괴목흑시목장
60만원

▶ 조선추목책장
23만원

▶ 조선괴목장
12만원

▶ 조선죽제연상
5만 5천 5백원

▶ 괴목문갑
10만원

▶ 민영익묵란도
13만 5천원

▶ 강세황죽석도
65만원

▶ 이광사행서병풍
6만원

▶ 유덕장묵죽병풍
20만원

▶ 김홍도괴석도
30만원

▶ 정선산수도
25만원

玄齋沈師正山僧補衲圖

▶ 심사정산승포납도
40만원

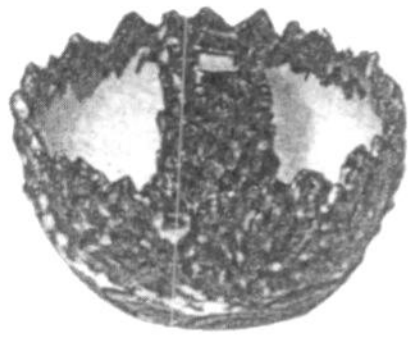

▶ 조선백자청화진사금강산형수적
265만원

▶ 조선백자청화신선문대접
24만원

▶ 조선백자청화목단문팔각병
58만원

▶ 조선백자청화루각산수
문필통 31만원

▶ 조선백자청화투각운용문필통
105만원

▶ 조선백자청화목단문병
13만원

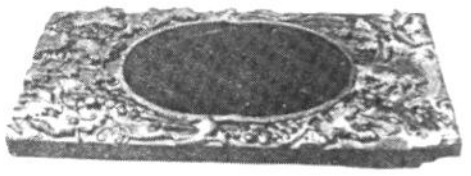

▶ 위연포도연
22만원

▶ 조선백자청화국화수복
자팔각대접 15만원

▶ 분청준
12만원

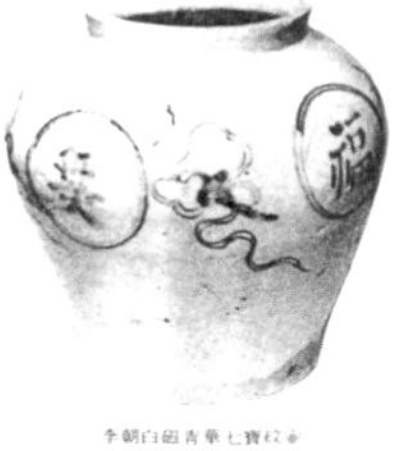

▶ 조선청화백자칠보문호
15만원

▶ 백자청화국조문팔각병
55만원

▶ 조선청화백자운용문유호
21만원

# 1971년

▶ 백자호
47만원

▶ 고려청자당초문매병
23만원

▶ 조선백자철사엽문병
75만원

▶ 분청상감화문호
13만원

▶ 고려청자상감국화문병
35만원

▶ 조선청화백자국문병
24만원

▶ 고려청자운학문표형병
21만원

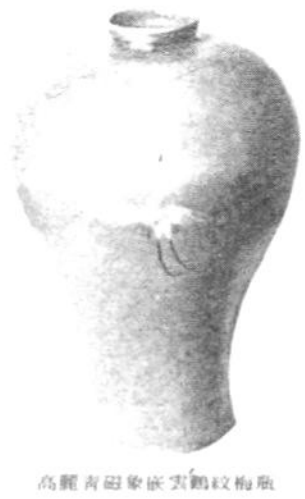

▶ 고려청자삼감운학문매병
181만원

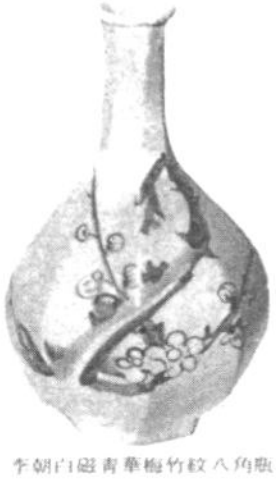

▶ 청화백자매죽문팔각병
54만원

▶ 청화백자운용문호 한쌍
40만원

▶ 백자금정옥액자문병
10만원

▶ 고려청자상감국문탁잔
28만원

# 1971년

▶ 고려청자음각화문탁잔
15만원

▶ 조선청화백자수복자문대접
12만원

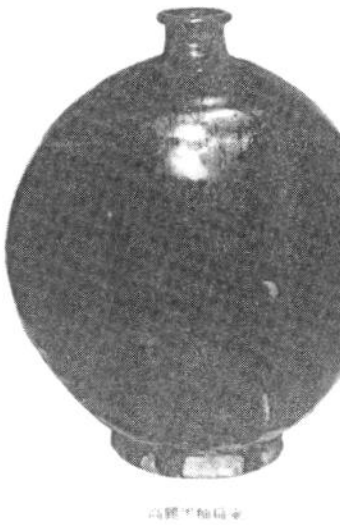

▶ 고려흑유편호
17만원

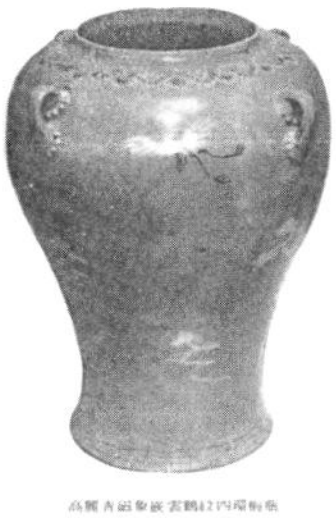

▶ 고려청자상감운학문사환매병
27만 5천원

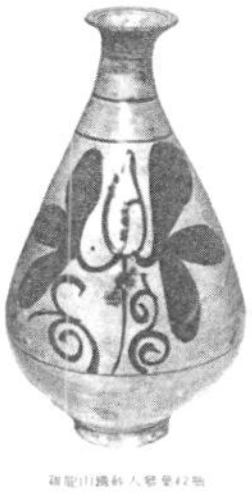

▶ 계룡산철사인삼엽문병
15만원

▶ 조선백자철사운용문호
37만원

▶ 고려청자상감표류투가연화문침
36만원

▶ 조선청화백자어형수적
178만원

▶ 조선백자청화국화파초수적
29만 5천원

▶ 조선청화백자운용문호
142만원

▶ 고려청자상감로학문병
350만원

▶ 조선백자진시화문팔각호
480만원

# 1971년

▶ 인왕산인황종화황호도
11만원

▶ 혜원신윤복수금도
13만원

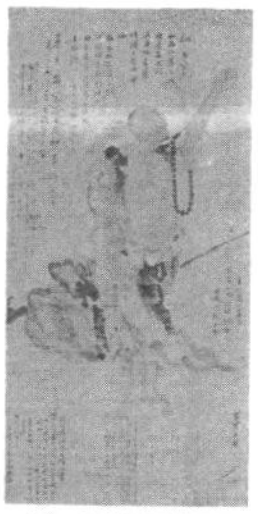

▶ 오원장승업포대도
167만원

▶ 완당김정희예서횡액
220만원

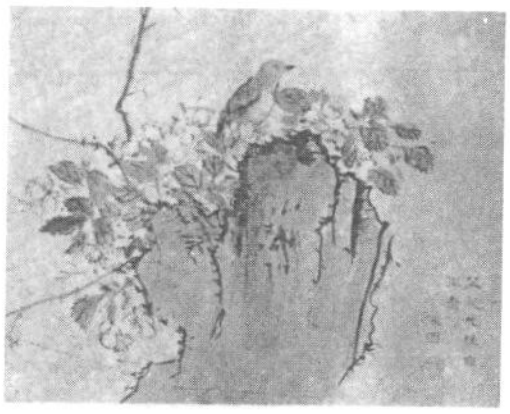

▶ 단원김홍도화조도
42만원

▶ 겸재정선산수도
43만원

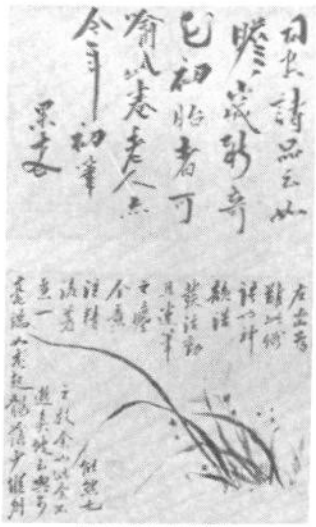

▶ 완당김정희묵란도
42만원

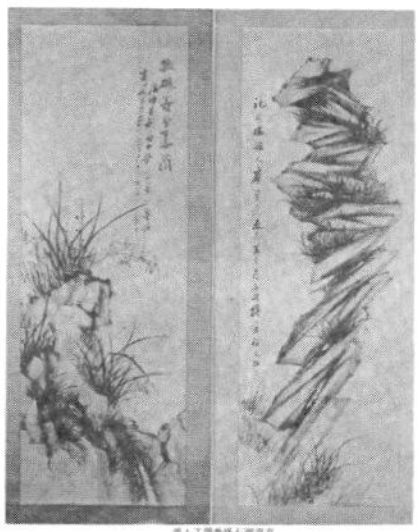

▶ 몽인정학교괴석 한쌍
43만원

▶ 평양도전경
40만원

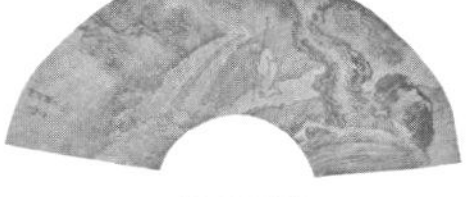

▶ 겸재정선기장청풍폭포도
50만원

▶ 완당김정희묵란도
3백만 천원

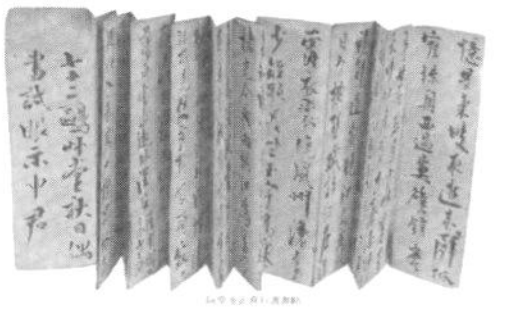

▶ 완당김정희행서서첩
32만원

▶ 소림조석진신선도
52만원

▶ 심전안중식창해세유도
60만원

▶ 현재심사정초충도
만원

▶ 겸재정선산수도
37만원

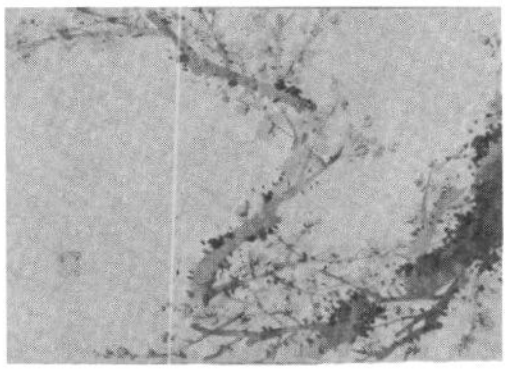

文峯趙熙龍墨梅圖額

▶ 우봉조희룡묵매도
만원

二二 夢人丁學教怪石圖額

▶ 몽인정학교괴석도
만원

▶ 완당김정희묵란도
만원

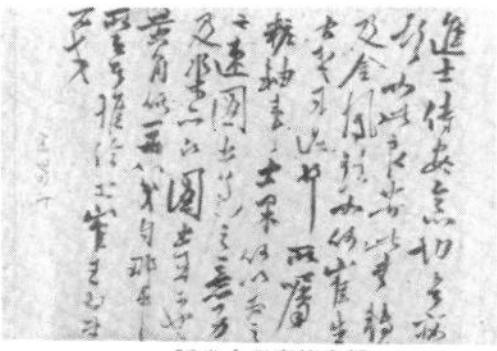

阮堂金正喜簡書額

▶ 완당김정희서간
만 3천 5백원

▶ 해강김규진산수도
6만 3천원

▶ 심전안중식산수도
15만 2천 5백원

▶ 일호남계우호첩도
7만 2천 5백원

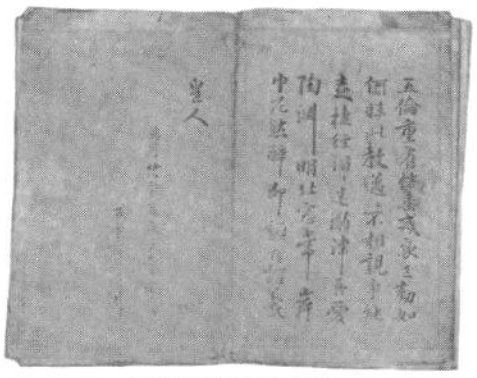

石峯韓濩行書帖(和陶飮酒)

▶ 석봉한호행서첩
3만 8천원

# 1971년

▶ 조선청화백자화조문호
200만원

李朝白磁青華古松紋硯滴

▶ 조선청화백자고송문연적
40만 천원

▶ 조선백자철유양각포도엽문주자
230만원

▶ 고려청자상감국화문표선형주전자
만원

高麗青磁象嵌雲鶴紋香爐

▶ 고려청자상감운학문향로
10만원

李朝白磁象嵌柘榴紋瓶

▶ 조선백자상감자류문병
30만원

高麗青磁象嵌菊花紋注子

▶ 고려청자상감국화문주자
70만원

高麗青磁象嵌菊蓮花紋托盞

▶ 고려청자상감국연화문탁잔
46만원

高麗青磁象嵌菊花紋香盒

▶ 고려청자상감국화문향합
15만원

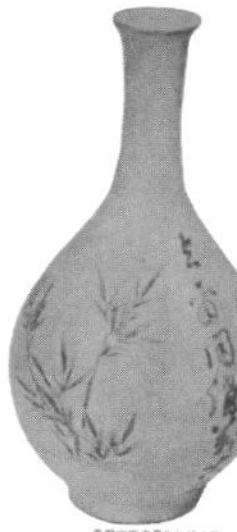

▶ 조선청화백자매죽시문병
100만원

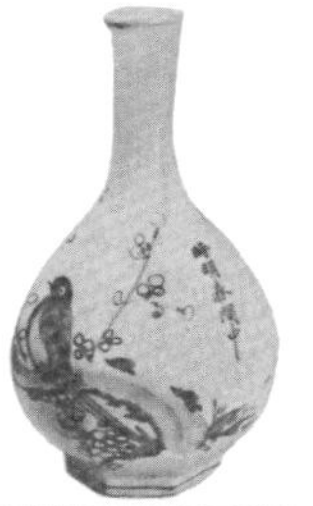

李朝白磁青華梅竹紋八角瓶

▶ 조선청화백자매죽문팔각병
16만원

李朝白磁青華詩紋瓶

▶ 조선청화백자시문병
12만 5천원

▶ 조선청화백자자류문병
24만원

▶ 조선백자투각필통
16만원

▶ 조선백자투각운용문필통
25만원

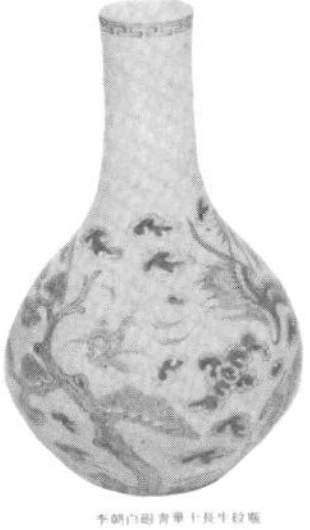


▶ 조선청화백자십장생문병
25만원

▶ 분청상감화문화분
61만원

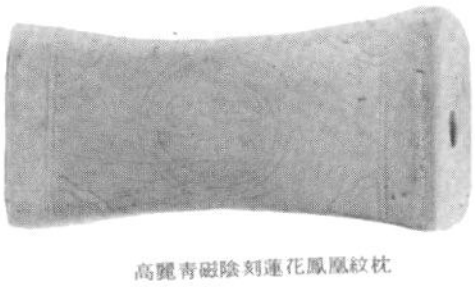


▶ 고려청자음각연화봉황문침
200만원

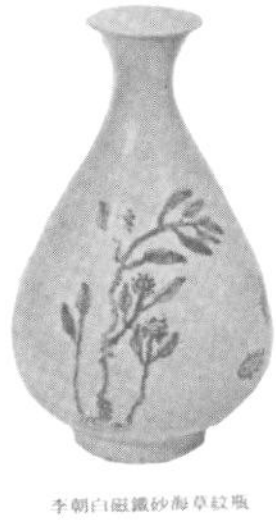


▶ 조선백자철사해초문병
230만원

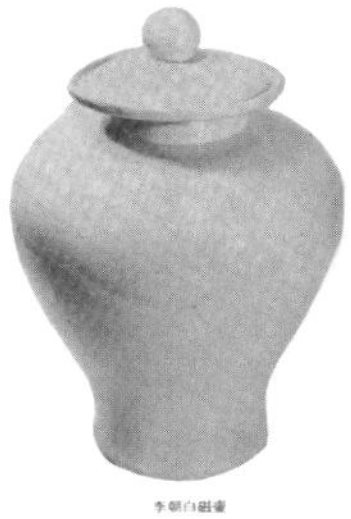


▶ 조선백자호
41만원

▶ 조선청화백자십장생문병
25만원

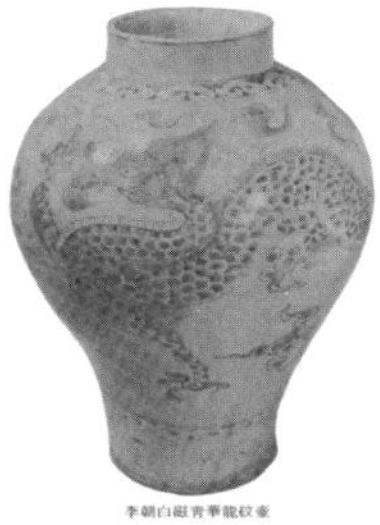


▶ 조선청화백자용문호
22만원

▶ 조선청화백자초문연적
16만원

▶ 조선청화백자용문호
46만원

# 1971년

▶ 조선백자사각접시
7만 5천원

李朝白磁青華七寶紋硯滴

▶ 조선청화백자칠보문연적
13만원

高麗青磁陰刻蓮花紋香爐

▶ 고려청자음각연화문향로
31만원

粉青魚紋扁壷

▶ 분청어문편호
120만원

李朝白磁鐵砂花紋壷

▶ 조선백자철사화문호
50만원

李朝白磁鐵砂竹紋壷

▶ 조선백자철사죽문호
10만원

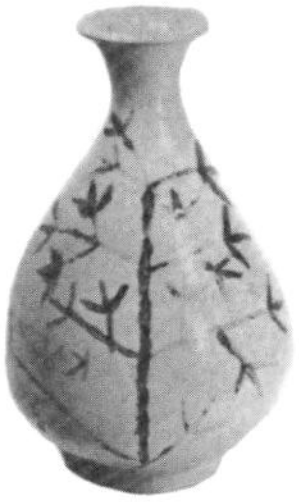

李朝白磁鐵砂竹紋瓶

▶ 조선백자철사죽문병
15만원

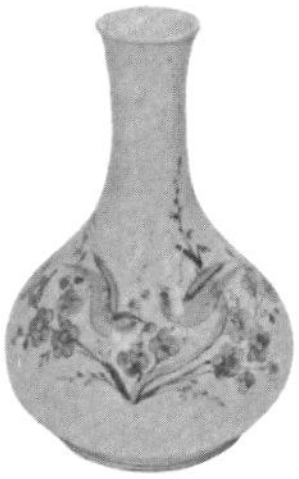

李朝白磁青華梅竹紋瓶

▶ 조선청화백자매죽문병
17만원

李朝白磁青華鳳凰紋瓶

▶ 조선청화백자봉황문병
2만 8천 5백원

李朝白磁青華鶴紋瓶

▶ 조선청화백자학문병
6만 2천원

李朝白磁鐵砂龍紋壷

▶ 조선백자철사용문호
43만원

高麗青銅八卦紋鏡

▶ 고려청동팔괘문경
3만원

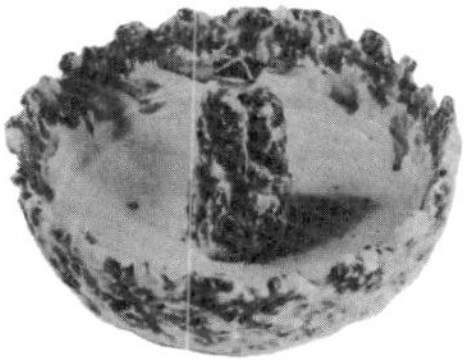
李朝靑華鐵砂金剛山形筆洗

▶ 조선청화백자금강산형필세
18만 5천원

李朝白磁辰砂桃形硯滴

▶ 조선백자진사도형연적
7만원

李朝白磁靑華山水紋硯滴

▶ 조선청화백자산수문연적
만 8천 5백원

李朝白磁靑華梅竹紋乳甁

▶ 조선백자청화매죽문유병
10만원

李朝白磁盒

▶ 조선백자합
5만 5천원

▶ 신라토기감대
4만 천원

▶ 소치허련산수도
8만 8천 5백원

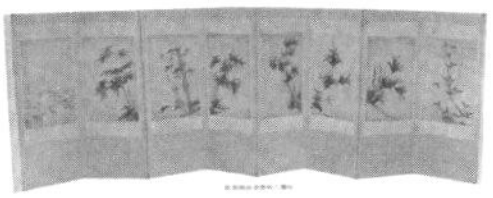

▶ 유덕장묵죽병풍
20만원

▶ 관재이도영신선도
3만 6천원

▶ 백련지운영무송반원도
5만원

九龍山人金容鎭折枝屛風次八幅

▶ 김용진절지병풍
7만 5천원

▶ 필자미상군선도
180만원

# 1971년

▶ 괴목책장
6만 6천원

▶ 오동이층장
4만 2천원

▶ 나전산수문경대
4만 1천원

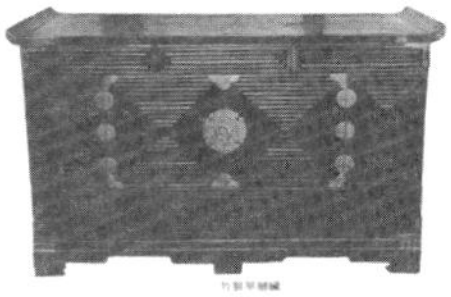

▶ 죽제단층장
7만 2천원

▶ 괴목책장
3만 6천원

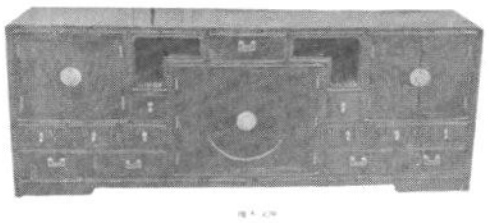

▶ 괴목문갑
9만 6천원

▶ 흑시목문갑
4만 5천원

▶ 조목이층장
10만원

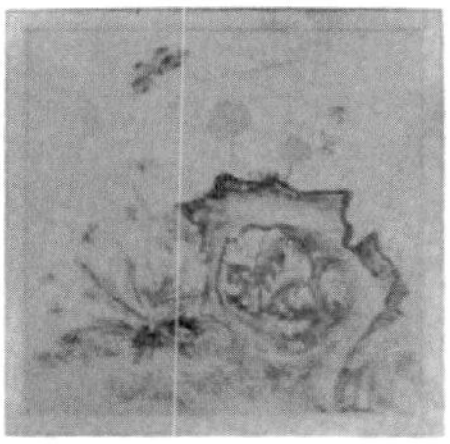

玄齋沈師正草虫怪石圖

謙齋鄭敾放生會圖

▶ 현재심사정조충괴석도
21만원

▶ 겸재정선방생가회도
31만원

▶ 오원장승업영모팔폭병
285만원

▶ 소치허련매화팔곡소병풍
10만원

石村尹用求怪石圖簇子

小琳趙錫晉神仙圖(丁大有題)

▶ 석재윤용구괴석도
5만원

▶ 소림조석진신선도
26만 5천원

▶ 심전안중식영모도
37만원

▶ 심전안중식청록산수도
40만원

小琳趙錫晉山水圖(丁大有題)

青華白磁蝶紋瓶

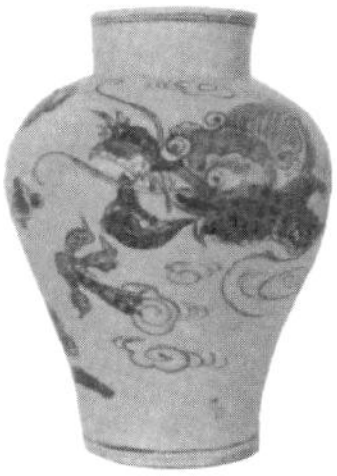

青華白磁辰砂雲龍紋壺

粉青沙器剝地太極紋扁瓶

▶ 소림조석진산수도
16만 8천원

▶ 조선청화백자접문병
15만 2천원

▶ 조선청화백자진사용운문호
150만원

▶ 분청사기박지태극문편병
220만원

# 1974년

青華白磁海駝硯滴

▶ 조선청화백자해타
250만원

青華白磁山水寶祥蛙形四角硯滴

▶ 조선청화백자산수보상와형사각연적
33만원

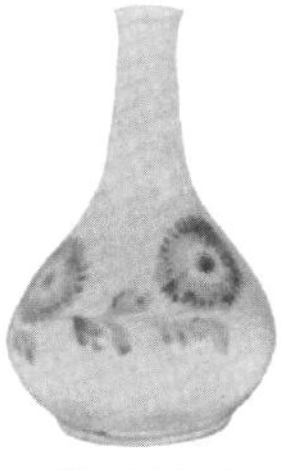
青華白磁菊花紋瓶

▶ 조선청화백자국화문병
36만원

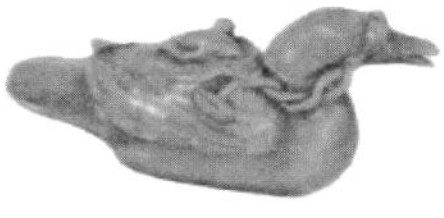
青磁鴨形硯滴

▶ 고려청자압형연적
540만원

白磁壺

▶ 조선백자호
111만원

青華白磁十長生紋大楪

▶ 조선청화백자십장생대접
121만원

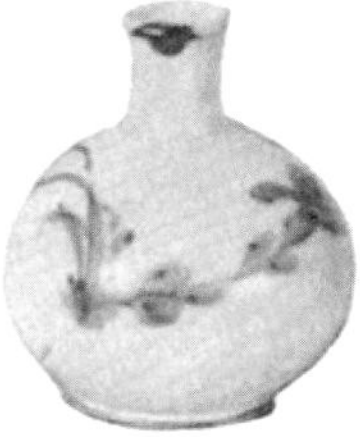
青華白磁蘭紋乳瓶

▶ 조선청화백자란문유병
13만원

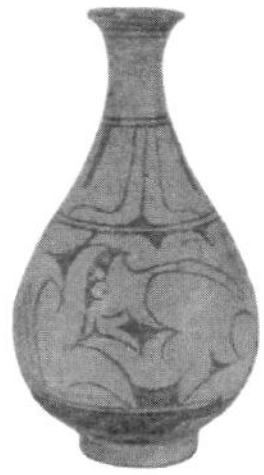
粉青沙器剝地唐草紋瓶

▶ 분청사기박지당초문병
177만원

青華白磁寶祥紋八角硯滴

▶ 조선청화백자보상문팔각연적
190만원

青華白磁雲龍紋壺

▶ 조선청화백자운용문호
440만원

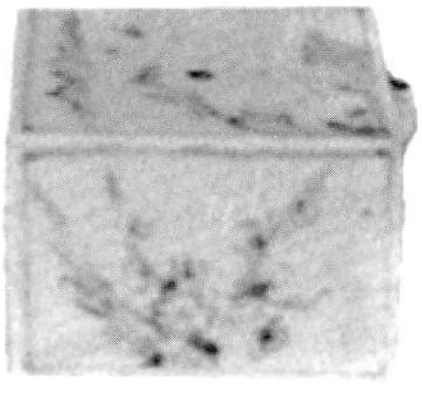
青華白磁山水紋硯滴

▶ 조선청화백자산수문연적
51만원

白磁鐵繪龍紋壺

▶ 조선백자철회용문각
700만원

青華白磁辰砂金剛山筆洗

▶ 조선청화백자진시금강산필세
140만원

青磁象嵌牧丹紋注子

▶ 고려청자상감목단문주자
145만원

青華白磁牧丹紋壺

▶ 조선청화백자목단문호
16만 2천원

青華白磁鐵彩金剛山形硯滴

▶ 조선청화백자철채금강산형연적
18만원

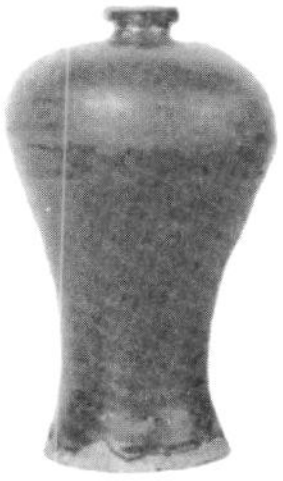
黑釉梅瓶

▶ 흑유매병
25만원

青磁象嵌菊花紋托盞

▶ 고려청자상감국화문탁잔
27만원

青磁陰刻牧丹紋注子

▶ 고려청자음각목단문주자
270만원

青華白磁鳳凰紋壺

▶ 조선청화백자봉황문호
64만원

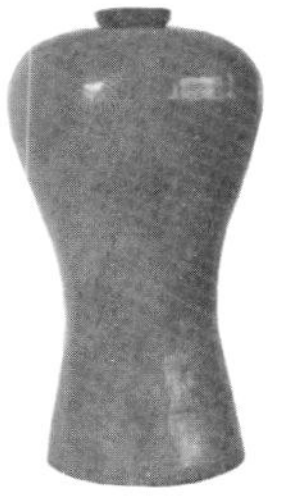
青磁陰刻唐草紋梅瓶

▶ 고려청자음각당초문매병
830만원

青華白磁牧丹紋水盤

▶ 조선청화백자목단문수반
10만원

青華白磁牧丹紋十角壺

▶ 조선청화백자목단문십각호
126만원

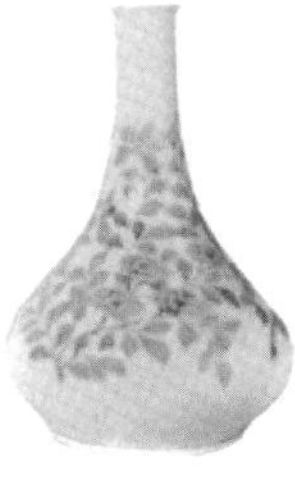
青華白磁桃花紋瓶

▶ 조선청화백자도화문병
27만원

# 1974년

▶ 조선청화백자등화문호
32만원

▶ 분청사기상감연화문매병
38만원

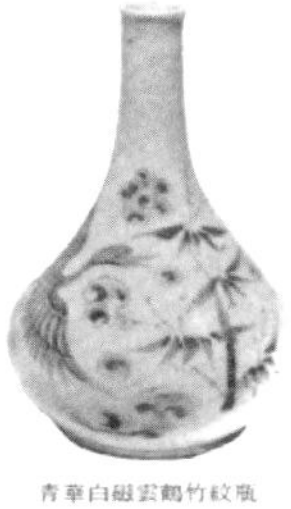

▶ 조선청화백자운학죽문
41만원

▶ 조선백자투각향로
5만 5천원

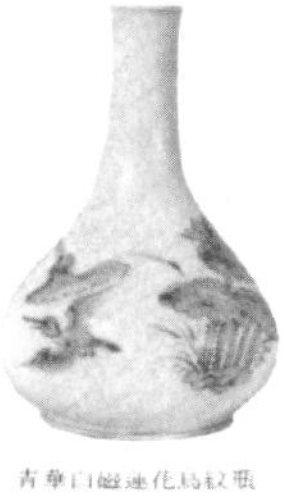

▶ 조선청화백자연화조문
50만원

▶ 조선청화백자수복문수반
70만원

▶ 고려청자상감연유문병
75만원

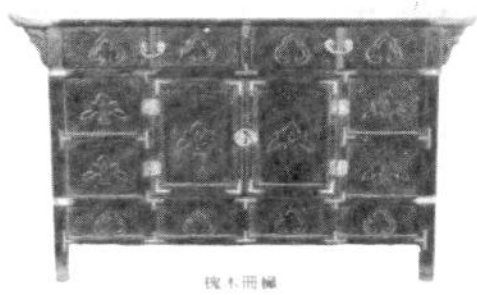

▶ 괴목책장
12만원

▶ 화류다탁자
15만원

▶ 송목상
3만원

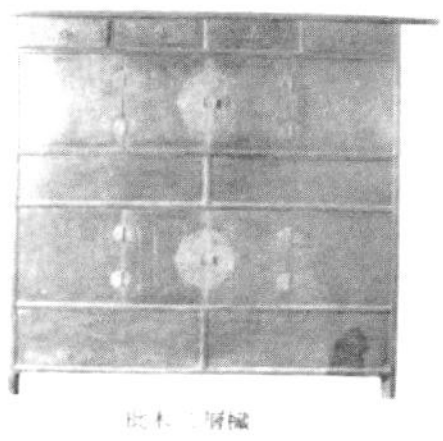

▶ 비목이층장
7만원

▶ 괴목소반
7만원

▶ 이지화산수도
15만원

▶ 윤제홍송석도
20만원

▶ 문욱이인문설경산수도
200만원

▶ 오원장승업영모도
250만원

▶ 소림조석진산수도
500만원

▶ 고려청자노문흑백상감주병
870만원

▶ 염라성왕도
90만원

▶ 고려청자당초문백상감주전자
1050만원

▶ 조선분청어문주병
1000만원

▶ 분청연어문매병
620만원

▶ 조선청화추화문호
600만원

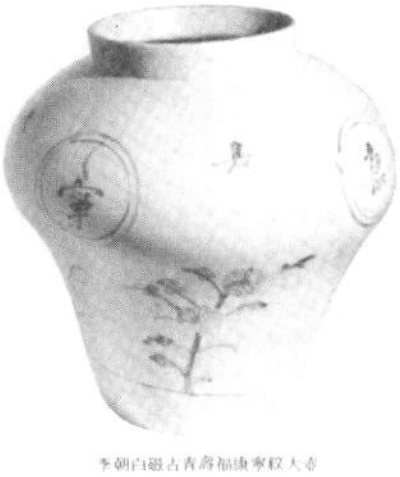

▶ 조선백자석청수복강영문대호
630만원

# 1977년

▶ 조선청화백자용문호
500만원

▶ 조선백자철사운용문호
690만원

▶ 분청접문호
310만원

▶ 분청음각조문편호
570만원

▶ 조선분청음각어문편호
900만원

▶ 조선청화매죽문주전자
250만원

▶ 조선청화목단문화분
620만원

▶ 조선청화칠보문주전자
68만원

▶ 조선청화산수문주병
630만원

▶ 조선청화백자문방구문병
200만원

▶ 조선청화당초문주병
400만원

▶ 조선청화목단문병
224만원

▶ 조선청화팔각목단문주병
280만원

▶ 조선청화목단문찬합
345만원

▶ 조선백자환형진사귀부
연적
100만원

▶ 분청표형병
33만원

▶ 백자주병
46만원

▶ 백자호
50만원

▶ 조선초기백자호
9만원

▶ 조선청화봉황문병
120만원

▶ 조선청화수복호
43만원

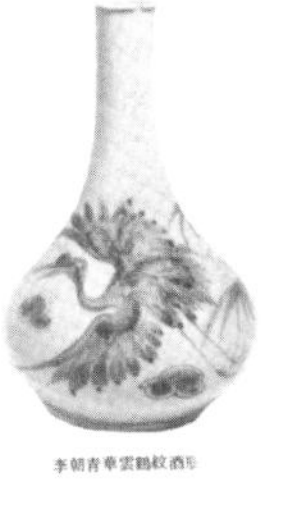

▶ 조선청화운학문주병
93만원

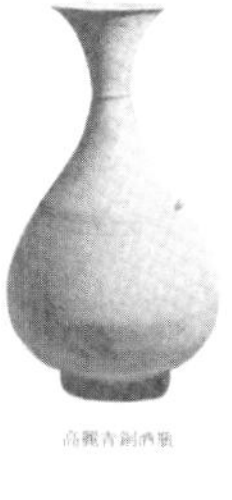

▶ 고려청동주병
26만원

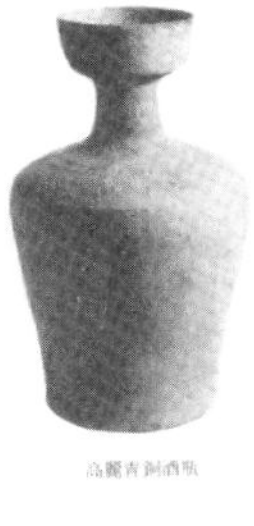

▶ 고려청동주병
31만원

# 1977년

▶ 고려청자목단문상감대접
36만원

▶ 고려청동정주
40만원

▶ 분청어문상감병
58만원

▶ 홍향목장방형상
10만원

▶ 약장
130만원

▶ 약장
135만원

▶ 패문남자용경대
24만원

▶ 패문경대
43만원

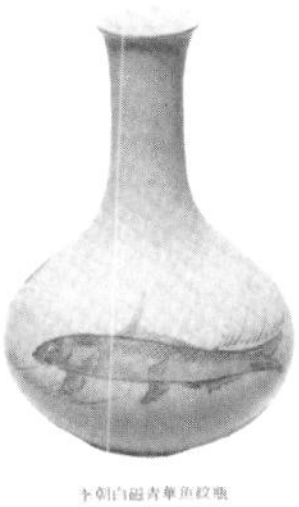

▶ 조선백자청화어문병
100만원

▶ 조선백자청화봉황문호
176만원

▶ 조선백자청화시문병
210만원

▶ 고려청자죽순양각주전자
240만원

▶ 고려청자연화문흑백상감주전자
300만원

▶ 조선백자십자투각필통
590만원

▶ 조선분청목단문양각주
병
90만원

▶ 조선분청화문대접
10만원

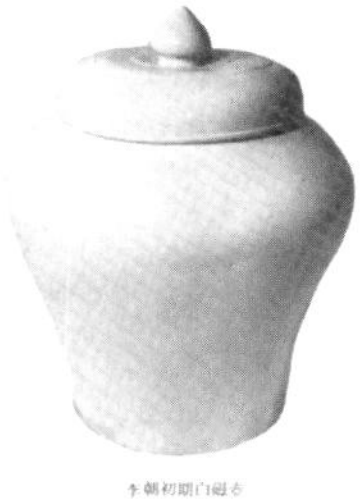

▶ 조선초기백자호
400만원

▶ 조선분청당초문음각편호
50만원

▶ 조선분청화문대접
70만원

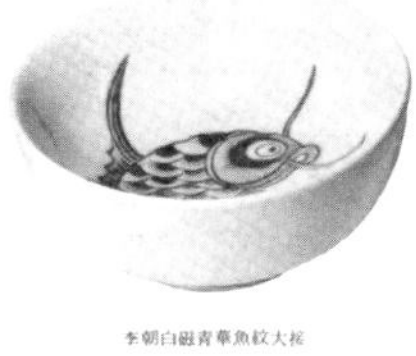

▶ 조선백자청화어문대접
150만원

# 1978년

▶ 고려청자총구주병
200만원

▶ 조선초기백자호
65만원

▶ 조선백자청화포도문주병
70만원

▶ 고려청자노학문흑백상감주병
150만원

▶ 고려청자목단문양각주전자
130만원

▶ 고려청자봉황문흑백상감대접
45만원

▶ 조선백자진사원문십일각호
700만원

▶ 조선말백자청화만자문투각필통
100만원

▶ 조선백자청화산수문호
120만원

▶ 조선청화백자난초문주병
41만원

▶ 조선백자청화복자문대접
70만원

▶ 고려청자목단문백상감주전자
100만원

高麗青磁菊花紋黑白象嵌酒甁

▶ 고려청자국화문흑백상감주병
200만원

李朝白磁青華蓮花魚紋酒煎子

▶ 조선백자청화연화어문주전자
50만원

李朝白磁青華山水石榴紋酒甁

▶ 조선백자청화산수석류문주병
70만원

李朝白磁青華牧丹紋酒甁

▶ 조선백자청화목단문주병
240만원

李朝白磁青華龍紋壺

▶ 조선백자청화용문호
270만원

高麗黃磁淨甁

▶ 고려황자정주
46만원

李朝白磁青華牧丹紋酒甁

▶ 조선백자청화목단무주병
50만원

高麗黃磁長壺(6.5×16.5×5.5)

▶ 고려황자장호
23만원

李朝白磁八角壺

▶ 조선백자팔각호
32만원

李朝粉青黑釉唐草紋酒甁

▶ 조선분청흑유당초문주병
50만원

李朝初期白磁壺

▶ 조선초기백자호
51만원

李朝白磁青華桃型硯滴

▶ 조선백자청화도형연적
27만원

# 1978년

▶ 조선청화백자매화문연적
30만원

▶ 조선백자청화봉황문호
35만원

▶ 조선청화백자편복문연적
53만원

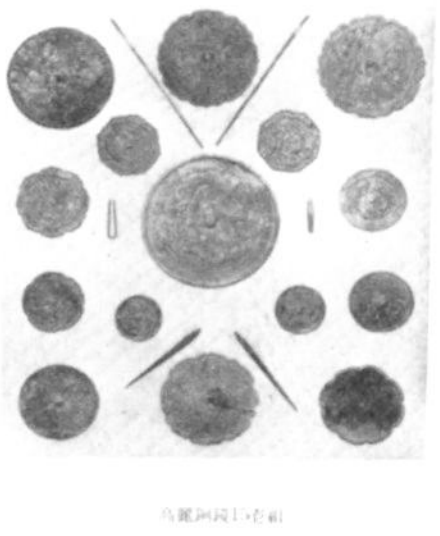

▶ 고려동경
130만원

▶ 은엽사연초합
20만원

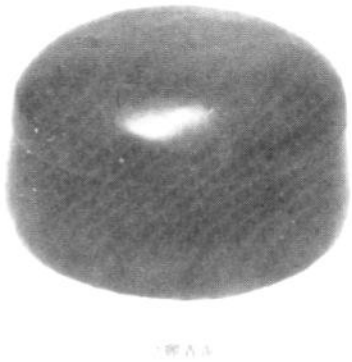

▶ 고려청동합
25만원

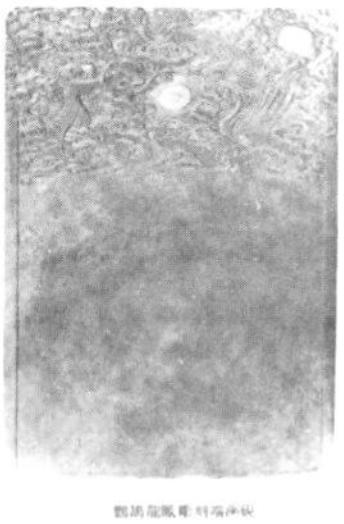

▶ 앵고용봉조각단계연
450만원

▶ 고려청동주병
22만원

▶ 고려청동주병
30만원

▶ 중욱청동향로
42만원

▶ 고려청동화로
90만원

▶ 흑시목이층장
22만원

李朝白磁青華柳紋壺

▶ 조선백자청화유문호
37만원

李朝白磁青華七宝紋壺

▶ 조선백자청화칠보문호
45만원

李朝白磁青華壽福康寧字小壺

▶ 조선백자수복강령자소호
81만원

李朝白磁青華祭酒字酒瓶

▶ 조선청화백자제주자주병
150만원

李朝白磁青華喜字紋壺

▶ 조선백자희자문호
36만원

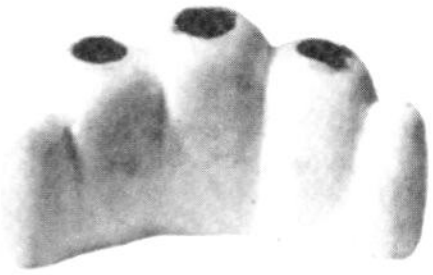
李朝白磁筆洗

▶ 조선백자필세
53만원

李朝白磁青華龍紋壺

▶ 조선백자청호용문호
60만원

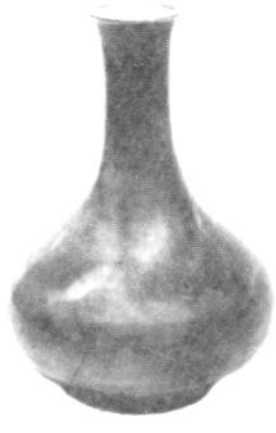
李朝全体青釉酒瓶

▶ 조선전체청류주병
25만원

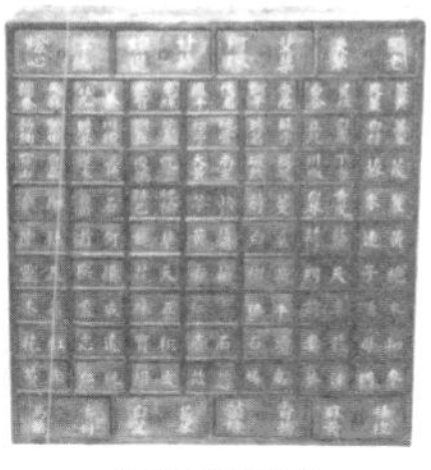
雜木藥欌(89×79×26)

▶ 잡목약장
40만원

槐木二層欌(103×79×39)

▶ 귀목이층장
80만원

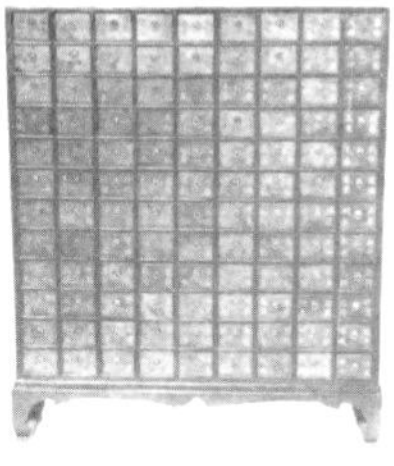
香紫木藥欌(91×114.5×18.5)

▶ 향자목약장
84만원

彩卓図紙欌(99.5×49×125)

▶ 채탁도지장
100만원

# 1978년

▶ 잡목사방탁자
31만원

▶ 패문경대
27만원

▶ 조선목안
30만원

▶ 패문배접상
43만원

▶ 패문치연조합
6만원

▶ 조선시대목안
70만원

檀園金弘道梅鳥図(24×21)

▶ 단원김홍도매조도
270만원

謙齋鄭敾山水額(29×34)

▶ 겸재정선산수화
270만원

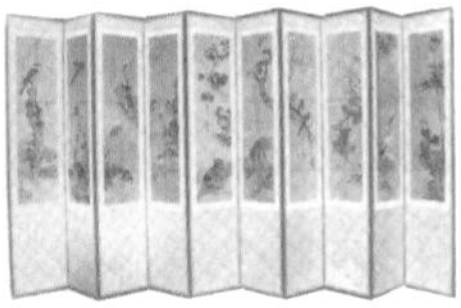
吾園張承業翎毛花曲屏(45×199)

▶ 오원장승업역모십곡병풍
31만원

阮堂金正喜行書額(105×29)

▶ 완당김정희행서행액
55만원

芸楣閔泳翊蘭図額(58×45)

▶ 민영익란도
100만원

玄齋沈師正翎毛額

▶ 현재심사정역모도
250만원

謙齋鄭敾山水人物図(38×29)

▶ 정선산수인물도
300만원

吾園張承業人物図(129×33)

▶ 오원장승업인물도
400만원

新羅土器盞 (25×16.5×10.8)

▶ 신라토기잔
14만원

新羅土器香爐(25.3×26×20)

▶ 신라토기향로
20만원

新羅土器香爐(23×21.7×18.5)

▶ 신라토기향로
20만원

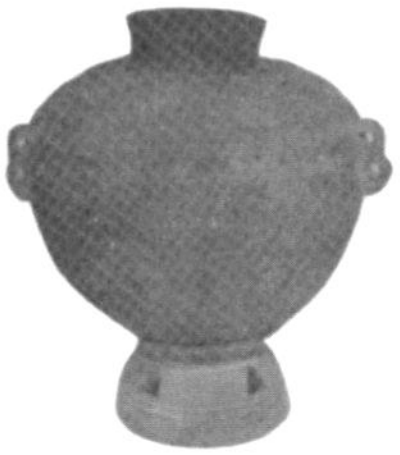
新羅土器二耳台附壺(41.5×13×18.3)

▶ 신라토기상이대부호
40만원

# 1979년

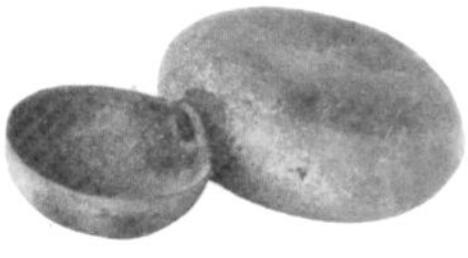

▶ 토기편호
52만원

高麗青銅鏡11個 1 組

▶ 고려청동경
160만원

李朝石製藥湯罐(11×18×11)

▶ 조선석제약탕기
21만원

花紋玉石四角筆筒(10.2×13)

▶ 화문옥석사각필통
23만원

高麗青銅香爐(15.5×15.5×11.4)

▶ 고려청동향로
71만원

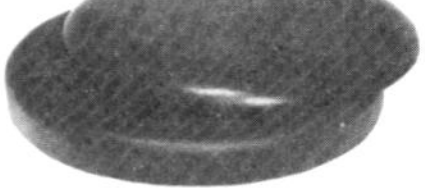

▶ 원형단계연
90만원

▶ 물형장석악기
110만원

▶ 객심하사문각등잔대
20만원

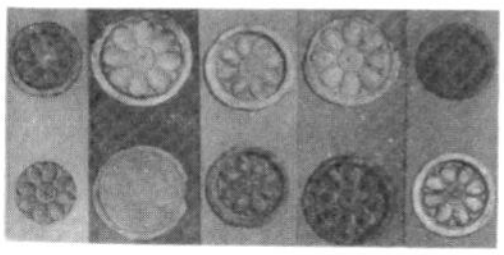

▶ 연화문와당
270만원

▶ 화류이층화대
40만원

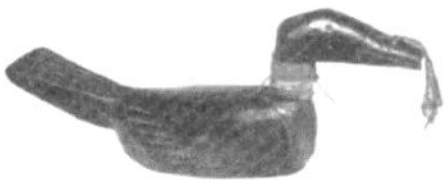

▶ 목안
52만원

▶ 주부육각필통
110만원

貝紋黑漆반지그릇([illegible])

▶ 패문흑칠반지그릇
30만원

唐彩木雁(15×24.5×6.5)

▶ 당채목안
68만원

元亨利貞刻竹製筆筒(17×8.4×19)

▶ 원형이정각죽제필통
71만원

花鳥鹿刻紋竹製筆筒(14.1×16)

▶ 화조록각문죽제필통
90만원

鬼紋燈盞台(42×7.2×13.8)

▶ 귀문등잔대
16만원

唐草紋四角盤(20.8×37×27.8)

▶ 당초문사각반
25만원

壬戌七月九日銘燈盞台(34×11.4×20)

▶ 임술칠월구일명등잔대
51만원

茶食板若干

▶ 다식판
83만원

# 1985년

▶ 소정변관식산수도
100만원

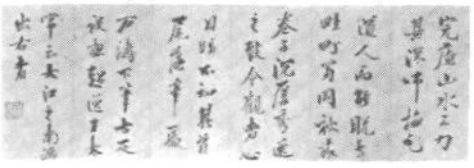

▶ 추사김정희글씨
330만원

▶ 소림조석진신선도
330만원

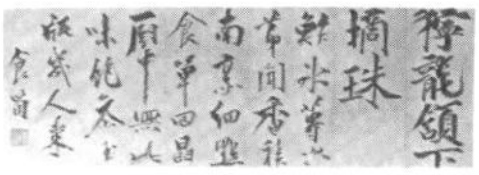

▶ 추사김정희글씨
500만원

청화백자목단호 25.5×14.5×14

▶ 청화백자목단호
260만원

국화석류호 20×12×11.5

▶ 국화석류호
270만원

청화백자운학죽문호 23×13×12.5

▶ 청화백자운학죽문호
3000만원

청화백자모란호 22.5×13×12

▶ 청화백자모란호
510만원

48 백자칠보호 12×10×19

▶ 백자칠보호
100만원

청화백자국난호 25×11.5×12.5

▶ 청화백자국난호
190만원

청화백자누각산수문호 33×11×12

▶ 청화백자누각산수문호
330만원

산수문호 29×13×13

▶ 산수문호
700만원

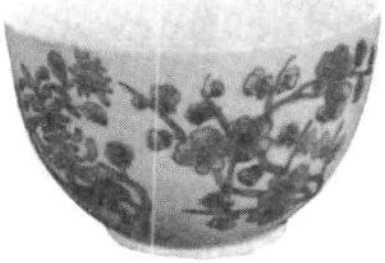
청화백자사군자사발 10×15.5×7.5

▶ 청화백자사군자사발
100만원

백자대접(초기) 7.5×18×6.8

▶ 백자대접(초기)
110만원

청화백자당초문대접 9×20.1×9.6

▶ 청화백자당초문대접
310만원

8각병, 수복문6각호, 젓병 41×14.6×12.5

▶ 8각병수복문6각호, 젓병
180만원

청화백자산수문연적 7.5×6.5×6.5

▶ 청화백자산수문연적
220만원

청화백자초문연적 9×11×7

▶ 청화백자초문연적
220만원

청화백자 사군자단지 8×4.5×14

▶ 청화백자사군자단지
310만원

청화백자양념단지 6.5×11×9

▶ 청화백자양념단지
370만원

청화백자쌍봉문필통 13.5×10×10

▶ 청화백자쌍봉문필통
1250만원

청자흑백상감국화문향합 3.5×8.5×3.5

▶ 청자흑백상감국화문향합
190만원

초기백자자라문연적 7.5×8.5×4.8

▶ 초기백자자라문연적
410만원

백자말 8.5×8.5

▶ 백자말
71만원

# 1985년

▶ 백자십자생청화문병
1050만원

▶ 청화백자매죽문병
1250만원

▶ 청화백자국문병
1400만원

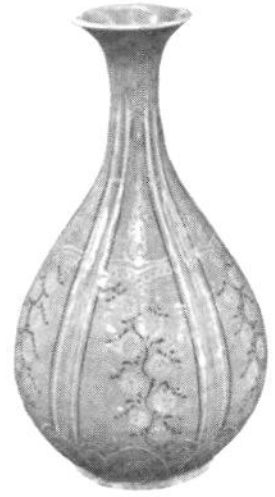

▶ 청자흑백상감국화문병
700만원

▶ 흑유편호
165만원

▶ 회청자주자
190만원

▶ 토기장경호
15만원

▶ 토기장경호
65만원

▶ 조각머릿장
1300만원

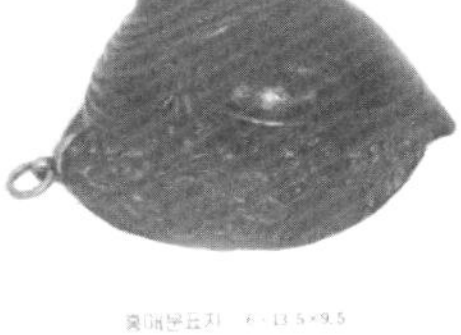

▶ 홍매문표자
280만원

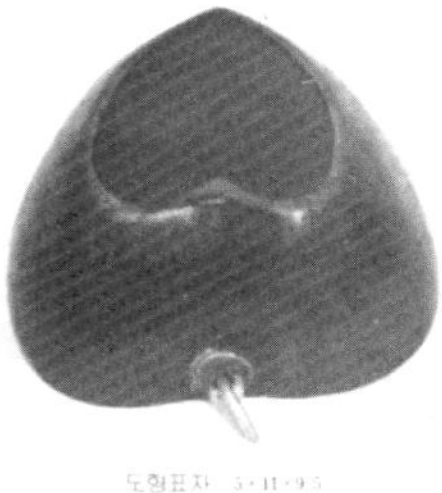

▶ 도형표자
90만원

▶ 목안
140만원

▶ 목안
140만원

▶ 어룡문먹줄통
190만원

▶ 단학흉배
220만원

▶ 사방탁자
300만원

▶ 부탁탁자
51만원

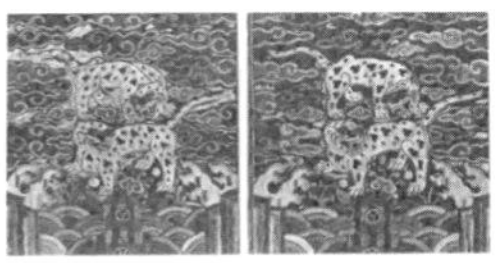

▶ 쌍호흉배
225만원

▶ 원앙3층장
355만원

▶ 청동경
100만원

▶ 고려청동산수문경
75만원